Tom Saller

Julius oder die Schönheit des Spiels

Tom Saller

Julius
oder die
Schönheit
des
Spiels

Roman

List

Wir verpflichten uns zu Nachhaltigkeit
- Klimaneutrales Produkt
- Papiere aus nachhaltiger Waldwirtschaft und anderen kontrollierten Quellen
- ullstein.de/nachhaltigkeit

ISBN 978-3-471-36042-2

© 2021 by Ullstein Buchverlage GmbH, Berlin
Alle Rechte vorbehalten
Gesetzt aus der Granjon
Satz: Pinkuin Satz und Datentechnik, Berlin
Druck und Bindearbeiten: GGP Media GmbH, Pößneck

Für Birgit, Sebastian und Fabian

Inspiriert vom Leben
Gottfried Freiherr von Cramms

*

des vielleicht
ehrenwertesten
deutschen Sportlers

*

auf und neben
dem Platz

*Kein anderer Spieler – die Lebenden und die Toten
zusammengenommen – hätte einen der beiden an diesem Tag
schlagen können.*

(Walter Pate, Kapitän des amerikanischen
Davis-Cup-Teams, 1937)

NACH DEM SPIEL

Wenn du auf Triumph und Niederlage triffst /
Und beiden Blendern gleichermaßen widerstehst.

(aus *If* von Rudyard Kipling; die beiden
Verse stehen über dem Spielereingang
zum Centre Court von Wimbledon)

1984, England, Wimbledon

Der alte Mann passte nicht. Hochgewachsen und immer noch schlank lehnte er an der Rückwand des voll besetzten Pressezentrums des *All England Lawn Tennis and Croquet Club* und passte nicht.

Er stand nicht als Einziger dort. Auch am Schlusstag der Offenen Englischen Meisterschaften, des bedeutendsten Tennisturniers der Welt, waren die Reihen vor ihm bis auf den letzten Platz gefüllt. Aber im Unterschied zu den Reportern, Berichterstattern und Journalisten um ihn herum baumelte kein Presseausweis um seinen Hals.

Etwa siebzig Jahre alt, das schüttere, einst flammend rote Haar – »so rot, dass es selbst unter Rothaarigen auffiel«, wie er zu sagen pflegte – zurückgekämmt, hätte er der Vater der meisten Männer und Frauen im Saal sein können. Sein faltiges Gesicht zeigte die Art jahreszeitenunabhängiger Gerbung, die man insbesondere bei Menschen, die viel Zeit im Freien verbringen, findet.

Es störte ihn nicht zu stehen. Im Gegenteil, er war gewohnt, nicht allzu oft zu sitzen. Sein ganzes Leben hatte er sich bewegt – und das Leben ihn.

Präzise drei Stunden und sieben Minuten war er, von seinem Platz an der Längsseite des Centre Court aus, dem Finale im Herreneinzel gefolgt. Hatte nicht eine Sekunde lang den Blick von den beiden Spielern unten, auf dem strapazierten braunen Rasen, abgewandt; keiner ihrer Schläge war ihm entgangen. In Gedanken hatte er ihre Laufwege vorweggenommen und jedes ihrer im Spielverlauf wechselnden taktischen Manöver analysiert. Nur wenige Menschen vermochten das Spiel so zu lesen wie er.

Im Übrigen gehörte er nicht zu den Offiziellen des Clubs, trug keinen der dunkelgrünen Anzüge der Stewards oder sonstigen Helfer. Möglicherweise hätte ein sorgfältiger Beobachter in ihm einen Mann von gestern in der Welt von heute erkannt; gleichermaßen fremd und nicht fremd an diesem besonderen Ort. Aber niemand würdigte ihn ernsthaft eines Blickes.

Die Aufmerksamkeit sämtlicher Anwesender war nach vorn gerichtet, wo gerade ein dunkelhaariger Teenager auf dem Podium erschien. Während er sich setzte, streifte er versehentlich mit dem Arm das Mikrofon auf dem Tisch. Ein dumpfer Ton hallte durch den Raum, und ein Lächeln trat auf seine Züge.

»Sorry, a little accident«, entschuldigte er sich. Seine Aussprache war gut, dennoch merkte man, Englisch war nicht seine Muttersprache.

Die Tatsache, dass er sich dort oben befand, war alles andere als ein Missgeschick, es war eine Sensation. Nicht zuletzt der geduldigen Aufbauarbeit seiner Eltern, seines Trainers und der seines Managers geschuldet, dachte der alte Mann, sowie eines unfassbaren Talents – und doch schien all das für den Moment unwichtig geworden und in den Hintergrund getreten zu sein.

In den vorangegangenen Wochen waren Teile der englischen Presse nicht müde geworden, den jungen Deutschen mit Gerüchten, Halbwahrheiten und vermeintlichen Enthüllungen zu bombardieren. *Erwischt, Wer*

duscht mit wem? und *Der Herr der (Tennis)Bälle?* prangte
es auf den Titelseiten der Boulevardblätter und Sport-
gazetten. Den Gipfel der Geschmacklosigkeit erklomm
wie gewohnt die *Sun.* Die Schlagzeile der gestrigen Sams-
tagsausgabe lautete: *Gewinnt bei den Herren erstmals ein
Mädchen?*

Der alte Mann spannte die Kiefermuskeln an.

»Ich bin Tennisspieler«, hatte der frischgebackene
Wimbledonsieger gebetsmühlenartig abgewehrt, »und so
will ich wahrgenommen werden. Tennis ist mein Leben.«

Ein Satz, der auch von *ihm* hätte stammen können,
schoss es dem alten Mann durch den Kopf. Gleichzeitig
war ihm bewusst, er war einer der ganz wenigen, die sich
in diesem Moment an ihn, den anderen Deutschen, er-
innerten.

Ausgangspunkt der aktuellen Schmutzkampagne war,
dass man den jungen Mann angeblich dabei beobachtet
hatte, wie er in einem Pub die Hand auf das Knie seines
unbekannten Begleiters legte. Daraufhin meldete sich
ein pickeliger Siebzehnjähriger zu Wort und teilte der
semiinteressierten Öffentlichkeit unaufgefordert mit, es
sei schon »auffällig«, wie freundlich der Newcomer ihn
und die anderen Balljungen beim Vorbereitungsturnier in
Queens behandelt habe. Schlimmer noch: Seitdem gelte
jener bei seinen Kollegen als ihr »Lieblingsspieler«.

Der alte Mann ließ den Blick durch den Raum wandern. Überall fand sich das charakteristische Grün/Vio-
lett des Clubs, aufgelockert durch etwas Holz und Glas.
Der junge Profi hatte es verdient, da oben zu sein: Der
erste Deutsche, der den Herreneinzelwettbewerb der englischen Tennismeisterschaften gewann.

Drahtig, von eher kleiner Statur, der Teint ein wenig

dunkler, als man es vermutet hätte, reichten ihm die
schwarz glänzenden Locken bis zu den Schultern. Sein
Vater stammte aus Griechenland, war Ende der Fünfziger nach Deutschland gekommen und hatte im Ruhrge-
biet die Tochter eines Stahlarbeiters kennen- und lieben
gelernt; auch darum wussten seit präzise vierzehn Tagen
die Leser der Tages- und Wochenzeitungen auf der Insel
und dem Kontinent. Den Eltern sei daran gelegen gewesen, dass ihr Sohn es einmal besser hätte als sie, und so
wurde dieser zu ihrem Hoffnungsträger, dessen Karriere
sie alles unterordneten. Vierzehnjährig schickten sie ihn
in die Staaten, wo er ein halbes Jahr bei einem braun ge-
brannten kalifornischen Tennisguru trainierte. Bei seiner
Rückkehr hatte er einen unterschriftsreifen Vertrag im
Gepäck, aus dem hervorging, dass er seine Einkünfte in
den kommenden Jahren zur Hälfte an das Unternehmen
Joyspring abzuführen habe, das besagter Guru gemeinsam
mit seinem amerikanischen Geschäftspartner betrieb.
Als Gegenleistung werde man sämtliche Kosten übernehmen, die nötig seien, um das Jahrhunderttalent an
die Weltspitze zu führen. Die Eltern unterschrieben und
sahen ihren Sohn fortan nur noch zu Weihnachten und
im Fernsehen.

Wie schwer sich selbst das sportbegeisterte Deutschland mit seinem neuesten Helden tat, offenbarte die Erklärung, die der Präsident des *Deutschen Tennisbundes*
wenige Minuten zuvor draußen vor laufenden Kameras
abgegeben hatte:

»Wir freuen uns, dass unsere nationale Nummer eins
hier in Wimbledon den Einzeltitel errungen hat. Er ist ein
sehr, ähem … besonderer junger Mann, und so gesehen ist
dies die … die Stunde null des deutschen Tennissports.«

Hastig hatte er hinzugefügt: »Das ist nicht negativ gemeint, verstehen Sie?«

Ja, dachte der alte Mann, alle haben verstanden, wie du es gemeint hast. Als einen Affront, nicht mehr und nicht weniger.

An der Wand über dem Podium hing eine Uhr, die außer der Zeit das Datum anzeigte: Der 1. Juli 1984. Er schluckte. Zufall oder auch nicht – heute, auf den Tag genau, wäre Julius, sein ehemaliger Weggefährte und Rivale, siebenundsiebzig Jahre alt geworden.

Die Unterschiede in Herkunft und Werdung zwischen diesem, der in den Dreißigerjahren neben Max Schmeling der mit Abstand bekannteste deutsche Sportler gewesen war, und dem jungen Spieler, der dort vorne saß, hätten nicht größer sein können.

Julius von Berg stammte aus einem alten Adelsgeschlecht. Seine Kindheit und Jugend hatte er – wie immer befiel den alten Mann bei diesem Gedanken ein Gefühl der Unwirklichkeit – auf einer Burg hoch über dem Rhein verbracht. Zeit seines Lebens schien der Tennissport für ihn eine Mischung aus Passion und angemessener Beschäftigung für einen Gentleman gewesen zu sein. Dass Tennis für ihn aber wirklich sein »Leben« war, wie eben von dem jungen Athleten auf dem Podium behauptet, dass sich darin seine Haltung gegenüber der Welt, den Menschen und dem eigenen Schicksal gezeigt hatte, das wusste niemand – bis auf ihn.

»Ein Mensch ohne tief verankerte sportliche Werte ist ein Mensch ohne Moral. Auf und neben dem Platz«, hatte Julius gesagt und danach gehandelt.

Weiter vorn erkundigte sich jemand nach der Motivation der neuen Nummer drei der Weltrangliste.

»Ich gehe jedes Match so an, als ginge es um Leben und Tod«, antwortete der junge Mann ernst, »ich kann nicht anders.«

Eine kurze Pause entstand, bevor eine näselnde Stimme fragte: »Und wie halten Sie es mit der Frage der ›sportlichen Kameradschaft‹? Man liest da ja so einiges.«

Unversehens hätte man eine Stecknadel im Raum fallen hören können.

»Besser als ihr, ihr verdammten Heuchler!«, brach es aus dem alten Mann heraus.

Ruckartig drehte sich die versammelte Journaille zu ihm um. Blicke schossen durch den Saal, suchten, fanden und trafen ihn; neugierig, empört, in Teilen amüsiert.

»Ein halbes Jahrhundert ist ins Land gegangen, und nichts hat sich geändert!«

»Bitte, Sir, ich darf doch bitten«, mahnte der Pressekoordinator des Clubs im Versuch, die Wogen zu glätten, »bitte sprechen Sie nur, wenn Sie an der Reihe sind, Sir.«

Brüsk drehte sich der alte Mann um und wandte sich zum Ausgang. Der Steward an der Tür, der ihn vorhin erkannt und ohne Ausweis hatte passieren lassen, nickte ihm respektvoll zu.

»Gut gemacht, Sir«, flüsterte er.

Der alte Mann nickte und lenkte seine Schritte zum Fahrstuhl. Im untersten Geschoss des Gebäudes lag das *Wimbledon Museum*. Er war ein Pilger. Und wie immer würde er zum Abschluss seines Aufenthaltes der Vergangenheit einen Besuch abstatten. Zur Abbitte? Als Bestätigung? Dass manche Dinge sich nicht ändern ließen, sosehr man es sich auch wünschte?

Der Fahrstuhl stoppte mit einem leisen *Pling*. Die Türen öffneten sich, und er ging zu dem Drehkreuz am Ein-

18

gang des Museums. Erneut wurde er umstandslos durchgewunken. Mit den Jahren war seine schlaksige Gestalt zu einem vertrauten Anblick geworden.

Im Museum selbst war es dunkel. Keine Fenster, nur einzelne Spots, deren Licht auf bestimmte, ausgewählte Objekte gerichtet war. Funkelnde Pokale, verzogene Holzschläger mit gerissenen Saiten, ein komplettes Tennisoutfit vom Beginn des Jahrhunderts, das einer Puppe mit leblosem Blick übergestreift worden war.

Gezielt bewegte er sich auf eine der Glasvitrinen im hinteren Teil des Raumes zu. Er trat näher und betrachtete die Schwarz-Weiß-Aufnahme, auf der die unverkennbare Patina eines längst gelebten Sportlerlebens lag. Auf diesem Bild war er zweiundzwanzig Jahre alt. Er holte tief Luft. Ein Jahr später sollte er als erster Spieler in der Geschichte des Tennissports den *Grand Slam* gewinnen; die vier wichtigsten Turniere der Welt innerhalb einer Saison.

Aber das Foto zeigte ihn nicht allein. An seiner Seite stand ein zweiter Tennisspieler, nur unwesentlich kleiner als er, das blonde Haar akkurat gescheitelt. Beide hielten sie Holzschläger in den Händen und trugen lange weiße Hosen und ebensolche Poloshirts, die sie bis zum Hals zugeknöpft hatten.

Die Aufnahme stammte aus dem Jahr 1937 und war unmittelbar vor ihrem Einzel, der letzten und damit entscheidenden Begegnung im Interzonenfinale zwischen Deutschland und den USA gemacht worden; dem Davis-Cup-Spiel, das, wie er seitdem unzählige Male zu hören bekommen hatte, unter Experten als das vermutlich beste Tennismatch aller Zeiten galt. Unvergleichlich. Das Duell zweier Giganten.

Er schaute genauer hin, versuchte, in ihren Gesichtern zu lesen. Wie immer, fand er, wirkte er auf dem Foto ein wenig unsicher, als wäre zu dem Zeitpunkt nicht er, sondern sein Freund Julius die Nummer eins der Weltrangliste gewesen. Jener strahlte regelrecht in die Kamera – trotz oder wegen der Ereignisse, die da kommen würden.

Und mit einem Mal wurde ihm bewusst, es stimmte nicht. Es war schlicht nicht wahr: *Ein halbes Jahrhundert ist ins Land gegangen, und nichts hat sich geändert!* Sein Ausbruch war unbedacht, nicht wirklich überlegt gewesen.

Denn fest stand: Im Unterschied zu Julius war es für den jungen Sportler vorhin auf dem Centre Court nicht einmal annähernd um Leben und Tod gegangen.

DER ERSTE SATZ

1907–1926, Deutschland, Mittelrhein

- 1 -

Das Klacken und Klingeln von Ventilen. Hektisch stampfende Kolben. Wie eine ratternde Nähmaschine hatte das an jenem Morgen, vor so vielen Jahren, geklungen und ganz bestimmt nicht nach dem vornehmen Brummen des Motors von Vaters *Horch*.

Außerdem schien es erschreckend nah.

Von den ungewohnten Geräuschen aus dem Schlaf gerissen, tappte ich zum Fenster, zog die Vorhänge zurück und öffnete einen Flügel. Schlagartig wurde der Lärm lauter, der Geruch von Öl und verbranntem Kraftstoff stieg mir in die Nase.

Unter mir ein Hut. Unter dem Hut ein Gesicht. Ein mir wohlvertrautes.

Großvater thronte auf seiner neuesten Anschaffung. Mr Henry Ford hatte der Welt nicht nur erschwingliche Automobile geschenkt, er besaß auch ein Herz für Amerikas Farmer und deren harten Arbeitsalltag. Zufrieden hielt Großvater das Lenkrad des *Fordson Modell F* zwischen den sehnigen Händen. Drei Monate lang hatte er ungeduldig auf die Ankunft des Traktors gewartet, darauf, dass er seinen Weg aus dem Werk in Dearborn, Michigan, über den Atlantik und von Holland aus über den

Rhein, zu ihm fand, auf seinen Hof. Natürlich käme er damit nicht in die Rebhänge. Viel zu steil. Aber unten, auf gerader Fläche, würde ihm das Fahrzeug die Arbeit erleichtern. Wie von Mr Ford beabsichtigt.

Weshalb der Trecker aber an diesem Morgen wie ein vorsintflutliches Monstrum über den sorgfältig geharkten Kies knirschte, der die *Alte Burg* umgab, erschloss sich mir nicht. Ebenso wenig, wieso Großvater plötzlich vom Kiesweg auf den gepflegten Rasen abbog. Und falls ich gedacht hätte, ich wäre Zeuge eines maximal verbotenen Tuns, sah ich mich getäuscht – es ging entschieden verbotener. Nicht genug, dass das knatternde Ungetüm zwei dunkelbraune Fahrspuren auf dem kurz geschorenen Rasen hinterließ, betätigte Großvater mit einer knappen Drehung des Handgelenks einen Hebel neben dem Steuer. Hinter dem Traktor war ein Pflug angehängt, dessen Pflugscharen sich wie das Fallbeil einer sehr langsamen Guillotine hinabsenkten. Scharfe Metallzähne fraßen sich in das Grün der Wiese und hinterließen eine tiefe Wunde im Untergrund.

»Großvater, was tust du da?«, brüllte ich von oben. »Bist du verrückt geworden?«

Trotz der lauten Betriebsgeräusche hatte er mich gehört. Er hob den Kopf, entdeckte mich am Fenster und stellte den Motor ab.

»Was sagst du?«, rief er hinauf.

»Ich will wissen, was du da machst. Warum ruinierst du unseren schönen Rasen?«

Breit grinsend schob er sich den Strohhut in den Nacken. »Stell dir vor, Julius: Es ist eine Überraschung!«

Und wie so oft hatte ich ihm nicht zu widersprechen vermocht.

*

Am nächsten Tag war ein halbes Dutzend Männer mit Schaufeln, Spitzhacken und Schubkarren angerückt. Großvater hatte mit seinem Trecker eine etwa zwanzig mal vierzig Meter große Fläche umgegraben. Zu klein für einen ernst zu nehmenden Acker, zu groß für ein schlichtes Blumenbeet, ganz zu schweigen von einem geeigneten Platz für ein paar Rebstöcke. Ich beobachtete, wie die Arbeiter die frisch aufgebrochene Erde ungefähr einen Fuß tief aushoben.

Diesmal brachte Großvater einen Anhänger mit. Keinen Pflug. Gottlob. Es brauchte einige Fahrten, bis er den Aushub weggekarrt hatte. Zurück blieb ein Fragezeichen in Gestalt einer Grube: dunkelbraun, mit vier Ecken.

»Was hat das zu bedeuten?«

»Gibt es einen tieferen Sinn für das Ganze?«

»Seid ihr in Großvaters Überraschung eingeweiht?«

Almuths und Viktorias Stimmen, die meiner beiden älteren Schwestern, und meine waren durcheinandergegangen.

»Nicht nur eingeweiht«, sagte Mutter lächelnd, und Vater ergänzte: »Sondern speziell für euch in Auftrag gegeben.«

Die geheimnisvollen Aktivitäten setzten sich fort, und das freigelegte Areal wurde gewalzt. So simpel, wie es klingt, war es nicht. Drei Männer mussten sich gewaltig ins Zeug legen, um die schwere Eisenwalze zu ziehen. Ihre nackten Oberkörper glänzten in der Sonne.

Ein dickes Rohr wurde verlegt. Muskulöse Arme schaufelten Kies und anschließend mehrere Schichten einer dunklen körnigen Substanz in die Grube – vulkanischen

25

Ursprungs, wie mir erklärt wurde, was nicht eben zur Lösung des Rätsels beitrug.

Ich erinnere mich, wie ich früher unserer Köchin zugesehen habe, wie sie einen Baumkuchen buk. Im Rückblick glich die Angelegenheit dem frappant: der Herstellung eines etwa achthundert Quadratmeter großen Baumkuchens.

Weiter hüllten sich Großvater, Vater und Mutter in Schweigen, bis – bis eines Tages Großvater einen Haufen flammenden Rots antransportierte. Ich kann es nicht besser beschreiben; es war der roteste Haufen Sand, den ich je gesehen hatte. Eine einzige glühende Düne.

Bis dahin kannte ich ganz normalen Sand, hellgelb, dessen Farbe, wenn er nass wurde, sich in ein schmutziges Braun verwandelte. An einigen Stellen des Rheinufers fand sich beinah weißer Sand, von dem Vater uns erzählt hatte, es seien Muscheln und Steine, die im Laufe von Millionen Jahren durch den Druck des Wassers zerrieben worden waren.

Aber roter Sand, der wie die Glut eines Feuers leuchtete?

»Großvater, was ist das?«, flüsterte ich ehrfürchtig und zeigte nach hinten, auf seinen Anhänger.

»Das, Julius, ist feinstes Ziegelmehl. Eine Menge Dachziegel mussten dafür gebrannt und zerkleinert werden. Hast du langsam eine Idee davon, was hier entsteht?«

*

Die vollständige Liste meiner Vornamen lautet Julius Augustus Maximilian Wilhelm Karl. Gerufen wurde und werde ich jedoch schlicht Julius.

Mutter war eine Prinzessin – wenigstens nannte Großvater sie so – und die schönste Frau weit und breit. In ihrer Jugend ist sie Weinkönigin gewesen. Es heißt, die Mädchen in der Umgebung seien erblasst, sobald sie ihr begegneten. Im Gegensatz zu den jungen Burschen, deren Gesichter die Farbe reifer Trauben annahmen, wenn sie ihr – mehr oder weniger zufällig – über den Weg liefen.

Reifer Trauben?

Richtig. Reifer Trauben.

Der Mittelrhein gilt als eine *der* Weinregionen schlechthin in deutschen Landen. Hier lebte Großvater, ein wohlhabender und angesehener Mann; Winzer, Witwer, Mutter sein einziges Kind. Eine Kombination, die manch einem ihre Schönheit umso heller erstrahlen ließ.

Die Familienlegende sagt, als sie siebzehn war, habe er sich geräuspert, über den stoppeligen Bart gestrichen und laut gedacht. Laut gedacht und leise sinniert: »Es wird Zeit, dich zu verheiraten, Anna. Du sollst nicht an meiner Seite versauern.«

Aufmerksam habe Mutter ihn damals gemustert. Großvater sprach nicht viel, aber wenn, lohnte es sich zuzuhören.

»Für meine Prinzessin nur das Beste.«

Angeblich sei sein Blick bei diesen Worten über den Hof gewandert, vorbei an dem großen hölzernen Kelter, durch das offen stehende Tor über die staubige Straße und auf der anderen Seite den steilen Schieferhang empor, an dem schon sein Vater in ordentlichen Reihen Wein angebaut hatte, bis er an die hohe Bruchsteinmauer gestoßen sei, die seit jeher Befestigung und Grenze war. Befestigung für das Gelände oberhalb davon, Grenze zu dessen Bewohnern.

*

Die Landschaft zwischen Koblenz und Bingen ist reich
an Klöstern, Schlössern und Ruinen; märchenhaften Ge-
mäuern mit ebenso märchenhaften Namen: *Löwenburg*,
Hammerstein und *Stahleck*. Die von Bergs lebten seit Jahrhunderten auf der *Alten Burg* über dem Strom. Geogra-
fisch gesehen befanden wir uns damit zu weit südlich und
auf der falschen, der linken Rheinseite, um in direkter
Linie vom berühmten Geschlecht *der* von Bergs abzu-
stammen, deren Herzogtum sich vor allem in Richtung
Niederrhein erstreckte.

Doch was solls?

Es wird erzählt, der alte Graf, der vor meiner Geburt
verstarb, mein Großvater väterlicherseits also, habe unsere Ahnherren als »Rheinkiesel« bezeichnet, die – warum
auch immer – flussaufwärts gespült worden seien.

»Wir sind quasi der erfundene Teil der Familie«, habe
er zu sagen gepflegt, »der von der Geschichte geschaffene;
nicht bergisch, nicht preußisch, nicht frankophil – sondern alles zugleich.«

Damit hatte er auf die wechselvolle Historie des Rheins
als Grenzfluss angespielt. Er galt als glühender Liebhaber
seiner Heimat, des Mittleren Rheintals, dessen Mythen
und Erinnerungen, und hatte zu Beginn des Jahrhunderts
den örtlichen Geschichtsverein gegründet. Von Anfang an
dabei: Großvater, mein anderer Großvater, Mutters Vater.

Ich möchte anbieten, hatte dieser geschrieben, *dass wir
einmal eine Vereinssitzung bei mir zu Hause abhalten,* nachdem sein Blick wieder von der Alten Burg zurück auf den
Hof zu seiner Tochter gewandert war.

Der Adressat seiner Zeilen?

Karl Graf von Berg, auf den der Vorsitz des Vereins nach dem Tod seines Vaters übergegangen war, so wie er irgendwann auf mich übergehen würde.

Immer nur das Hinterzimmer der Dorfschenke scheint mir auf Dauer etwas unpersönlich, hieß es in Großvaters Nachricht. *Meine Tochter Anna wird die Getränke reichen.*

*

Meist nehmen sich die Dinge von oben betrachtet etwas kleiner aus: die Weinberge, die bewaldeten Hügel, die Lastschiffe auf dem Rhein und das Dorf zu Füßen der Alten Burg – mit einer Ausnahme. Als ältester Sohn hatte Vater nicht nur den Vorsitz des Geschichtsvereins, sondern auch den Titel, die Ländereien und den Stammsitz der Familie geerbt; außerdem lasteten seitdem gewaltige Hypotheken auf seinen Schultern, wie er Mutter noch vor der Eheschließung gestand.

Ein Vertrauensbeweis.

Nicht minder ein Akt purer Verzweiflung.

Und so war es fraglos ehrlich gemeint, als er nach der Hochzeit seinen ganzen Mut und alles an Gefühl zusammennahm, das ein Grafensohn, den man in der wilhelminischen Tradition erzogen hatte, in der Lage war zu zeigen. Eine Tradition, in der vermeintliches Nichtempfinden als standesgemäße Empfindung gilt.

»Ich fürchte, ich habe dich gekauft und mit meinem Stammbaum bezahlt«, sagte er mit ausdrucksloser Miene.

»Falsch«, hatte Mutter entgegnet, wie sie mir später erzählte, »Vater hat dich gekauft und mit etwas bezahlt, von dem wir beide nicht wissen, ob du es verdienst.«

- 2 -

Er spielt Ball«, sagten die Dorfbewohner und blickten sich kopfschüttelnd an.

Wir spielten alle Ball, auch Vater und Mutter. Von wegen »speziell für euch in Auftrag gegeben«. Wir waren die Ersten im Mittleren Rheintal, die einen privaten Tennisplatz ihr Eigen nannten – und nutzten.

Tatsächlich erwiesen sich meine Eltern im Hinblick auf den Tennissport nicht weniger begeistert als meine Schwestern und ich. Sie maßen sich sowohl im Einzel als auch im Doppel – mit uns und miteinander. Vaters größere Kraft und Reichweite wurden durch Mutters Schnelligkeit und Ballgefühl wettgemacht.

Waren wir unter uns, lieh sie sich eine von Vaters Tennishosen, krempelte deren Beine hoch und schnürte den Hosenbund mit einem Gürtel. »Glaubt ja nicht, das wäre undamenhaft«, funkelte sie uns an, »auf gar keinen Fall lasse ich mich durch so ein unpraktisches Ding wie ein Tenniskleid in meiner Bewegungsfreiheit einschränken!«

Nicht eine Sekunde lang bezweifelten wir, dass Mutter eine Dame war. Ob mit oder ohne Tenniskleid. Und dass sie sich durch irgendetwas einschränken ließ, stand gleichfalls nicht zu befürchten.

Wie sich herausstellte, verfügten wir alle über Talent –

Mutter, Vater, Almuth, Viktoria und ich – aber was diesen speziellen Ball betraf, jene besondere Kugel aus Gummi und Filz, zeigte ich mich begeisterter und ausdauernder als der Rest der Familie. Sobald ich den Platz betrat, geschah etwas mit mir, erfasste mich eine mir selbst nicht erklärliche monomane Energie.

»Er spielt Ball«, sagten die Dorfbewohner in einer Mischung aus Spott und Respekt und kamen auf ihren Sonntagsspaziergängen eigens zur Burg herauf, um sich das ungewohnte Schauspiel anzusehen.

Spott, weil offenbar jemand Stunde um Stunde, Tag für Tag und Woche für Woche versuchte, mithilfe eines apfelgroßen Gummiballes ein Loch in die Übungswand an der Stirnseite des Platzes zu schlagen. Respekt, weil offenbar jemand Stunde um Stunde, Tag für Tag und Woche für Woche versuchte, mithilfe eines apfelgroßen Gummiballes ein Loch in die Übungswand an der Stirnseite des Platzes zu schlagen.

Zu der Zeit war der Tennissport nicht sonderlich populär in Deutschland. Der Krieg war vorbei, dennoch gab es für die Menschen Wichtigeres, als ihre Kräfte bei einer scheinbar sinnentleerten Tätigkeit zu vergeuden, die vor allem darin besteht, eine Filzkugel mittels eines geformten Holzstückes, das mit ein paar Metern Tierdarm bespannt ist, eben dorthin zu schlagen, wo niemand steht – genau genommen die Antithese zu dem Gedanken des *Miteinander*spielens.

Doch ich greife vor, denn in dem Moment, in dem ich beschloss, meinem Gegenüber den Ball nicht mehr zu-, sondern von ihm wegzuspielen, wandelte ich mich vom Liebhaber zum ernsthaften Wettkämpfer.

Eine scheinbar sinnentleerte Tätigkeit also, unangemessen und überflüssig, das Tennisspiel. Es sei denn, man war Sohn eines Grafen; ein Sohn, der das Glück gehabt hatte, dass die Sorgen und Nöte des Krieges und der Nachkriegszeit – mit Ausnahme der Besatzungstruppen – größtenteils außerhalb seines Blickfeldes geblieben waren. Dessen Welt nicht aus Hunger und Inflation bestand, sondern aus Spiel und Leidenschaft. Eine Welt, deren Grenzen nicht vom täglichen Überlebenskampf, sondern durch ein paar Kreidelinien auf einem Aschenplatz markiert wurden.

*

Man mag von unserer Familie halten, was man will; die Beckmessersche nicht sonderlich viel, behaupte ich. Ihr Credo lautete:

»Die von Berg'schen Mädchen sind Rowdys! Und dann gibt es Julius.«

Sie hieß nicht wirklich Beckmesser. Vater hatte sie seinerzeit als Erzieherin für uns eingestellt und ihr diesen Spitznamen verliehen. Ausgerechnet Vater. Zeit seines Lebens ein Wagnerfreund, stand er nicht zwingend im Verdacht, ein Witzbold zu sein. Als wir begriffen, worauf sich sein Wortspiel bezog, übernahmen wir den Scherz nur allzu gern.

Ihr echter Name war Beckmann. Fräulein Ernestine Beckmann. Vielleicht hatte es mit der Enttäuschung zu tun. Mit der über uns oder Edward. Natürlich denke ich dabei an den englischen Edward, auch wenn die gute Beckmesser zu der Zeit noch nichts von der Sache mit Wallis ahnen konnte. Wahrscheinlich hatte sie es als Abstieg empfunden, bei Kriegsausbruch das britische Eiland verlassen und bei uns anfangen zu müssen. Sie, die ehemalige Gouvernante der Windsors, sah sich plötzlich gezwungen, für ein rheinisches Adelsgeschlecht zu arbeiten, dessen Stammbaum zwar Ritter, Generäle sowie Minister verzeichnete, dem aber ebenso Knappen, Kammerherren und Küchenmeister entsprungen waren.

Das Fräulein Beckmesser stand für einen Kompromiss.

»Ich will nicht, dass unsere Kinder die Nasen hoch tragen und von dort oben auf die anderen hinabblicken. Schließlich habe ich selbst in der Dorfschule lesen, schreiben und rechnen gelernt, und schau, was aus mir geworden ist.«

Mutter hatte ihrer Ansicht in ruhigem Ton Ausdruck verliehen – dennoch lag ein leichtes Vibrieren in ihrer Stimme. Ein ungewohnter Klang, als wäre sie ihrer Meinung nicht ganz sicher.

Nicht weniger ruhig antwortete Vater: »Wir wissen beide, dass eine Landgräfin aus dir geworden ist. Ob eine Salonbolschewistin, sei dahingestellt.«

Auch seiner Stimme wohnte ein sanftes Vibrato inne, im Gegensatz zu Mutter schien er seiner Sache jedoch gewiss. Unzählige Stunden Privatunterricht, über Generationen hinweg, hinterlassen Spuren. Die Gegenwart und die Zukunft betreffend.

»Was sagst du Almuth, wenn sie später einmal einen lateinischen Text studieren möchte?« Vater deutete in Richtung Arbeitszimmer. »Das Familienarchiv ist voll davon. Oder falls Viktoria beabsichtigt, sobald sie älter ist, unsere französischen Nachbarn zu besuchen. Paris im Frühling soll sehr schön sein. Es wäre sicher kein Nachteil, wenn sie sich in der Landessprache verständigen könnte. Und was ist mit Julius? Unter Umständen wird er einmal eine Zeit lang in England leben, wer weiß? Die

Sprache Shakespeares scheint mir nicht nur die der Vergangenheit, sondern auch die der Zukunft zu sein.«

Mutter verzog die Mundwinkel. »Ich bin keine Salonbolschewistin. Aber ebenso wenig bin ich bereit, meine Wurzeln zu vergessen.«

Folglich wurde die Beckmessersche eingestellt. Gleichzeitig besuchten wir die Dorfschule. Vormittags feuchte Schwämme, Kreidestaub und das Kratzen der Griffel auf unseren Schiefertafeln. Nachmittags Englisch, Französisch und der *five o'clock tea* mit Fräulein Beckmesser – Konversation und Etikette standen auf dem Stundenplan.

Außerdem schickte an zwei Tagen pro Woche der Pfarrer aus der Nachbarstadt seinen jungen Kaplan zu uns auf die Burg, damit dieser uns in Latein und Griechisch unterrichtete.

Ein humanistisches Bildungsideal also.

Nicht die Nase, sondern das Streben nach Menschlichkeit wurde im Hause von Berg hochgehalten.

*

Ein Leben in zwei Welten.

Als ich eingeschult wurde – ein Tennisplatz war weit und breit noch nicht in Sicht – hatten Almuth und Viktoria schon ein paar Schuljahre auf dem Buckel. Der Altersabstand zwischen uns betrug jeweils zwei Jahre, trotzdem besuchten wir eine Klasse: *die* Klasse.

»Wir begrüßen die neuen Mitschüler mit einem freundlichen ›Guten Morgen‹«, forderte Lehrer Hartwig den Klassenverband auf, und aus vierzig Kehlen krähte, krächzte und zwitscherte es: »Guten Morgen!«

Ein Schauer lief mir über den Rücken. Ob lustvoll oder

vor Schreck, sei dahingestellt. Solch einen Lärm war ich nicht gewohnt. Zu Hause gab es dicke Mauern, das Personal verhielt sich respektvoll, und auch Mutter und Vater neigten nicht zu übermäßiger Lautstärke. Zuweilen kreiste ein Falke am Himmel über der Alten Burg, darüber existierte nur noch Gott – sonst nichts.

»Bei einem von ihnen handelt es sich«, Lehrer Hartwig musterte mich durch die funkelnden Gläser seiner Brille, »um Julius, den Sohn des Grafen und jüngeren Bruder von Almuth und Viktoria.«

»Ich dachte, er sei ihre kleine Schwester«, flüsterte es hinter mir, und die Klasse begann lauthals zu lachen.

»Ruhe!«, brüllte Herr Hartwig und knallte drohend den Zeigestock auf sein Pult.

Nach Schulschluss erkundigte ich mich ratlos bei Almuth und Viktoria, was all das zu bedeuten habe.

»Nun, ich schätze, es hat mit deinen Haaren zu tun«, sagte Almuth.

»Was ist damit?«

»Sie sind im Vergleich zu denen der übrigen Jungen ein wenig lang«, antwortete Viktoria und zog daran.

»Aua!« Vielleicht lag es an dem hellen Stechen auf meiner Kopfhaut; möglicherweise verlieh ich einem tieferen Schmerz Ausdruck. »Wird das die ganze Zeit so gehen?«

»Nein«, erwiderte Almuth mit der gelassenen Souveränität einer großen Schwester. »Es war Kurt. Er hat in die Klasse gerufen. Viktoria und ich haben uns vorhin, in der großen Pause, mit ihm unterhalten, nicht wahr, Viktoria?«

Diese grinste. »Kann man wohl sagen.« Sie zog ihr Kleid hoch und zeigte mir einen großen Riss in ihrem Unterrock. »Ich glaube nicht, dass er dich noch einmal ärgern wird.«

36

So gesehen lag das Fräulein Beckmesser mit seiner Einschätzung, die von Berg'schen Mädchen seien Rowdys, also nicht völlig daneben – allerdings Rowdys von blauem Blut.

Außerdem gab es mich. Julius.

Auch da irrte es nicht, das Fräulein Beckmesser.

*

Folgte man von der Burg aus der kurvenreichen Strecke runter ins Dorf, betrug die Entfernung ungefähr drei Kilometer. Das war viel. Und dauerte lange. Zu lange.

Es gab einen direkteren Weg zu Großvater. Hinter der Burg den Schieferhang hinab, die Bruchsteinmauer hinunter, durch die Reihen der Rebstöcke, die schon sein Vater gepflanzt hatte, über die staubige Straße und dann zu ihm, auf den Hof.

Ich habe immer den direkten Weg zu Großvater genommen. Auf den ersten Blick vielleicht etwas unbequem, ersparte es einem letztlich enorm viel Zeit.

Er saß auf der Bank vor dem Haus, ein Glas Wein in der Hand. Wortlos platzierte ich mich neben ihn. Wie gewohnt trug er seine Arbeitshose, die je nach Tätigkeit mal braun, mal violett und mal schwarz wirkte. Nur sauber wirkte sie nie. Es war ihm egal. Sie gehörte zu ihm, zeichnete ihn aus.

Nach Feierabend wechselte er sie nicht. Stattdessen streifte er seine Strickjacke über das kragenlose gestreifte Baumwollhemd. Ein Zeichen. Ein Zeichen dafür, dass das Tagwerk vollbracht war.

»Was machst du?«, fragte ich ihn.

»Nichts.«

»Was soll das heißen?«, erkundigte ich mich interessiert.

»Das heißt, ich erfreue mich am Nichts; nichts Dringendes zu tun, kein Streit mit irgendwem, niemand spricht einen an.«

»Oh«, sagte ich betroffen.

»Du bist nicht niemand. Du bist mein Enkel.«

Ich nickte. Erleichtert. Großvaters Liebe brauchte nicht viele Worte.

Ich erzählte ihm von meinem ersten Schultag, die Sache ließ mir keine Ruhe. Dass ich angeblich wie ein Mädchen aussähe und wegen meiner Haare gehänselt worden war. Als ich ihm von Almuths und Viktorias Strafexpedition berichtete, stahl sich ein Lächeln auf seine Züge. Er hob das Glas, nickte mir zu und nahm einen Schluck. Dann hielt er es mir hin.

»Was denkst du?«, fragte er.

Ich roch daran. »Der Riesling vom vorletzten Jahr?«, antwortete ich.

Großvater nickte zufrieden.

Auch wenn ich gerade erst in die Dorfschule gekommen war, die Weinschule besuchte ich schon lange; solange ich denken konnte. Großvater war Wein, Mutter war Wein, das ganze Dorf, die Region, das Mittelrheintal, waren Wein.

»Und? Siehst du wie ein Mädchen aus?«, erkundigte er sich.

Ich zuckte mit den Achseln. »Kann schon sein. Die Jungen in der Schule sind entweder kahl geschoren oder tragen einen Scheitel. Lange Haare, so wie ich, hat keiner.«

Erneut nahm Großvater einen Schluck aus seinem Glas. Diesmal einen größeren. Beinah als müsste er sich Mut antrinken. Aber das konnte nicht sein. Großvater fürchtete niemanden.

*

Zwei Stunden später stand ich wieder bei ihm auf dem
Hof. Schneller als erwartet. Diesmal an der Hand von
Mutter. Sie hatte nicht gezögert. Almuth und Viktoria
waren ebenfalls dabei. Vater hingegen hatte es vorgezogen, auf der Burg zu bleiben. Es sei sicherer, lautete sein
Kommentar.

»Wie kannst du es wagen?!«

Wütend stellte Mutter sich vor Großvater, der immer
noch auf der Bank saß. Inzwischen hatte sich die Dunkelheit herabgesenkt, das warme Licht der Öllampen im
Innenhof ergoss sich über unsere kleine Gruppe.

»Kahl oder Scheitel?«, hatte mich Großvater zwei
Stunden zuvor gefragt, und nach kurzer Überlegung war
meine Wahl auf Scheitel gefallen. Behutsam fuhr ich mir
mit der Hand über den Schädel. Es fühlte sich ungewohnt
an, aber nicht schlecht.

Großvater musterte Mutter aus seinen schiefergrauen
Augen. »Julius ist ein Junge, keine Puppe. Daran solltest
du immer denken. Auch wenn er beinah …«

Ich spürte, wie Mutter sich straffte, ein unsichtbarer
Stacheldraht sich in ihr aufrichtete.

Manchmal vergisst die Natur die Zeit. Ich war zu früh
zur Welt gekommen. Viel zu früh.

»Ich habe solche Angst um dich gehabt«, hatte Mutter
mir erzählt und mich so fest gedrückt, dass es fast schon
wehtat. »Nur eine winzige Handvoll Leben in der riesigen Wiege. Finger und Zehen wie kostbare kleine Perlen.

Dein Brustkorb hob und senkte sich derart leicht, dass ich Sorge hatte, eine einzelne Feder könnte zu schwer für dich sein, geschweige denn ein ganzes Deckbett. Wie sollte ich dich schützen, wo dir unverzeihlicherweise der Schutz meines Körpers vor der Zeit entzogen worden war?«

Ich hatte nichts zu sagen gewusst. Damals. Auch heute wüsste ich es nicht. Der Schmerz einer Mutter macht stumm. Auch wenn er einen selbst betrifft. Gerade wenn er einen selbst betrifft.

»Geht bitte ins Haus, Kinder«, sagte sie zu Almuth, Viktoria und mir. Wortlos folgten wir ihrer Aufforderung.

Ich durfte einen Monat nicht hinunter zu Großvater; er einen Monat nicht zu uns herauf, auf die Burg. Hin und wieder wurde ich noch in der Schule gehänselt. Aber nicht wegen meiner Haare. Die würde ich mein Leben lang gescheitelt tragen, unabhängig von dem, was andere sagten oder taten.

1938, Berlin, Gefängnis Tegel

Ich blicke zu der gemauerten Fensteröffnung, durch die eisernen Stäbe in den vergitterten Himmel über Berlin. Es schneit. Schneeflocken gleiten durch die Luft. Ich höre ihren Atem.

Seit Wochen ist es kalt in meiner Zelle. Klirrend kalt. Die Art von Kälte, die einem in die Knochen kriecht, sie spröde macht, bis sie brechen wie Glas.

Mit jeder Lüge belügt man sich selbst.

Ich werde den Winter nicht überleben. Tatsächlich habe ich ihn nie gemocht. Tennis gehört in den Sommer, nach draußen, ans Licht, in die Freiheit – wie ich.

- 3 -

Lange Schatten im Licht der untergehenden Abendsonne. Rotgoldene Strahlen, die die Kontraste zwischen Himmel, Gras und Ziegelasche schmelzen ließen. Und über allem eine verzauberte Stille, einzig unterbrochen vom Ploppen des Balles.

Nach stundenlangem Rennen, Springen, Schlagen, Hechten und Hecheln waren Almuth und Viktoria aus dem Garten ins Haus zurückgekehrt, um sich rechtzeitig fürs Abendessen zu waschen und umzuziehen.

»Ich bleibe noch ein bisschen«, hatte ich gesagt.

»Du Verrückter.« Viktoria. Kopfschüttelnd.

»Du kriegst wirklich nie genug, Julius.« Almuth. Nicht weniger kritisch.

Schwestereinigkeit.

War ich verrückt? Bekam ich vom Tennisspielen wirklich nicht genug?

Schwer zu sagen.

Kann man vom Tennisspielen je genug bekommen?

Kaum waren sie weg, begann ich den Ball gegen die Übungswand zu schlagen. Wieder und wieder. Versuchte, ihn so zu platzieren, dass er nach dem Abprallen etwa einen halben Meter vor und neben mir aufsprang, damit ich ihn ohne große Anstrengung ein weiteres Mal zurückspielen konnte. Mit voller Konzentration drosch ich ihn vor die Mauer, in endloser Erneuerung des tausendfach erprobten Bewegungsmusters.

Die kühle Abendluft auf meiner schweißnassen Haut, verlor ich mich im Rhythmus meiner Schläge, vergaß Zeit und Raum …

Obwohl ich das Tempo nicht verringerte, schien der Ball mit einem Mal langsamer zu werden, an Geschwindigkeit zu verlieren. Gleichzeitig wurde er in meiner Wahrnehmung größer, seine Struktur, seine Beschaffenheit traten immer deutlicher hervor. Fast meinte ich, jedes Haar auf seiner Oberfläche zu erkennen.

Mit unendlicher Ruhe verfolgte ich seine Flugkurve, nahm Maß, und noch bevor ich den Schläger nach vorn gebracht hatte, wusste ich – war gewiss – es wäre mir unmöglich, einen Fehler zu machen. Ich traf den Ball im perfekten Moment.

»Julius, es ist Essenszeit!«

Mutter, am geöffneten Fenster des Speisezimmers. Den Blick auf das Aschenrechteck mit den weißen Begrenzungslinien und dem geflochtenen Netz gerichtet sowie auf die Gestalt ihres Sohnes, der unversehens in die Realität zurückkatapultiert worden war.

Sehr viel später in meinem Leben sollte ich Turniere spielen. Große Turniere, wichtige Turniere, an internationalen Wettbewerben teilnehmen. Ich würde gegen die Besten der Welt antreten, ganz bestimmt auch, um zu gewinnen. Aber noch mehr wäre es der Moment des *Übergangs*, den ich herbeisehnte – nur noch für ein einziges Mal – des Übergangs aus der einen gemeinsamen Welt in die ferne Schönheit jener anderen, in der der Ball in nie geahnter Vollkommenheit seine Bahn in einem eigenen, nur mir ersichtlichen Universum zöge.

Ich würde alles dafür geben.

Als ich das Speisezimmer betrat, war der Rest der Familie längst versammelt. Das Fräulein Beckmesser durfte als einzige Angestellte mit uns zu Tisch sitzen. Misstrauisch beäugte es meine Abendgarderobe. Oben, in meinem Zimmer, hatte ich mir das Hemd nur hastig in die Hose gesteckt. Jetzt bemerkte ich, dass seitlich ein Zipfel hinaushing. Gleichzeitig wurde mir klar, im hektischen Bemühen nicht noch später zu kommen, war ich versehentlich wieder in meine Tennisschuhe geschlüpft, statt, wie gewohnt, zu der grauen Flanellhose die schwarzen Budapester anzuziehen.

Ein Fehltritt, ganz bestimmt.

Aus den Augenwinkeln nahm ich wahr, wie Vater die rechte Braue hochzog. Beruhigend legte Mutter ihre Hand auf die seine.

»Setz dich, Julius«, sagte sie.

Kaum war ich ihrer Aufforderung nachgekommen, ergriff die Beckmessersche das Wort. Pflichtbewusst, wie sie war, nutzte sie die gemeinsamen Mahlzeiten, um die Sprachkenntnisse ihrer Zöglinge zu trainieren.

»*Why are you late?*«, fragte sie mich streng.

»*I have played tennis*«, antwortete ich.

»*How long did you play tennis today?*«

»*About six hours*«, erwiderte ich stolz.

»*Good heavens! Why did you do that?*«

Und im Nachklang des so sonderbaren, so einzigartigen Gefühlszustandes, in dem ich mich kurz zuvor befunden hatte, überfiel mich unversehens eine Erkenntnis. Eine Erkenntnis, die ich wie einen dringlichen Befehl empfand.

»*I want to become World Tennis Champion!*«, sagte ich mit dem lächerlichen Ernst des Heranwachsenden.

Almuth und Viktoria prusteten los, das Fräulein Beckmesser schwieg schockiert. Ich blickte zu Vater und Mutter. Sie hatten ihre Haltung nicht verändert. Weiter bedeckte Mutters Hand die von Vater. Man musste schon sehr genau hinsehen, aber ein feines Lächeln lag auf ihren Zügen. Vaters Miene hingegen verriet nichts.

*

»Bauer von E2 auf E4«, sagte Mutter.

Und ohne zu zögern, entgegnete Vater: »Springer von G8 auf F6.«

Die Partie war eröffnet.

Ein verregneter Nachmittag in der Bibliothek. Vater und Mutter auf ihren gewohnten Plätzen in den beiden Sesseln im Erker. Zwischen ihnen der Schachtisch, auf den durch die hohen Fenster selbst bei wolkenverhangenem Himmel hinreichend Tageslicht fiel.

Entgegen der üblichen Gepflogenheiten beim Schach durfte nicht nur gesprochen werden, es wurde gesprochen. So hatte die Szene etwas von einem Theaterstück mit nur einem Zuschauer – mir. Meine Schwestern fanden das Ganze langweilig und vergnügten sich lieber oben in ihren Zimmern. Ich nicht. Ich saß gern im Publikum. Noch.

»Nirgendwo habe ich mich wohler gefühlt, Julius«, sagte Vater und beeilte sich mit Blick auf Mutter hinzuzufügen, »außer hier, bei euch, selbstverständlich.«

Er hatte von seiner Studienzeit in Oxford erzählt. Vater erzählte oft von seiner Studienzeit in Oxford. Er war der erste von Berg, der in England studiert hatte; wenn es nach ihm ging, bliebe er nicht der letzte.

»Es ist diese spezielle Mischung aus Sportsgeist einerseits und *gentlemanship* andererseits, die mich dort so beeindruckt hat«, sagte er. »Es gibt sogar ein eigenes Wort dafür – *sportsmanship*. Verstehst du, was ich damit sagen will, Julius?«

Oxford. Grüne Wiesen und der Fluss. Altehrwürdige Colleges mit verschnörkelten Sandsteinfassaden. Dozenten in schwarzen Talaren, Studenten auf Fahrrädern. Und Bälle. Bälle, Bälle, Bälle. Große, kleine. Runde wie der Fußball. Oder ovale wie das Rugbyei. Prall gefüllte Lederkugeln wie die beim Cricket und kleine weiße Vögel, wie sie beim Badminton durch die Luft fliegen – mit arg zerzaustem Federkleid.

Es sind die Bilder der Eltern, die wir in uns tragen, die unsere Fantasie beflügeln; egal, wie viel wir später dazulernen und wieder vergessen.

Allerdings wusste ich in dem Moment nicht genau, was Vater meinte. Der Beginn meiner Schullaufbahn lag zwar inzwischen ein paar Jahre zurück, dennoch schien mir deren Ende nicht sonderlich nah. Ebenso wenig wie die Aufnahme eines Studiums.

»Dein Vater ist der Überzeugung, Siegen sei nicht alles«, erklärte Mutter. Offenbar hatte sie meine Gedanken gelesen. »Vielmehr zählen Persönlichkeit und Auftreten. Ist es nicht das, was du Julius vermitteln willst, Karl?« Sie zog ihren Läufer schräg nach vorn.

Vater nickte. »Richtig, meine Liebe. Gewinnen um jeden Preis beinhaltet immer ein Moment der Zügellosigkeit, stellt letztlich eine Charakterschwäche dar. Schließlich leben wir nicht mehr im Mittelalter.« Er schlug einen von Mutters Bauern.

Diese senkte den Blick. »Eine Haltung, die man sich

leisten können muss.« Sie griff nach ihrer Dame und platzierte sie auf einem der Außenfelder.

»Bei einem Studentenwettkampf«, sagte Vater, »habe ich erlebt, wie ein Boxer den Kampf aufgab, nachdem er bemerkt hatte, dass sich sein Gegner wegen einer Zerrung im Ring nicht mehr richtig bewegen konnte. Ein andermal war ich Zeuge, wie ein Rugbyteam geschlossen das Feld verließ, weil die Spieler zu der Auffassung gelangt waren, der Schiedsrichter entscheide einseitig *für* sie.«

Unwillkürlich fragte ich mich, ob ich Vater liebte. So wie man einen Menschen aus Fleisch und Blut liebt. Oder war es vielmehr das, wofür er stand, was ihn ausmachte, was er verkörperte und gleichzeitig – gab es das Wort – vergeistigte?

Vater war eine Idee. Außer dem *fair play* hatte er aus Oxford eine lebenslange Begeisterung für Bewegung, Spiel, den Wettstreit in lockerer Atmosphäre mitgebracht – und an uns weitergegeben.

Auf der Alten Burg gab es Reitpferde, im Garten eine Kegelbahn, hölzerne Krocketschläger, ein Federballnetz, eine Reckstange und vieles mehr. Manchmal, wenn es zu spät war, um noch rauszugehen, saßen Almuth, Viktoria und ich am Tisch und spielten Mau-Mau oder Rommé. Sobald sich jemand als schlechter Verlierer erwies, wurde unweigerlich Vater zitiert.

»Bitte«, sagten die beiden anderen dann, »du willst auch morgen noch deinem Gegner und vor allem dir selbst ins Gesicht sehen können!«

Ich blickte auf das Spielbrett auf dem Tisch. Im Mittelfeld war es ziemlich eng geworden. Andererseits hatten sich die Reihen der Bauern merklich gelichtet.

»Ich weiß nicht, wie ihr es empfindet, aber für mich sind

das Gesten, die einem entschieden Respekt abnötigen.«
Vater runzelte die Stirn und führte eine Rochade durch.
Ein Zug, von dem ich wusste, er diente nicht zuletzt dazu,
den König in Sicherheit zu bringen.

Mit funkelnden Augen sagte Mutter: »Apropos Respekt. Du erwartest hoffentlich nicht, dass ich dir ein Remis anbiete, wo du in fünf Zügen matt bist?«

»Matt? Wieso matt?«

»Nun ja, schau, was ich mit meinem Springer mache.«
Sie führte den angekündigten Zug durch und schlug seinen Turm, wodurch sie hinter seine Verteidigungslinien gelangte.

»Gute Güte, das habe ich wohl übersehen. Nein, unter diesen Umständen solltest du mir selbstverständlich kein Remis anbieten, meine Liebe.« Und würdevoll fügte Vater hinzu: »Ich fürchte, es ist ein ehrlich herausgespielter Sieg.«

Während ich ihm zuhörte, entstand in mir – nicht zum ersten Mal – das Bild einer idealen Welt. Einer *englischen* Welt, wenn man so will; wenigstens nannte ich sie im Stillen so für mich. Einer Welt, in der heldenhafte Sportler den sicheren Sieg herschenkten, weil sie ihn aus ihrer Sicht nicht verdient hatten oder – andersherum – ihren Erfolg genossen, da sie einfach die Besseren gewesen waren. In beiden Fällen gingen sie als Gewinner vom Platz.

Es waren schöne Bilder, gute Bilder, die mich auf seltsame Art und Weise beruhigten. Man durfte gewinnen, musste es aber nicht. Auch eine vermeintliche Niederlage konnte sich als Sieg erweisen. Es kam schlicht auf die Haltung an.

*

»Wir treten gegen sie an!«

Wie so oft hatte Almuth das Kommando. »Sie«, das waren die Jungen aus der Klasse. »Wir«, ein Team bestehend aus Almuth, Viktoria, ihren Freundinnen und mir. Ergänzt wurde unsere Mannschaft durch Vaters Stallburschen, durch Georg und Hans, sowie den Hausdiener und den jungen Kaplan. Es muss ein sportbegeisterter Schöpfer gewesen sein, der ihm die Soutane übergestreift hatte; in den Unterrichtspausen oben auf der Burg war er stets der Erste, der ein Rennen, ein Geschicklichkeitsspiel oder einen anderen Wettkampf vorschlug. So war ihm sofort ein »Ich bin dabei« über die Lippen gekommen, als Almuth ihren Plan verkündete: Jungen gegen Mädchen – größtenteils jedenfalls – die Besseren mögen gewinnen.

Das Wetter hielt Schritt mit unser aller blendend guten Laune. Ein hoher blauer rheinischer Himmel. Das Grün der Wiese, auf der wir uns getroffen hatten.

Der Anpfiff gellte mir noch in den Ohren, als Viktoria den Ball am Mittelkreis eroberte. Aber ihr Querpass wurde abgefangen, und einer der Jungen aus dem Dorf stürmte sofort in Richtung unseres Tores. Wie es der Zufall wollte – taktische Überlegungen standen im von Berg'schen Team nicht unbedingt an erster Stelle –, war ich letzter Mann. Ausgerechnet. Ehe ich michs versah, wurde ich mittels einer eleganten Körpertäuschung ausgespielt und konnte Kurt – Kurt, dem Jungen damals vom ersten Schultag! – nur noch hinterherschauen.

»Wieso hast du ihn nicht aufgehalten?«

Empört kam Almuth auf mich zugelaufen. Eigentlich hütete sie das Tor, aber sie schien gerade Wichtigeres zu tun zu haben.

Verwirrt schaute ich sie an.

»Du hörst schon richtig. Du hättest ihn foulen müssen, ein taktisches Foul!«

Foulen? Foulen, um zu gewinnen? Was hatte Vater uns all die Jahre erklärt? In dem Fall wäre es hinterher doch kein verdienter Sieg, zumindest nicht der des Besseren. Der Gierigere hätte gewonnen, der Skrupellosere, der, der den Sieg unbedingt *brauchte*.

»'tschuldigung«, stammelte ich. Mehr bekam ich in dem Augenblick nicht raus. Es schien nicht der geeignete Zeitpunkt, Almuth die Feinheiten meiner Überlegungen darzulegen. Durch mein Verschulden lagen wir 0:1 zurück.

Sie knuffte mich in die Seite.

»Beim nächsten Mal gehst du drauf, verstanden?!«

In der Folge trat meine älteste Schwester den Beweis an, dass man ein Fußballteam auch als Torwart zu dirigieren vermag – gerade als Torwart.

Sie setzte ihre Arme nicht nur zum Fangen und Abwehren der gegnerischen Bälle ein, sondern schickte uns, auf dem Feld, mit wirbelnden Gesten mal hierhin und mal dorthin, beorderte uns hektisch zurück und im nächsten Augenblick wieder nach vorn, um kurz darauf einen Jubelschrei auszustoßen oder sich die behandschuhten Hände enttäuscht vors Gesicht zu schlagen. Eine Furtwänglerin unter den Torfrauen, mit umgedrehter Schiebermütze auf dem Kopf.

Das Spiel wogte hin und her. Mal befand sich das Jungenteam im Vorteil, mal eroberten wir Terrain zurück.

Endlich kam unsere Stunde. Wie eine Welle brandeten wir ins gegnerische Feld. Ich sah, dass Viktoria den Ball bekam, hörte Almuths laute Rufe in meinem Rücken und rannte auf der linken Seite nach vorn. Niemand konnte mich aufhalten, pfeilschnell zog ich meine Bahn. In vollem Lauf reckte ich den Arm nach oben, zeigte an, dass ich frei war, frei stand, mich freigelaufen hatte. Welch ein Glücksgefühl, was für eine Euphorie! Aus dem unendlichen Firmament über mir senkte sich der Ball gen Erden. Konzentriert, mit zusammengekniffenen Augen, verfolgte ich seine Flugkurve, wusste mit sicherem Instinkt, wo er auftreffen würde.

Im nächsten Augenblick lag ich mit dem Gesicht in der Wiese. Roch das Gras, sah Klee, Löwenzahn und Sauerampfer in grotesker Vergrößerung. Es summte in meinem Kopf; Bienen oder Wespen entdeckte ich nicht. Stattdessen schob sich Kurts grinsendes Antlitz in mein Blickfeld.

»Na, Freundchen, dachtest wohl für einen Moment, du könntest ein Tor schießen?«

Ich wusste nicht, was ich dachte. Erst später wurde mir die Sache klar. Viel später. Abends im Bett, als ich mir den schmerzenden Knöchel rieb und die Ereignisse des Tages noch einmal durch den Kopf gehen ließ.

Alle spielten. Aber nicht alle dachten und fühlten so wie ich: in schönen Bildern. Meine eigene Schwester hatte mir das nachdrücklich verdeutlicht. Es sah ganz danach aus, als müsste ich auf die von mir ersehnte *englische* Welt noch etwas warten – leider.

Nach der Partie lagen wir uns in den Armen; trotz meines Mitwirkens hatten wir gewonnen. Verschwitzt, glücklich, mit leuchtenden Augen drückten und herzten wir uns, schlugen uns voller Begeisterung auf die Schultern. Hans, der Stallbursche, streckte mir die Hand entgegen; Georg, sein Kollege, nahm mich in den Arm und sagte: »Du hast gute Beine, Julius. Das wird was mit dir.«

Ein gnädiger Fußballgott hatte uns den Sieg beschert – wie sonst ließ sich erklären, dass sämtliche unserer Treffer von dem jungen Kaplan erzielt worden waren?

*

In jenen fernen Tagen bestimmte – lange vor dem Tennis – eine weitere Sache unser Leben, oben, auf der Alten Burg.

Wenn ich behaupte, meine Schwestern und ich seien wohlbehalten und wohlbehütet innerhalb solider Mauern aufgewachsen, ist das richtig. Zur Hälfte richtig. Weil gleichzeitig lebten wir nebenan, in den Ställen der Burg; Almuth und Viktoria vielleicht noch mehr als ich. Bereits in jungen Jahren entwickelten sie sich zu wahren Amazonen – ein gewisses »Rowdytum« eingeschlossen.

Nicht ganz zufällig hatten seinerzeit Georg und Hans, die Stallburschen, unser Fußballteam verstärkt. Dem Fräulein Beckmesser war »die Gleichmacherei«, wie sie es nannte, ein Dorn im strengen Erzieherinnenauge, aber im Halbdämmer der Stallungen, inmitten des Duftes von Heu und Stroh, zwischen den Boxen, aus denen die schmalen Köpfe der Pferde mit ihren dunkel glänzenden Augen hervorlugten, verschwanden sämtliche Standesunterschiede.

»Schließlich ist es den Tieren egal, ob ein gräfliches Gesäß auf ihnen thront«, sagte Almuth.

»Oder eine gräfliche Gesäßin«, fügte Viktoria grinsend hinzu.

Eine meiner frühesten Erinnerungen ist – neben den Stimmen meiner Eltern und denen meiner Schwestern – das Schnauben der Pferde im Stall. Ihr samtenes Fell unter meinen Händen, die Berührung ihrer feuchten Nüstern an meinen Wangen und die wohlige Wärme ihrer Leiber an meiner glatten Haut.

Manchmal verschwanden in meiner Vorstellung die Grenzen zwischen Mensch und Tier, und ich wurde zu einem Zentaur, einem mythischen Mischwesen aus der einen und der anderen Lebensform.

»Spring auf!«

Georg war sechs Jahre älter als ich und schon lange Stallbursche bei uns. Und Pferdeexperte. Und, wie ich heute weiß, noch sehr viel mehr. Ich bewunderte ihn seit Kindertagen, schaute zu ihm auf. Schlank, sehnig, mit gleichmäßig gebräuntem Gesicht und ebensolchen Armen schien er nicht nur durch seinen Altersvorsprung bereits all das zu wissen, was ich noch zu erfahren suchte. Er hatte mir erzählt, er stamme aus Hamburg, sei in einer Dachkammer in einer Mietskaserne unweit der Ottensener Hauptstraße aufgewachsen und habe schon früh als Schiffsjunge auf einem der großen Handelsschiffe angeheuert, die regelmäßig den Atlantik überqueren. Seine Augen blitzten, wenn er vom rauen Leben an Bord, endlosen Tagen auf See und verrufenen Kneipen und Spelunken in nicht weniger verrufenen Hafenvierteln berichtete.

»Ich sag dir, dort lauern Versuchungen, das glaubst du nicht … Gefahren, von denen du noch nie gehört hast und vor denen dich keiner warnt. Du musst aufpassen, nicht verloren zu gehen«, sagte er und musterte mich eindringlich.

Ich war kein kleiner Junge mehr, und in letzter Zeit hatte sich ein unbestimmtes Sehnen in mir breitgemacht, eine erwartungsvolle Unruhe von mir Besitz ergriffen, von der ich nicht genau hätte sagen können, was es war.

Der Wunsch nach etwas Neuem, Unbekannten war in mir erwacht, nahm immer mehr Raum ein.

Ein brennender Wunsch.

Horchte ich in mich hinein, spürte ich, es hatte mit der Schule zu tun. Mit dem, was ich dort tagtäglich sah und erfuhr; roch, hörte, fühlte. Mit den Dingen, die sich im Klassenzimmer zutrugen und mit denen außerhalb davon.

Kurt, seine Kumpel. Ihre Stimmen überschlugen sich, wenn sie den Mädchen auf dem Schulhof etwas zuriefen. Meist Banales, Unverbindliches, zuweilen aber auch Aufforderndes und Unverfrorenes. Ein paar von ihnen spross ein dunkler Flaum auf der Oberlippe.

Die Reaktion der Mädchen und ihrer Freundinnen auf jene Sprüche? Kichern. Tuscheln. Gleichgültigkeit. In Teilen Verachtung. So oder so die Köpfe eng zusammengesteckt. Augenauf- und Augenniederschlag. Mädchen oder – besser gesagt – *noch* Mädchen, zunehmend in Frauenkörpern, deren festes Fleisch von Kleidern und Röcken umschlossen wurde.

Sie alle, die einen wie die anderen, führten sich auf, als ständen sie auf einer Bühne. Spielten eine Rolle. Glänzten. Um in jeder Sekunde die Aufmerksamkeit des Publikums auf sich zu ziehen.

Und was machte ich?

Ich spielte Tennis.

Trotzdem ahnte ich, dass die Welt jenseits der Grenzen von Bingen und Koblenz bunt und abenteuerlich war. Eines Tages würde ich ihr begegnen und all die Dinge, um die Georg wusste, selbst erfahren. Ich nahm Anlauf und sprang auf.

Wie so oft nutzten wir die Gelegenheit und trabten noch

auf dem ungesattelten Rücken des Kutschpferdes, das
Georg abgespannt hatte, um es in den Stall zu bringen, ein
paar Runden über den Hof. Die Wärme des in der Kälte
dampfenden Tierleibes, der kräftige Körper Georgs, den
ich umklammert hielt, und jene besondere Mischung aus
Bewegung und pulsierendem Leben – all das geriet zu einer Einheit und wurde zu einem organischen Teil meiner
Erinnerung an mich selbst.

– 4 –

Das Mittlere Rheintal, europäisches Herzland. Der Rhein, die Schlagader. Doch wo ist oben? Unten? Steht Europa kopf oder fest auf beiden Füßen? Wankt es, befindet sich gar in Schieflage?

Damals wie heute nicht nur anatomisch schwer zu bestimmen.

»Der *Rheinbund* war der Anfang allen Übels«, dozierte Lehrer Hartwig. »Ein Versuch des französischen Kaisers, einen Keil zwischen die Mitgliedstaaten des Heiligen Römischen Reichs Deutscher Nation zu treiben, um einen politischen und militärischen Gegenpol zu schaffen – insbesondere mit Blick auf seinen Widersacher Preußen. Aber schon vorher hatte sich Napoleon das linke Rheinufer einverleibt und dessen Bewohner gezwungen, sich seinen Gesetzen zu beugen.«

Heimatkunde stand auf dem Stundenplan. Ein wichtiges Fach. Es galt zu erkunden, wer man war. Wo man herkam. Und – wer die anderen waren. Wo sie herkamen.

Auffordernd schaute Hartwig in die Runde. »Wie lange gab es diesen sogenannten Staatenbund, durch den der Rhein widernatürlicherweise zum Grenzfluss wurde?«

Die älteste der drei Marias in unserer Klasse streckte den Arm in die Höhe. »Von 1806 bis 1813, bis zur Völkerschlacht bei Leipzig.«

57

Hartwig nickte. »Ein wichtiger Teil deutscher Geschichte und gleichzeitig Detail«, er verzog die Mundwinkel ob des scheinbar bitteren Geschmackes, den der französische Ausdruck bei ihm hinterließ, »im Hinblick auf unser schönes Städtchen. Was meine ich wohl damit?« Er musterte uns. Durchdringend. Mit einem seltsamen Gesichtsausdruck, wie ich fand. Niemand wusste, was er meinte. Nach ein paar unbestimmt in der Luft hängenden Sekunden beantwortete er seine Frage schließlich selbst.

»Nun, nachdem Napoleon dafür gesorgt hatte, dass die Rheinländer – von außen betrachtet – mehr französisch als deutsch wirkten, festigte er seinen Einfluss rechts des Rheins durch die Gründung von Satellitenstaaten; unter ihnen das Großherzogtum *Berg*.«

Ich war einem Irrtum unterlegen. Hartwig hatte nicht die Klasse durchdringend gemustert, sondern mich. Und Almuth. Und Viktoria. Die von Bergs.

Mir fiel mein gräflicher Großvater ein, der bekanntlich die Auffassung vertreten hatte, wir seien »Rheinkiesel«. Im Laufe der Geschichte mal hierhin und mal dorthin gerollt. Gehörten also nicht zu den von Bergs, die Hartwig im Sinn hatte. Wenigstens hoffte ich das.

Ein Witz also.

Ein Lehrerwitz.

Da niemand lachte, außer Erwin, der immer lachte und von dem es hieß, sein Vater sei gleichzeitig sein Onkel, ging der Kelch an meinen Schwestern und mir vorüber. Stattdessen setzte Hartwig seine Fragestunde fort – gewohnt neutral.

»In der Tat war dem Rheinbund nur eine erfreulich kurze Lebensdauer beschieden, nämlich bis zur alles entscheidenden Schlacht der Befreiungskriege bei Leipzig.

Der größenwahnsinnige Korse und seine Truppen wurden vernichtend geschlagen. Was geschah danach, hier bei uns am Rhein und mit dem Rheinland?«

Zu Hause, auf der Burg, wurde bei Tisch regelmäßig über Politik gesprochen; immerhin waren wir seit Kriegsende, sprich seit mehreren Jahren, Besatzungszone. Auch Großvater plauderte gern mit mir über die wechselvolle Geschichte unserer schönen Heimat. Mein nichtgräflicher Großvater. Möglicherweise tat sich hier die Gelegenheit auf, Lehrer Hartwig versöhnlich zu stimmen – Kiesel hin, Kiesel her.

Ich hob den Arm und kam dran. »Auf Beschluss des Wiener Kongresses ging das linke Rheinufer größtenteils wieder zurück an Preußen«, sagte ich. Und noch während ich sprach, fiel mir der Begriff ein, den Großvater oft in diesem Zusammenhang verwendete; insbesondere, wenn er ein paar Glas Wein getrunken hatte. »So gesehen sind wir also ›Musspreußen‹«, vervollständigte ich meine Antwort.

Schlagartig lief Hartwig rot an. »Einen solchen Unfug möchte ich in meinem Klassenzimmer nicht hören. Auch und gerade nicht von dir, Julius«, zischte er, während der Stock in seiner Hand bedrohlich wippte.

»Verzeihung«, sagte ich. Zwar war ich mir keiner Schuld bewusst, dennoch beschloss ich, den Mund zu halten.

»Heute ist die Situation nicht anders als damals«, erklärte Hartwig mit lauter Stimme. »Wieder hat Frankreich, diesmal mithilfe seiner feinen Verbündeten, das Rheinland unter seine Willkürherrschaft gebracht. Die Briten und Belgier sitzen in Köln und Aachen, die Amerikaner in Koblenz und der Franzose selbst in Mainz.

Sie nennen diesen schändlichen Zustand ›Friedensbesetzung‹.« Ein feiner Sprühnebel ergoss sich aus Hartwigs Mund. »Was für eine Heuchelei! Ein Friede, der einem Volk aufgezwungen wird, ist kein Friede, sondern eine Fessel. Und überhaupt, was hat uns dieser Gewaltfrieden gebracht?«

Eine rhetorische Frage. Wenigstens nahm ich das an. Aber im nächsten Moment rief Kurt: »Die ›Schwarze Schmach‹ hat er uns gebracht!«

Die Klasse hielt die Luft an, wartete gespannt auf Hartwigs Reaktion. Anders als bei ihm wusste man bei Kurt immer, was gemeint war. Weil dieser aussprach, was die Menschen bewegte. Nicht nur hier, bei uns. Sogar im fernen Berlin machte man sich Gedanken über die Situation im Rheinland.

In meinem Inneren hörte ich Vaters Stimme, wie er uns stirnrunzelnd aus der Zeitung vorlas. Einen Kommentar des als besonnen geltenden Reichspräsidenten Friedrich Ebert.

»Die Verwendung farbiger Truppen niederster Kultur«, hatte dieser gesagt, *»als Aufseher über eine Bevölkerung von der hohen geistigen und wirtschaftlichen Bedeutung der Rheinländer bildet eine dauerhafte Verletzung der Gesetze europäischer Zivilisation!«*

*

»Bitte verzeihen Sie meinen spontanen Überfall«, sagte Pierre Velard, nachdem er sich uns höflich vorgestellt hatte. Er machte eine entschuldigende Geste in Richtung Mutter und Vater. »Aber es war mir gewissermaßen ein Anliegen, Sie kennenzulernen.«

Wir standen auf der Freitreppe vor der Alten Burg und begrüßten unseren Besuch. Hohen Besuch. Allerhöchsten. Den Hochkommissar der Rheinlandkommission Pierre Velard persönlich. Wie Orgelpfeifen standen wir da, wobei – ich hatte an Länge gewonnen und überragte meine Schwestern inzwischen um einen halben Kopf. Ein gutes Gefühl, im höheren Register angekommen zu sein; oder musste es im tieferen heißen? Wie alle von Bergs war ich vollkommen unmusikalisch, jeder Teekessel pfiff melodischer als ich.

»Ich bitte Sie«, antwortete Vater, »wir fühlen uns geehrt. Ich habe gehört, Sie waren unten, auf dem Hof meines Schwiegervaters, um seinen Wein zu verkosten?«

Etwa eine Stunde zuvor hatte das Klingeln des Telefons die Stille in der großen Eingangshalle der Burg durchbrochen. Das Hausmädchen war drangegangen, hatte mit dem Fräulein von der Vermittlung gesprochen und sich eilig auf die Suche nach Vater gemacht.

Als er sich meldete, habe es in der Leitung geklickt, dann sei eine vertraute Stimme erklungen: »Hier ist jemand, der euch kennenlernen möchte. Ein Franzose. Er hat meinen Riesling probiert. Sein Chauffeur ist schwarz.«

Und noch bevor Vater genauer nachfragen konnte, habe Großvater hinzugefügt: »Ich schicke ihn rauf«, und aufgelegt.

»In der Tat braucht sich der Wein Ihres verehrten Herrn Vaters nicht zu verstecken. Weder hinter den besten Tropfen der Loire noch hinter denen der Rhône. Kompliment, Frau Gräfin.« Anerkennend nickte Velard Mutter zu.

Er hatte Großvaters Riesling auf einem Empfang des Befehlshabers der britischen Truppen in Köln kennen-

und schätzen gelernt, wie er sagte, und beschlossen, dem Winzer bei nächster Gelegenheit einen Besuch abzustatten. Heute nun sei es so weit gewesen, und Großvater und er hätten gemeinsam verschiedene Jahrgänge verkostet. Man sei ins Plaudern geraten – innerlich musste ich grinsen, Großvater und ins Plaudern geraten –, und schließlich habe er, Velard, sich nach Großvaters Familie erkundigt. Jener habe sich auf seinem Stuhl zurückgelehnt, einen Schluck Wein genommen und gesagt: »Meine Tochter ist eine Prinzessin.«

Eine Aufforderung. Zweifelsohne. Der Velard gefolgt war.

»Tatsächlich, Monsieur?«, hatte er sich höflich erkundigt.

»Nun ja, nicht ganz«, habe Großvater großzügig eingeräumt, »in Wirklichkeit ist sie eine Gräfin.«

Nur wenige Jahre zuvor, am 28. Juni 1919, hatten Außenminister Müller und Verkehrsminister Bell im Spiegelsaal von Versailles ihre Füllfederhalter etwas fester gepackt, um den Friedensvertrag zu unterschreiben; im Namen des gesamten Deutschen Reiches, wie es hieß.

Neben vielem anderen enthielt der Vertrag das sogenannte *Rheinlandabkommen*. Laut Artikel 42 und 43 war es Deutschland untersagt, fünfzig Kilometer rechts und links des Rheins Befestigungen anzulegen und Truppen zu stationieren. Velard war Präsident der Alliierten Rheinlandkommission, die die Einhaltung der Vertragsbestimmungen zu überwachen hatte. Doch nicht nur das. Zur Schaffung und Aufrechterhaltung eines funktionierenden Gemeinwesens konnte er Verordnungen von Gesetzeskraft erlassen, die für das gesamte Rheinland Gültigkeit hatten. Und ebendieser Mann nun war überraschend bei uns, auf der Alten Burg, aufgetaucht: Pierre Velard, Hochkommissar der Rheinlandkommission, und einer der mächtigsten Menschen weit und breit.

Zur Begrüßung hatte er Mutter die Hand geküsst. Eine ungewohnte Geste, die Almuth, Viktoria und mich in Staunen versetzte. Unsere Verwunderung nahm zu, als wir den Chauffeur der großen glänzenden Limousine sahen, in der Velard vorgefahren war. Kurt, Reichspräsident Ebert und Großvater hatten es jeder auf seine Art ausgedrückt – der Mann war schwarz. Es bestand nicht der geringste Zweifel.

Unsere Überraschung erreichte aber ihren Höhepunkt, als sich wie von Zauberhand erneut die Tür des Wagenfonds öffnete. Eine junge Frau stieg aus, etwa siebzehn oder achtzehn, vermutete ich, vom Alter her also genau zwischen meinen Schwestern und mir.

»Voilà«, sagte Pierre Velard, »das ist meine Tochter Julie«, und deutete auf die anmutige Gestalt mit dem modisch kurz geschnittenen Haar in dem tadellos sitzenden Herrenanzug.

*

»Es sollte kein Versteckspiel sein«, erklärte Velard meinen Eltern, die nicht weniger verblüfft dreinschauten als Almuth, Viktoria und ich, »aber ich wollte Sie erst einmal allein begrüßen, bevor ich Ihnen meine Tochter vorstelle.« Er machte eine kurze Pause. »Ich habe von Ihrem Vater respektive Schwiegervater erfahren, Sie verfügen über einen privaten Tennisplatz?«

Ratlos schauten Vater und Mutter sich an.

Typisch Großvater, dachte ich, Vater am Telefon nur

das Allernötigste mitzuteilen – das aus seiner Sicht Allernötigste –, wozu offenbar weder das Interesse unseres Gastes am Tennissport noch ein junges Mädchen in einem Anzug gehörten.

»Wissen Sie, Julie spielt leidenschaftlich gern Tennis«, sagte Velard, »von Kindesbeinen an.« Er lächelte. »Auch mir gelingt es ab und zu, den Ball zurückzuschlagen. In meiner gegenwärtigen Position ist der Tennissport jedoch, wie alles, was ich tue, ein Politikum«, fuhr er fort. »Es ist mir unmöglich, gemeinsam mit Julie einem hiesigen Club beizutreten. In meiner Heimat empfände man das als Fraternisierung mit dem – verzeihen Sie den Ausdruck, aber bedauerlicherweise denken viele meiner Landsleute immer noch so –, mit dem Feind. Die Menschen vor Ort sehen das nicht anders, bloß mit umgekehrten Vorzeichen: Ich bin der Fremde, der Eindringling, der unwillkommene und unrechtmäßige Besatzer ihres Landes.« Er strich sich über seinen sorgfältig gepflegten Kinnbart, der ihm das Aussehen eines modernen D'Artagnan verlieh. »Tatsächlich bin ich ein viel beschäftigter Mann, und Julie ist eine«, Velard räusperte sich, »nun … zuweilen etwas eigenwillige junge Frau. Sie langweilt sich.«

Auffordernd blickte er seine Tochter an. Diese blies ungeduldig die Backen auf, was ihren Zügen nicht ernsthaft schadete. Schlagartig wurde mir bewusst – trotz ihrer merkwürdigen Aufmachung fühlte ich mich zu Julie Velard hingezogen. Gleichzeitig hielt ich es für ausgeschlossen, dass dieses Gefühl auch nur annähernd auf Gegenseitigkeit beruhen könnte.

Zur Begrüßung hatte sie jedem von uns die Hand gereicht, dabei aber bloß genickt und nichts gesagt. Möglicherweise sprach sie nur Französisch. Im nächsten

Moment wurde ich allerdings eines Besseren belehrt. Mit kristallklarer Stimme und in fließendem Deutsch sagte sie:

»Bitte sei nicht so umständlich, Papa.« Sie wandte sich an Vater. »Wir möchten uns bei Ihnen erkundigen, *Monsieur le Comte*, ob wir gelegentlich bei und mit Ihnen Tennis spielen dürfen, hier oben, auf Ihrem Platz. Niemand würde etwas davon mitbekommen. Wir wären vollkommen unter uns.«

Für gewöhnlich neigte Vater nicht zu spontanen Entscheidungen, aber er war entschieden ein Mann von Welt.

»Nun, Mademoiselle Julie«, erwiderte er, »die von Bergs haben die Nachbarschaft zu Frankreich immer als Gewinn empfunden. Nicht umsonst wird in unserer Familie von jeher außer Deutsch und Englisch Französisch gesprochen. Meine Töchter und mein Sohn bilden da keine Ausnahme.«

Almuth, Viktoria und ich verdrehten – wie wir hofften – unmerklich die Augen bei dem Gedanken an das Fräulein Beckmesser und seinen unerbittlichen Unterricht.

»Wir sind gewohnt, über den heimischen Tellerrand hinauszublicken, nicht zuletzt im Nordwesten über den Kanal. Mir selbst ist das außerordentliche Vergnügen zuteilgeworden, in Oxford zu studieren«, diesmal war es Mutter, deren Augen sich verdächtig weiteten, »und ich habe England und die englischen Sitten und Gebräuche sehr zu schätzen gelernt. Von unserer Seite haben Sie und Ihr verehrter Herr Vater«, er nickte Velard zu, »also keine nationale Engstirnigkeit zu befürchten. Seien Sie willkommen auf der Burg und auf unserem Tennisplatz. Wir spielen alle Tennis; meine Gattin, Almuth, Viktoria,

Julius und ich, aber«, er legte mir die Hand auf die Schulter, »nur einer von uns *lebt* Tennis.«

*

Recht schnell wurden die Besuche Julies und ihres Vaters zu einem festen Ritual. Zweimal die Woche, dienstags und freitags, jeweils am späten Nachmittag, fuhr die Limousine des Hochkommissars bei uns vor. Am Steuer Jean Ravanana, der, wie Velard uns erzählte, von der Insel Madagaskar stammte und seit seinem sechzehnten Lebensjahr in der französischen Armee diente.

Im Jahr zuvor hatten Vater und Mutter meine Schwestern und mich in Koblenz im Tennisclub angemeldet. So gemütlich unser kleines Familientennis war – es galt, neue Herausforderungen zu bestehen. Seitdem spielten wir regelmäßig Turniere. In Köln, Bonn, Bingen. Der Tennissport erfreute sich inzwischen zunehmender Beliebtheit; immer häufiger wurden Juniorenwettbewerbe ausgerichtet, und schon bald stöhnten die Organisatoren diverser Veranstaltungen gequält auf, wenn Vaters *Horch* mit unserem Chauffeur am Steuer vorfuhr und dem Fond drei junge Adelige entstiegen; zwei wohlgewachsene Amazonen und ein hoch aufgeschossener Jüngling, die ihre Ungeduld kaum zügeln konnten, sich mit anderen zu messen.

»Beim Sport gibt man alles – nicht zuletzt aus Respekt vor dem Gegner!«

Vaters Erziehung.

Mehr als einmal hörten wir, wie hinter vorgehaltener Hand geraunt wurde: »Als wenn *ein* von Berg nicht schon genug wäre.«

Ein Satz, der uns stolz machte.

Zu meiner Überraschung gewann ich die meisten meiner Matches, obwohl ich es meiner Meinung nach nicht unbedingt darauf anlegte. Im Gegenteil. Oft ging es mir darum, den schöneren, manchmal auch den schwierigeren Ball zu spielen, statt des naheliegenden und vermeintlich erfolgversprechenderen. Aber irgendwie schien das eine mit dem anderen zusammenzuhängen: Solange ich mich vor allem auf mich und mein Spiel konzentrierte und weniger auf den Gegner und das seine, überkam mich unweigerlich eine tiefe Ruhe, die meinen Schlägen guttat.

Ein Rezept, das gegen Velard mitnichten funktionierte.

»Komm schon, den kriegst du noch«, rief er, während ich mich verzweifelt bemühte, seinen Vorhandcrossball zu erlaufen. Tatsächlich erwischte ich ihn noch, aber nur, um im nächsten Moment wieder in die andere Ecke zu rennen, wo bereits ein unterschnittener Rückhandball auf mich wartete.

Wenn Tennis eine Sprache ist, drückte Velard sich gewandt und geschliffen aus, schöpfte aus einem umfangreichen Repertoire rhetorischer Mittel und Stilelemente. Im Vergleich dazu rumpelte ich in derbem Dialekt vor mich hin, standen mir nur ein schlichter Satzbau sowie ein begrenzter Wortschatz zur Verfügung. Es reichte, um sich zu verständigen, aber nicht, um Velards Spiel zu verstehen.

Erstaunlicherweise stellte er sich dennoch mit mir auf den Platz und nahm mich unter seine Fittiche – anscheinend gab er gerne Sprachunterricht.

Julie war ebenfalls eine hervorragende Spielerin. Aber unter einem gewissen Blickwinkel ist Tennis ein unfairer

Sport. Die Tatsache, dass ich härter schlug als sie, tat sie achselzuckend mit den Worten »Mehr Muskeln« ab.

Trotzdem kassierte ich etliche Niederlagen. Verlässlich. Abseits des Courts.

Ich mochte es, nach unseren Matches das Spielfeld wiederherzurichten; mit dem geflochtenen Netz den Tennissand glatt zu ziehen und mit dem kleinen Besen die Linien zu fegen. Anschließend wässerte ich den Platz, bis sämtliche Spielspuren beseitigt waren und er wieder in intakter Jungfräulichkeit vor uns lag.

Tennisplätze sind heilig.

Julie war nicht heilig – trotz gegenteiliger Behauptungen.

»Du hast mich neulich angeglotzt, als wäre ich die Jungfrau Maria«, sagte sie.

Von Anfang an hatte sie keine Zeit verschwendet und die verschiedenen Stadien des Kennenlernens, wie sie gemeinhin üblich sind, zwanglos übersprungen. Sie tat so, als wären wir seit Kindertagen bekannt – und entsprechend vertraut.

Wir saßen vor dem schmiedeeisernen Gartenpavillon. Die Lehne des weiß gestrichenen Metallstuhls drückte sich in meinen Rücken. Vor uns, auf dem Tisch, stand ein Krug eiskalter Limonade, den eines der Mädchen gebracht hatte.

»Ich habe dich nicht angeglotzt«, erwiderte ich.

»Das hast du sehr wohl.«

Ich musste daran denken, wie ich sie das erste Mal gesehen hatte, als sie aus dem Wagen ihres Vaters gestiegen war – schön wie ein Sonnenstrahl.

»Nun gut«, räumte ich ein, »vielleicht habe ich etwas genauer hingeschaut.«

»Weshalb?«

»Na ja, wegen deines Anzugs und was es damit wohl auf sich hatte.«

Sie runzelte die Stirn. »Nichts. Es hatte und es hat nichts damit auf sich. Es ist reine Stimmungssache. Kennst du das nicht, dass man anzieht, wonach einem gerade ist?«

Ich überlegte und sagte zögernd: »Doch, schon.«

»Sicher?«

Ich überlegte noch einmal. Gründlich. »Ja«, bekräftigte ich, »solange es sich um Männerkleidung handelt.«

Sie betrachtete mich nachdenklich. »Du hast also noch nie Lust gehabt, ein Kleid anzuziehen?«

Entgeistert starrte ich sie an. Wusste nicht, ob sie mich auf den Arm nahm oder es ernst meinte. Es war wie mit dem Spiel ihres Vaters. Ich hörte ihre Worte wohl, verstand sie aber nicht.

*

»Das ist das Leben«, rief Velard begeistert und drosch den Ball in das endlose Blau über uns. Dieser stieg hoch in den Himmel und wurde immer kleiner, bis er seinen höchsten Punkt erreicht hatte und sich für den Bruchteil einer Sekunde nicht mehr zu bewegen schien. Erst dann gab er sich der Schwerkraft geschlagen und trat den Weg zurück, Richtung Erde, an.

»Das ist der Sieg«, konterte Julie neben mir und schmetterte den Lob ihres Vaters in die am weitesten entfernte Ecke des Platzes.

Noch heute stelle ich mir manchmal vor, wie die Lastschiffer unten auf dem Fluss den Kopf in den Nacken legten und hinaufschauten; die Flugbahn der Bälle, die am Himmel über der Burg aufstiegen, verfolgten, bis jene, ebenso unerwartet wie sie erschienen waren, wieder verschwanden. Die Jongliernummer einer unsichtbaren Artistentruppe. Reichten seinerzeit unsere Rufe, unser Lachen, das charakteristische Ploppen der Bälle, wenn sie auf die Saiten trafen, bis zu ihnen hinunter?

Aufgekratzt, erhitzt, vom Schwung des eigenen Spiels mitgerissen, traten Julie und ich ans Netz.

»Gut gespielt«, sagte Velard und hielt mir die Hand hin.

»Ich gratuliere Ihnen, meine Liebe.« Vater hauchte Julie links und rechts einen jener typisch französischen *bises* über die Schulter. Für einen Moment konnte ich ihn mir als jungen Mann vorstellen. In Oxford. Nach einem Kricketspiel. Einer Partie Tennis. Ein weißes Handtuch um den Hals geschlungen, zwei blasse junge Engländerinnen im Arm.

Collegeträume. Hoch über dem Rhein.

Im Normalfall war es unmöglich, dass Julie und ich Velard und Vater besiegten, wenn sie ernsthaft spielten. Aber mit Julie gab es keinen Normalfall. Sobald wir den Platz betraten, schien jedes Vorher ausgelöscht. Alles war neu. Beunruhigend neu. Aufregend neu. Wir verloren gegen vermeintlich schwächere Paarungen wie Almuth und Viktoria und besiegten deutlich überlegene Gegner wie Velard und Vater. Beides traf uns unerwartet. Da war nur himmelhoch jauchzend oder zu Tode betrübt. Dazwischen nichts.

»Wie sieht's aus, Julius?«, fragte jetzt Velard und musterte mich prüfend.

»Ich bin bereit«, antwortete ich, und das Herz schlug mir bis zum Hals.

»Er wird dich schlachten«, sagte Julie freundlich,

und ihre Lippen gaben zwei Reihen strahlend weißer Zähne frei. Zurückhaltung gehörte nicht zu ihren hervorragendsten Charaktereigenschaften. Barmherzigkeit ebenso wenig.

»Das will ich hoffen«, antwortete ich, »alles andere wäre eine herbe Enttäuschung.«

Ich hatte zuletzt einige größere Turniere gewonnen. Dank des regelmäßigen Trainings mit Velard war mein Spiel sicherer, selbstbewusster, variabler geworden. Inzwischen tauchte ich in den Setzlisten immer weiter vorn auf. Aber das reichte Velard nicht aus.

»Wir müssen deinen Kopf trainieren«, hatte er gemeint. »Wieder und wieder. Müssen um Punkte spielen. Es darf für dich keinen Unterschied zwischen Training und Wettkampf geben.« Folglich spielten wir Matches. So oft wie möglich. Vor Publikum. Heimischem Publikum.

Das Klima im Mittleren Rheintal ist mild, häufig zeigen sich die Temperaturen moderat. In meiner Erinnerung schien bei unseren Partien fast immer die Sonne.

Velard und ich gingen auf den Platz und drehten einen Schläger, um zu entscheiden, wer anfing. Meine Familie und Julie hatten es sich am Seitenrand bequem gemacht. Es gab kalte Getränke und Kanapees.

Ich gewann die Wahl und nahm Aufschlag. Wir stellten uns jeweils an der Grundlinie auf. Den ersten Service servierte ich weit nach außen, aber Velard hatte aufgepasst und retournierte ihn ohne Schwierigkeiten. Der Ball ging hin und her, bis ich schließlich eine Rückhand verschlug. Wir nutzten die gesamte Breite des Spielfeldes, schickten uns gegenseitig in die Ecken oder versuchten, ans Netz vorzurücken, um den Punkt mit einem Volley zu machen. Die scharfen Rutschgeräusche unserer Leinenschuhe auf der Asche. Das enttäuschte »Oooh« des Publikums bei einem missglückten Schlag und das nicht weniger begeisterte »Aaahh« bei einem besonders spektakulären Punktgewinn. Die Tonspur des Spiels, die mich mein Leben lang begleiten sollte.

Auch wenn ich das Gefühl hatte, mithalten zu können, machte am Ende meist Velard den Punkt. Ich verlor das Match glatt in zwei Sätzen. Mit 1:6 und 1:6.

»Gut gespielt«, lobte er mich dennoch, als ich ans Netz trat, um ihm zu gratulieren.

»Danke«, erwiderte ich und wusste, er meinte es ernst. Jedes andere Ergebnis hätte mich misstrauisch gestimmt. So aber betrachtete ich die Niederlage als Fortschritt.

Dreiundvierzig Minuten. Einschließlich der Seitenwechsel und einiger weniger kurzer Pausen, in denen wir einen Schluck Wasser getrunken und unsere schweißnassen Griffbänder abgewischt hatten, waren es diesmal dreiundvierzig Minuten und damit insgesamt fünf Minuten länger gewesen, die Pierre Velard benötigt hatte, um mir mit spielerischer Leichtigkeit meine Grenzen aufzuzeigen.

Wir drehten uns zu den anderen, verbeugten uns leicht, wobei Velard mir den Arm um die Schultern legte. Unter freundlichem Beifall verließen wir den Platz.

Julie kam auf mich zu und umarmte mich.

»Tut mir leid, dass ich richtiglag«, flüsterte sie mir mit gespielter Zerknirschung ins Ohr.

»Es ist noch ein langer Weg, Brüderchen«, sagte Almuth, die hinter ihr stand. Stolz und Skepsis hielten sich in ihrer Stimme die Waage. Ich fühlte mich in meiner eigenen Auffassung bestätigt: Es lag noch eine Menge Arbeit vor mir.

Von nicht allzu weit entfernt erklang dumpfes Donnergrollen. Es war den Tag über recht schwül gewesen, wahrscheinlich würde es bald regnen – so viel zum Thema »es schien fast immer die Sonne«. Die Gewitter über dem Rhein können recht spektakulär sein: Dichte Regenvorhänge, für Sekundenbruchteile in gleißendes Licht getaucht; das Ufer vom Hinterland abgetrennt, als würde es den Rest der Welt nicht geben. Momente, in denen der Fluss stärker ins Bewusstsein seiner Anrainer tritt, Erinnerungen an das Frühjahr, die Schneeschmelze und vergangene Hochwasser wach werden. Für den Augenblick halten die Menschen inne: nachdenklich, demütig, gleichgültig – bis es wieder aufklart und das Leben weitergeht. Ein *big point* der Natur.

Während die anderen hineingingen, richteten Velard und ich den Platz her, zogen ab und fegten die Linien. In Anbetracht des drohenden Regens verzichteten wir auf das Wässern des trockenen Aschenbodens. Schließlich packten auch wir unsere Sachen zusammen.

»Weshalb spielst du eigentlich Tennis, Julius?«, fragte Velard.

Erst stutzte, dann begriff ich, was er mir auf seine höfliche Art zu verstehen geben wollte.

»Ich weiß schon«, murmelte ich, »Sie raten mir zu einer anderen Sportart. Auf dem Tennisplatz werde ich nie wirklich erfolgreich sein.«

»*Mon Dieu*«, Velard musterte mich überrascht, »so habe ich es nicht gemeint. Du bist einer der talentiertesten Spieler, denen ich je begegnet bin. Glaub mir, ich schätze die Gesellschaft deiner Eltern sehr, deine Schwestern sind klug und charmant, aber abgesehen von Julie bist du der Hauptgrund, weshalb ich hier bin. Die Matches gegen dich sind echte Herausforderungen.«

Verlegen senkte ich den Blick. »So herausfordernd, dass ich maximal ein Spiel pro Satz gegen Sie gewinne?«

Er nickte nachdenklich. »Ah, ich verstehe.« Nach einer kurzen Pause sagte er: »Würde es helfen, wenn ich dir sagte, dass ich in der Vergangenheit dreimal hintereinander französischer Studentenmeister im Tennis geworden bin?«

Ich blickte auf. »Wirklich?«

Velard verzog keine Miene. »Ja, ich fürchte, es ließ sich nicht vermeiden. Aber nun noch einmal zu meiner Frage, du schuldest mir eine Antwort, junger Mann: Weshalb spielst du Tennis?«

Und ohne bewusst darüber nachgedacht zu haben, möglicherweise ein wenig unfreiwillig komisch, erklärte ich: »Ich mag, dass der Platz so ordentlich ist. Seine Felder, Flächen, rechten Winkel und Linien. Irgendwie hat es mit Mathematik, mit Geometrie zu tun. Ähnlich verhält es sich mit den einzelnen Schlägen; sie folgen verlässlich physikalischen Gesetzen. Nichts passiert zufällig, geschieht unerwartet.« Ich grinste. »Deshalb sind Netzroller oder Platzfehler so ärgerlich. Sie stören die Ordnung der Dinge. Manchmal denke ich, Tennis ist nicht nur eine eigene, sondern eine bessere Welt als die wirkliche. Eine Welt, in der es gerecht zugeht. Man ist ausschließlich allein für Sieg oder Niederlage verantwortlich, kann niemand anderen anschuldigen.« Und im Gedenken an Kurt und zahlreiche Fußballpartien fügte ich hinzu: »Außerdem finde ich es hilfreich, dass sich ein Netz zwischen mir und dem Gegner befindet.«

»*Chapeau*, das nenne ich die Dinge auf den Punkt gebracht.« Velard lächelte. »Ich bin mir sicher, ich weiß, was du meinst. In jeder Beziehung.«

Inzwischen war das Gewitter näher gekommen, hatte uns beinah erreicht. Erste Tropfen fielen nieder.

»Ich könnte mir übrigens vorstellen, es kommt deinem Charakter entgegen, dass es beim Tennis kein Unentschieden gibt. Hast du darüber schon einmal nachgedacht?«, sagte er.

1938, Berlin, Gefängnis Tegel

Die Wand über meiner Pritsche.

Ihr Geruch, ihre Beschaffenheit, jede noch so winzige Verfärbung. Nie zuvor habe ich etwas so intensiv studiert, derart eingehend betastet, etwas so sanft gestreichelt, dass mir die Fingerspitzen bluteten.

Ich sehne mich nach einer Berührung, die nicht aus Stein ist.

Manchmal stehe ich auf, schließe die Augen und strecke die Arme aus. Aber es hilft nicht – an beiden Seiten spüre ich die Mauern. Eine Vierteldrehung um die eigene Achse. Zwischen der Zellentür und dem vergitterten Fenster finden präzise die kahle Liegestatt und der Aborteimer Platz.

Ich mochte stets den Abstand. Die Weite. Die Distanz zwischen mir und meinem Gegenüber. Das Gefühl, an manchen Tagen begrenze nur der Horizont das Feld.

- 5 -

Ostern. Pfingsten. Weihnachten. Die höchsten Feierta-
ge im katholischen Rheinland und somit im Mittleren
Rheintal. Mindestens gleichauf – das Weinfest.

Wie in jedem Jahr hatte sich unser kleines Städtchen
fein gemacht. Die Straßen und Bürgersteige waren gefegt,
die Hinterlassenschaften von Pferden und Hunden beseitigt worden. Bunte Girlanden überspannten das Kopf-
steinpflaster, reichten von Haus zu Haus. Clematis, Chry-
santhemen, Geranien. Petunien, Malven und Margeriten.
Die Blumenkästen auf den Fensterbänken quollen über
vor lauter Blütenpracht und verliehen dem Braun und
Schwarz und Rot des Fachwerks einen besonderen Glanz.

*Sehr geehrter Herr Hochkommissar, meine Familie und
ich würden uns freuen, wenn Ihre Tochter und Sie uns zum
diesjährigen Weinfest begleiteten. Überall ist ausgesteckt, und
die Menschen sind guter Dinge.*

Da war eine verborgene Botschaft in Vaters Einladung.
»Ausgesteckt« bedeutete, die Tore der Winzerhöfe standen jedermann offen, ebenso wie deren Erzeugnisse. Soll
heißen: Drei Tage lang wurde getrunken. Mal mehr und
mal weniger.

Wie alle anderen warteten wir am Straßenrand, als der
traditionelle Umzug begann. Vornweg eine Blaskapelle,
dahinter die freiwillige Feuerwehr. Die örtlichen Schüt-

zen in feierlichen Uniformen und mit nicht weniger feierlichen Hüten; Federbüsche wippten im Takt der Musik. Auf einem hohen, von einem Trecker gezogenen Anhänger – Großvater war mittlerweile nicht mehr der Einzige im Dorf, der ein solches Gefährt besaß – thronte Bacchus, der Gott des Weines. Eigentlich war es Bäcker Maier, den man in ein weißes Laken gehüllt und mit einem goldenen Lorbeerkranz gekrönt hatte. An seiner Seite, sprich in seinem Gefolge, seine Töchter; ebenfalls in weiße Tücher gewandet. Würdevoll grüßte Maier in die Menge. An der Stirnseite des Wagens hing – unübersehbar – ein Schild, auf dem zu lesen war: *Rheinische Republik*.

»Sie wissen, das ist kein Scherz«, sagte Velard zu Vater, der neben ihm stand. »Immer häufiger sprechen Abgesandte unterschiedlicher Interessengruppen und Parteien bei mir vor und fordern die Unterstützung der französischen Regierung ein. Sie wollen ein unabhängiges Rheinland, unabhängig von Preußen, dessen Vormachtstellung für die anderen deutschen Bundesstaaten nicht weiter hinnehmbar sei, wie sie behaupten.«

»Ich weiß«, antwortete Vater, »der Kölner Oberbürgermeister Konrad Adenauer forderte schon kurz nach Kriegsende die Gründung einer Westdeutschen Republik. Ich war damals zu einem gemeinsamen Treffen eingeladen.« Vater kratzte sich am Kopf. »Schon bald darauf bildeten sich überall, auch hier bei uns, separatistische Bewegungen. Das da«, er deutete auf das Schild, »ist nur ein geringfügiger Ausdruck davon.«

Aufmerksam folgte ich seinen Worten. Ich erinnerte mich gut, wie Vater von der genannten Veranstaltung nach Hause gekommen war; aufgewühlt, erregt. Vor sechzig geladenen Gästen, ausnahmslos Männern von

Einfluss, habe Adenauer Preußen als »den bösen Geist Europas« bezeichnet. Damit war der Geist aus der Flasche, hatte Vater gesagt, und in einer Resolution wurde festgehalten, dass für das Rheinland und die Rheinländer ein politisches Selbstbestimmungsrecht bestehe.

Im Stillen hatte ich gedacht, all das sei hohe Politik, die hinter verschlossenen Türen verhandelt werde und mich nichts angehe. Doch zu meiner Verwunderung hatte sich vergangene Woche auf dem Schulhof eine Szene abgespielt, deren Anlass sich von den üblichen Rangeleien unter Gleichaltrigen unterschied.

»Franzosenfreund«, hatte Kurt gerufen und sein Gegenüber geschubst, »Kriegstreiber«, der andere gekontert.

Martins Eltern waren Winzer. Seine Familie lebte seit vielen Generationen im Dorf. Kurts Vater hingegen hatte es, wie es hieß, aus dem Osten des Reiches hierhin verschlagen. Er arbeitete in den Rebhängen und reparierte nach Feierabend Werkzeuge und andere Gerätschaften in einem kleinen Schuppen am Ortsende.

»Verdammte Betschwester«, fluchte Kurt, womit er sich auf die Tatsache bezog, dass Martin und seine Familie erzkatholisch waren.

»Das sagt ausgerechnet so ein evangelischer Heide«, höhnte Martin, und im nächsten Moment wälzten sich beide auf dem Boden, angefeuert aus ihren jeweiligen Lagern.

Martin und seine Freunde stammten aus Familien, die seit Jahrhunderten eine Form freundlicher Duldung mit ihren französischen Nachbarn praktizierten. Den preußischen Militarismus betrachteten sie skeptisch, waren der Auffassung, das Rheinland gehöre nicht zu Preußen, habe nie zu Preußen gehört und werde nie zu Preußen gehören. Immer wieder werde in diesen Kreisen, mal heftiger und mal weniger heftig, über die Gründung eines souveränen Rheinstaates diskutiert, hatte Großvater mir erzählt.

Kurt und seine Kameraden hingegen verteidigten, ermuntert von Lehrer Hartwig, der aus seiner Auffassung, Deutschlands Zukunft könne einzig und allein durch die Wiedereinführung der Monarchie gesichert werden, kein Hehl machte, Preußens Gloria und den preußischen Protestantismus, wo es ging.

Gespannt hörte ich, wie jetzt Velard Vater fragte:

»Wären Sie unter Umständen bereit, ein politisches Amt in einem autonomen Rheinland zu übernehmen?«

Vater zögerte. Dann sagte er: »Ich sympathisiere durchaus mit der Idee eines rheinischen Weststaates, aber ich bezweifle, dass die Politik an sich etwas für mich ist, geschweige denn, dass ich ein Gewinn für die Politik sein könnte.«

Höflichkeit und Vermeidung sehen sich manchmal zum Verwechseln ähnlich. Ich kannte Vater gut genug, um die eigentliche Bedeutung seiner Worte zu erfassen – aus seiner Sicht ließen sich erfolgreiche Politik und *sportsmanship* nicht miteinander vereinbaren.

*

Wir saßen auf einer der langen Holzbänke, die Großvater samt dazugehöriger Tische im Innenhof aufgebaut hatte; neben mir Julie, uns gegenüber Velard und Vater. Sie unterhielten sich immer noch über Politik, und ich hörte mit halbem Ohr, wie Großvater, der sich inzwischen zu ihnen gesellt hatte, sagte:

»Auch wenn es vielleicht keine schlechte Sache wäre –
ich bin zu alt für eine neue Republik.«

Vor uns, auf dem Tisch, standen zwei Römer mit grün
geripptem Fuß. Ein Sonnenstrahl fing sich in Julies Glas
und ließ dessen Inhalt funkeln.

»Trinkst du gerne Wein?«, fragte ich. Mittlerweile hatte ich herausbekommen, sie war siebzehn, also ein Jahr
älter als ich.

»Kommt drauf an, wie viel«, antwortete sie.

Ich griff nach meinem Glas und sagte: »Na dann,
Prost!«

»*Santé*«, entgegnete sie, und wir stießen miteinander an.

Leises Stimmengemurmel erfüllte den Hof, ich sah bekannte und unbekannte Gesichter. Das Weinfest zog Besucher von nah und fern an, Großvaters Tropfen waren
geschätzt und gesucht. Wie eine zweite Haut umgab mich
das Sonnenlicht und wärmte mich bis auf die Knochen.
Wieder verspürte ich dieses merkwürdige Sehnen, jene
seltsame Unruhe in mir. Unauffällig betrachtete ich Julies Profil, ihre langen dunklen Wimpern. Ich hatte mitbekommen, wie Almuth und Viktoria darüber sprachen,
dass Julie sich für gewöhnlich nicht schminke. Auch heute
wirkten höchstens ihre Lippen ein wenig roter als sonst.

»Du glotzt mich schon wieder an«, sagte sie.

Ertappt nahm ich einen weiteren Schluck aus meinem
Glas. Großvater spottete gern darüber, wie gelegentlich
sein Riesling in der wöchentlich erscheinenden *Deutschen
Wein-Zeitung* beschrieben wurde.

»Du bist wie Großvaters Wein«, sagte ich, vom Alkohol
sanft beflügelt, »lebendig, frisch, elegant.«

Sie drehte sich zu mir. Ein merkwürdiger Ausdruck lag
in ihren Augen. »Woher willst du das wissen?«

»Na ja, ich meine so vom … Aussehen her«, antwortete ich, schlagartig ernüchtert.

Wir schwiegen beide. Julies schlanke Finger drehten den Fuß des Weinglases. Ein Lichtkarussell kam in Gang, Sonnenflecken tanzten über ihren Handrücken.

»Na schön, und was denkst du, wie ich schmecke?«

Eine flammende Röte schoss mir ins Gesicht. »Ähem … gut?«

Meine Worte hingen gerade lang genug in der Luft, um zu erkennen, wie lächerlich ich mich machte. Ich war bestimmt kein Mann von Welt, aber ich musste mich auch nicht wie ein Trottel aufführen, schoss es mir durch den Kopf

Im nächsten Moment trat ein Lächeln auf Julies Züge.

»Du bist süß, *mon petit chou*«, sagte sie.

»Danke«, antwortete ich, unsicher, ob es sich um ein Kompliment handelte oder nicht.

Plötzlich erklangen draußen auf der Straße laute Stimmen, deren Echo sich im Innenhof fing. Wütende Stimmen, erregte Stimmen. Jedes Wort war laut und deutlich zu verstehen.

»Verdammter Neger! Du hast hier nichts verloren! Geh zurück nach Afrika, wo du herkommst!«

Velard und Vater sprangen auf und stürmten zum Tor, Großvater folgte ihnen auf dem Fuß. Auch Julie und ich rannten hinaus.

Georg und Jean Ravanana standen mit dem Rücken zur Wand; vor ihnen, im Halbkreis, Kurt, seine älteren Brüder und ein paar von ihren Kameraden. Außerdem waren Martin und seine Freunde da. Ausnahmsweise schien man sich einig.

»Lasst ihn in Ruhe«, rief Georg und stellte sich schützend vor Ravanana, »er hat euch nichts getan!«

84

Ich kannte Velards Chauffeur als stillen, höflichen
Mann. Waren Julie und ihr Vater bei uns zu Besuch, war-
tete er für gewöhnlich in der Küche, wo er sich in einer
Mischung aus Deutsch, Französisch und wahrscheinlich
noch ein paar anderen Sprachen mit der Köchin und dem
Küchenmädchen unterhielt. In letzter Zeit hatte ich ihn
häufiger beim Stall gesehen. Er schien sich mit Georg an-
gefreundet zu haben, und dieser hatte ihn offenbar ins
Dorf mitgenommen, zum Weinfest.
Es ging so schnell, dass ich nicht mitbekam, wer zu-
schlug. Plötzlich stand Georgs Nase in einem seltsamen
Winkel in seinem Gesicht. Er schrie auf, seine Hand fuhr
nach oben, Blut tropfte zwischen seinen Fingern hervor.
Hilfe suchend sah er in die Runde, die inzwischen größer
geworden war, und erkannte Velard, Vater, Großvater,
Julie und mich.
Wie gebannt starrte ich auf die Szene, unfähig ein-
zugreifen. Plötzlich befiel mich das seltsame Empfinden,
die Zeit bewegte sich, dehnte sich aus, würde schneller
und langsamer zugleich. Der Boden unter meinen Füßen
fühlte sich unsicher an, ein ungeheurer Schwindel erfasste
mich. Ich hörte Großvaters wütende Stimme:
»Haut ab, ihr Feiglinge! Prügelt euch untereinander,
wenn ihr euch so gerne schlagt. Ihr trefft garantiert den
Richtigen!«
Eine eiserne Klammer legte sich um meine Brust, ich
bekam keine Luft mehr. Mit einem Mal wirkten die Gesichter der anderen seltsam fremd, und ich wusste: Ich war
allein, allein mit einer dunklen, mir unbekannten Angst.
Unvermittelt rannte ich los, lief über die Straße, den steilen Schieferhang empor, wo die Rebstöcke in Reih und
Glied standen: Soldaten, die mit grimmigen Gesichtern

beobachteten, wie ich floh; in meiner Lunge ein inneres
Feuer, dessen Flammen bis hoch in meine Kehle loderten.
Ich keuchte, hetzte, hastete immer weiter hangaufwärts,
bis ich die hohe Bruchsteinmauer unterhalb der Alten
Burg erreichte. Dort ließ ich mich fallen, rollte mich zu-
sammen und umklammerte meine Knie. Alkohol, Hitze,
Kälte, Todesangst. Ich wusste nicht, wie lang ich so dalag.
Erst als Julie sich neben mich kniete und nach meinem
Arm griff, merkte ich, dass ich leise wimmerte.

Wie durch einen dichten Nebel hörte ich ihre Stimme,
spürte ihre tröstliche Gegenwart und fühlte ihre warme
Hand auf meiner. Ich öffnete die Augen und sah, wie ihr
Gesicht näher kam. Ihre Lippen legten sich auf meine.

Lebendig. Frisch. Elegant.

Meine Gedanken wirbelten durcheinander, ich begann
zu zittern.

Hoffnung, Freude, Furcht.

Ein unbeschreiblicher Moment, dessen Einzigartigkeit
nicht über die Grundnote freundlichen Erbarmens hin-
wegtäuschte, die Julies erstem Kuss für mich innewohnte.

*

Ich schämte mich. Ich schämte mich ungemein.

In letzten Herbst hatte uns das Fräulein Beckmesser
gezwungen, *Anna Karenina* zu lesen. Dort heißt es, jede
unglückliche Familie sei auf ihre Weise unglücklich. Ich
schämte mich auf die meine. Abgrundtief. Bodenlos.

Was, um Himmels willen, war geschehen? Wie konnte ich dermaßen außer mir geraten? Mich so sehr in mir
selbst verlieren, dass ich Georg und Jean Ravanana im
Stich gelassen hatte?

Angst, natürlich. Aber eine solche Angst? Wie ich sie nie zuvor erlebt und empfunden hatte? Die der Situation keinesfalls angemessen gewesen war; sich von ihr gelöst und wie ein ausgestreckter Zeigefinger auf mich gedeutet hatte.

Vom Fenster meines Zimmers aus sah ich, wie Georg über den Rasen in Richtung Stall ging. Er trug eine Gipsschiene über der Nase. Angeblich hatte sich Doktor Gregorius, unser alter Hausarzt, der Sache mittels eines kräftigen Drucks von Daumen, Mittel- und Zeigefinger angenommen.

Wie es Jean Ravanana ging, wusste ich nicht. Ich hatte mich nicht getraut, Velard danach zu fragen, und auch Julie konnte mir keine Auskunft geben. Ob sich überhaupt jemand nach seinem Befinden erkundigt hatte? Bei ihm, dem Mann, dessen einziges Vergehen darin bestand, anders auszusehen, vermeintlich anders zu sein als die Menschen in seiner Umgebung?

War ich auf meine Weise unglücklich, so reagierte meine Familie auf ihre – nämlich gar nicht. Es schien höchst unwahrscheinlich, dass Vater meinen unrühmlichen Abgang nicht bemerkt und Mutter davon berichtet hatte; aber beide schwiegen.

Ich wandte mich vom Fenster ab, verließ das Zimmer und ging hinunter, um mir in der Küche ein Glas Wasser zu holen. Die Tür zur Bibliothek stand einen Spaltbreit offen.

»Du warst dabei, du musst ihn darauf ansprechen. Ich kann es nicht.« Mutters Stimme.

»Und was soll ich ihm sagen?« Vater, ungewohnt erregt. »Dass er sich unehrenhaft verhalten hat?«

»Du hast gesagt, er habe seltsam gewirkt. Gleichsam

neben sich gestanden. Das kann nicht nur der Schreck gewesen sein. Da steckt mehr dahinter.«

»Du siehst Gespenster.«

»Nein, ich mache mir Sorgen. Irgendetwas stimmt da nicht, ist an der Sache nicht normal. Ich bin mir sicher, für gewöhnlich hätte sich Julius anders verhalten.«

»An Julius ist alles normal. Schließlich ist er mein Sohn!«

Ich drehte mich um und stahl mich auf leisen Sohlen davon, unsicher, was mir lieber war: eine überfürsorgliche Mutter oder ein seinen und meinen Ängsten ausweichender Vater?

*

»Du hast mich geküsst.«

»Ich weiß«, antwortete Julie.

Insgeheim war ich erleichtert. Wenigstens hatte ich mir das Ganze nicht eingebildet. Denn alles andere, was an jenem Nachmittag geschehen war, erschien mir im Rückblick immer unwirklicher.

»Warum hast du mich geküsst? Aus Mitleid?«

»Ich hatte Lust darauf.«

Ich schluckte. Mir fiel ihr Anzug ein, den ich seit unserer ersten Begegnung nicht mehr an ihr gesehen hatte.

»Wirst du mich wieder küssen?«

»Kommt darauf an.«

»Worauf?«

»Ob ich Lust dazu habe.« Sie musterte mich streng. »Du wirst niemand davon erzählen. *C'est compris?*«

Ich nickte. Was hätte ich auch groß erzählen sollen? Dass ich künftig ab und an von einem Mädchen geküsst werden würde, wenn diesem gerade danach war – und zwar nur dann? Und das sich offenbar so sehr für mich schämte, dass ich selbst das niemand sagen durfte?

Unter diesen Umständen schien Schweigen kein allzu hoher Preis.

*

Ich fand Großvater im Wingert gleich hinter dem Hof. Der Hang mit den Weinstöcken strebte dort ähnlich steil nach oben wie Jakobs Leiter im Alten Testament. Der Vikar hatte uns von dessen Traum erzählt: Auf- und Abstieg zwischen Himmel und Erde.

»'n Tag«, grüßte ich Großvater.

Er nickte und fuhr schweigend mit seiner Arbeit fort.

»Kann ich helfen?«, fragte ich.

Aus den unergründlichen Tiefen der Taschen seiner Arbeitshose tauchte eine zweite Rebschere auf. Er reichte sie mir herüber. Seit Kindertagen wusste ich, wie man vertrocknete Ranken zurückschnitt, überflüssige Triebe entfernte. Nur das leise Klacken der Klingen war zu hören.

»Da sind diese Tage …«, sagte er.

»Wie bitte?«

»Du hast mir erzählt, da sind diese Tage, an denen du keinen Ball triffst.«

Ich musterte Großvater von der Seite. Erstaunt. Normalerweise war ich es, der als Erster – und manchmal als Einziger – das Wort ergriff.

»Stimmt«, antwortete ich. »An solchen Tagen fühlt es sich an, als hätte man noch nie einen Schläger in der Hand gehalten.«

Großvater nickte. Anscheinend seltsam zufrieden mit meiner Erklärung. »Ein sichtbarer und ein unsichtbarer Gegner also. Der eine drüben, auf der gegenüberliegenden Platzseite, der andere in dir drin. Richtig?«

Ich nickte. Verblüfft, wie präzise er die Sache auf den Punkt brachte. »Woher weißt du das?«

Der Boden unter den Weinpflanzen war von unzähligen grau-schwarzen Schieferscherben bedeckt, die die Energie der Sonne speicherten. Warme Luft stieg auf, als würde unter uns die Erde atmen.

»Man muss kein Tennisspieler sein, um dieses Gefühl zu kennen.«

Ich richtete meinen Blick auf die ordentlichen Reihen der Rebstöcke ringsherum. Hörte auf das Summen der Insekten, ein Duft süßer Fäule lag in der Luft.

»Was machst du an diesen Tagen«, erkundigte sich Großvater, »wenn so gar nichts geht?«

Ich zuckte mit den Achseln. »Was soll ich groß machen? Weiterspielen, was sonst? Seit wann interessierst du dich dermaßen für Tennis?«, fragte ich.

»Schon immer«, entgegnete Großvater und wirkte für einen Moment wie eine listige alte Ziege. »Vielleicht habe ich es mir nur nicht anmerken lassen.«

Das Grün der Blätter bewegte sich in der leichten Brise, die vom Rhein herüberwehte. Alle anderen Lagen waren längst abgeerntet, aber hier hingen die Trauben noch am Stock.

»Glaubst du, deine Beerenauslese gelingt?«, fragte ich Großvater.

»Schwer zu sagen. Eine Menge Dinge können dazwischenkommen.« Er verzog das Gesicht. »Schlechtes Wetter, Bakterien oder Pilze. Aber es lohnt durchzuhalten.«

Er blickte mich an. »Doch selbst ein wirklich guter Jahrgang reift noch ein paar Jahre in der Flasche.«

Zum nächsten Turnier fuhr mich nicht unser Chauffeur. Großvater saß am Steuer. Wir waren zu zweit. Almuth und Viktoria hatten beschlossen, vorläufig keine Turniere mehr zu spielen. Sie wollten sich wieder mehr ihren Pferden widmen, sagten sie, seien gerade dabei, zwei Dreijährige zuzureiten.

Von dem Tag an stand Großvater bei jedem meiner Matches am Seitenrand und verfolgte das Spiel. Wie ein knorriger alter Rebstock stand er schweigend da. Verrückterweise erinnerte er sich hinterher an jeden einzelnen Schlag, jeden Ballwechsel sowie den kompletten Spielverlauf.

Zuweilen beschwerten sich die Trainer oder Eltern der anderen beim Veranstalter über ihn – angeblich ging es dabei um Fragen der Clubetikette.

»Der Mann sieht unmöglich aus; in seiner Strickjacke und mit dieser … dieser Hose.«

Meist räusperten sich die Organisatoren dann mit nach Verständnis heischendem Blick und sagten: »Nun, wissen Sie, er ist gewissermaßen ein von Berg«, und hoben bedauernd die Schultern.

Großvaters Hose – mal braun, mal violett und mal schwarz. Wie gesagt, sie gehörte zu ihm. Zeichnete ihn aus.

So wie Großvater zu mir gehörte. Und seine Anwesenheit mich auszeichnete.

Darum ging es. Nicht um Fragen der Clubetikette.

- 6 -

Ich weiß nicht, ob es das wert ist«, stöhnte Julie neben mir.

»Komm schon, du hast gesagt, du wolltest mitmachen«, rief ich ihr in Erinnerung.

Am Tag zuvor, beim gemeinsamen Abendessen, hatte ich mich, diesmal etwas genauer, bei Velard nach seinen Erfolgen bei den französischen Studentenmeisterschaften erkundigt. Seitdem er mir davon erzählt hatte, ließ mich die Sache nicht mehr los.

Mit Blick auf die anderen antwortete er: »Ich denke, das ist kein sonderlich interessantes Thema, Julius.« Offenbar befürchtete er, als Angeber dazustehen.

Aber er hatte die Rechnung ohne Vater gemacht. »Im Gegenteil, das klingt hochinteressant, Monsieur Velard. Erzählen Sie uns davon.«

»Sehr freundlich von Ihnen, *Monsieur le Comte*, doch genau genommen gibt es nicht viel zu erzählen. Wie es der Zufall will, hat Mutter Natur mich mit einem recht passablen Ballgefühl ausgestattet. Mit neunzehn gelang es mir, durch einige kleinere Turniersiege erstmals in der französischen Tennisrangliste aufzutauchen. Aber um weiter nach vorn zu kommen und mich dort zu halten, war jede Menge harter Arbeit vonnöten. Dabei spreche ich nicht nur vom reinen Schlagtraining. Insbesondere bei zwei gleich starken Gegnern ist es oftmals die Fitness, die den Ausschlag gibt.«

»*Mens sana in corpore sano*«, sagte das Fräulein Beckmesser, das wie immer kerzengerade in seinem schwarzen Kleid an der Tafel saß. Ich war mir unsicher, inwieweit das Zitat passte oder nicht. Aber um ehrlich zu sein, konnte ich mir die gute Beckmesser ohnehin nicht bei einer sportlichen Betätigung vorstellen – ob mit oder ohne gesunden Geist.

»Sehr schön«, sagte Vater etwas unbestimmt. »Damals in Oxford haben wir Dutzende von Dauerläufen absolviert und in den Wintermonaten zahllose Stunden im *gym* verbracht, was sich später, auf dem Cricketfeld oder beim Rudern auf der Themse, ausgezahlt hat.«

Das Gespräch ging noch eine Weile hin und her, doch mein Entschluss stand fest. Ich würde mein Training ausweiten, nicht nur auf, sondern auch neben dem Platz mein Bestes geben, um meinem Ziel, ein erfolgreicher Tennisspieler zu werden, näher zu kommen.

»Morgen früh gehe ich laufen«, sagte ich leise zu Julie, die neben mir saß, »kommst du mit?«

Sie runzelte die Stirn, dann trat ein vergnügter Ausdruck auf ihre Züge. »Warum nicht, ich habe noch nie davon gehört, dass ein Mann und eine Frau miteinander laufen gehen. Spazieren, wandern, ja, aber laufen …? Ich fürchte, ich habe dich unterschätzt, Julius.«

Zuerst glaubte ich, es sei wieder eine dieser typischen Julie-Bemerkungen, die aus einem mir so gänzlich fremden Kosmos stammten. Dann aber blickte ich auf ihr schlichtes, um die Taille herum eng geschnittenes Kleid, stellte sie mir in ihrem langen weißen Rock auf dem Tennisplatz vor und kam zu dem Schluss – ja, wir würden tatsächlich Neuland betreten.

»*Mon Dieu*, ich dachte, es wäre ein Zeichen von Unabhängigkeit, wenn ich hier mit dir durch die Weinberge
renne, aber es ist langweilig und vor allem anstrengend.«
Julies Gesicht war gerötet, ihr Busen hob und senkte sich
im Rhythmus ihrer schnellen Atemzüge, Schweißtropfen
standen ihr auf der Stirn.

Mutters Vorbild folgend hatte sie sich eine Tennishose
von mir ausgeliehen. Außerdem trug sie eines meiner
weißen Hemden, dessen Ärmel sie hochgekrempelt hatte.
Wirkte Mutter in Tenniskleidung immer noch damen-
haft, ließ sich das von Julie nicht behaupten. Die Sachen
waren ihr deutlich zu groß, dennoch bemerkte ich ihre
schlanken Knöchel, die zwischen Schuhen und Hosen-
saum hervorlugten, ahnte die feste Rundung ihrer Brüste
unter dem weichen Baumwollstoff des Hemdes. Theo-
retisch hätte man sie mit ihren kurzen Haaren für einen
Jungen halten können, gleichzeitig aber auch ganz sicher
nicht. Sie wirkte anziehender denn je auf mich.

»Nein!« Abrupt blieb sie stehen. Ihre Augen funkelten.
»Es reicht. Keinesfalls mache ich mich abhängig von meiner Unabhängigkeit!«

Wir standen am Waldrand, oberhalb der Rebhänge, auf
halber Höhe zwischen Dorf und Burg. Das Blätterdach
über uns filterte das Tageslicht, Sonnenflecken tanzten
auf dem Boden.

Julie blickte sich um. »Ein formidabler Platz«, sagte sie.

Ihr zweiter Kuss schmeckte nicht mehr nach Mitleid.
Überhaupt kam ich mir deutlich weniger klein und unbedeutend vor als beim ersten Mal. Trotzdem begann ich
wieder zu zittern. Es war mir egal. Ich ließ mich fallen; in
den Moment, den Augenblick, in ein Gefühl tiefer Freude.

Danach standen wir einfach da. Meine Lippen auf ihrem Scheitel. Ihre Wange an meiner Brust. Die Augen geschlossen. Atmeten einander.

Unten im Dorf erklang ein Schuss. Sein Echo drang zu uns herauf. Ein zweiter. Wir öffneten die Augen, drehten die Köpfe und schauten hangabwärts. Auf Höhe des Rathauses stieg eine dünne Rauchwolke auf und ruinierte das makellose Blau des Himmels über dem Rhein.

*

Krieg. Bürgerkrieg. Freischärler in Fantasieuniformen. Gewehre, Musketen, Bajonette. Trotz des Waffenverbots waren plötzlich Waffen da. Unter den Separatisten befanden sich viele ehemalige Kriegsteilnehmer, diesmal aber nicht aufseiten der regulären Truppen. Männer, die eine Mission verspürten; Patrioten, die ihren Traum von einem unabhängigen Rheinland verwirklichen wollten.

»Ein Dutzend Bewaffneter hat das Rathaus gestürmt und den Bürgermeister aus seinem Amtszimmer vertrieben. Nur sein Sekretär leistete Widerstand, darum haben sie ein paar Schüsse in die Luft abgefeuert. Es reichte, dass er die Flucht ergriff und nicht versehentlich zum Helden wurde.«

Großvater war auf die Burg gekommen, um uns über die sensationellen Neuigkeiten zu informieren. »Anschließend verbrannten sie auf dem Marktplatz die Nationalflagge und hissten ihre eigene Fahne. Sie hat die Farben Grün-Weiß-Rot.«

»Waren es Männer aus dem Dorf?«, fragte Vater.

»Nein«, sagte Großvater, »sie behaupten, sie kommen aus Koblenz und würden von den französischen Besatzungstruppen unterstützt. Sie haben einen Aushang gemacht und Listen ausgelegt, in die man sich eintragen und ihnen anschließen soll. Sie wollen örtliche ›Schutztruppen‹ rekrutieren, um ihren Machtanspruch in den Städten und Gemeinden durchzusetzen.«

»Hat sich ihnen schon jemand angeschlossen?«, fragte ich und dachte an Martin, seine Freunde und ihre Familien.

»Noch nicht. Noch hat sich niemand offen zu ihnen bekannt.« Großvater wog den Kopf. »Aber ich denke, es wird nicht mehr lange dauern. Die Menschen warten ab, bis sie die Situation besser einschätzen können. Aber dann?«

Es war Mutter, die die entscheidende Frage stellte. »Wie werden wir uns verhalten, Karl?«, wandte sie sich an Vater.

*

Zwei Tage später kam Pierre Velard auf die Burg. Wie immer an seiner Seite: Julie. Ausnahmsweise spielten wir nicht Tennis. Es wurde geredet. Am großen Tisch, im Speisesaal.

»Die Dinge sind in Bewegung geraten«, sagte Velard. »Das gesamte Rheinland ist in Aufruhr.«

»Aber warum?«, fragte Vater. »Weshalb ausgerechnet jetzt?«

»Nun«, sagte Velard, »vermutlich gibt es verschiedene Gründe dafür. Seitdem sich im August in Koblenz unterschiedliche separatistische Bewegungen zusammengeschlossen haben, hat sich ihre politische Schlagkraft deutlich erhöht. Außerdem ist da die Inflation; ein Laib Brot kostet derzeit dreihundert Milliarden Mark. Kein Wunder, dass den Menschen die Idee einer neuen Republik einschließlich einer neuen Währung attraktiv erscheint. Dahinter steckt nicht zuletzt der Gedanke, den allgemeinen Geldverfall aufhalten zu können.«

»Aber ist das nicht naiv?«, fragte Mutter.

Velard strich sich über den Bart. »Naiv wäre zu glauben, ausnahmsweise gehe es einmal nicht ums Geld, Frau Gräfin, sondern um die gute Sache. Männer wie Ihre Landsleute Matthes, Dorten und Smeets und deren *Rheinische Volksvereinigung* mögen Idealisten sein, aber hinter ihnen stehen die Großbanken, die Wirtschaft, die Kirchen und – speziell hier in Deutschland – das Beamtentum. Sobald diese Gruppen erkennen, wohin die Reise geht, werden sie wie gewohnt ihr Fähnchen in den Wind hängen, um am Ende auf der Siegerseite zu stehen. Unabhängig von irgendwelchen politischen Idealen.«

»Wie verhalten Sie, wie verhält Frankreich sich in dieser Angelegenheit, Herr Hochkommissar?«

Vater hatte nicht lauter gesprochen als sonst, dennoch, fand ich, lag ein gewisser Nachdruck in seinen Worten.

Velard lehnte sich zurück. »Als Politiker muss ich realistisch sein. Alles, was ein vereintes Deutschland schwächt, ist gut für Frankreich. In Versailles haben wir uns nicht durchsetzen können mit der Forderung nach einem selbstständigen Rheinland als Pufferstaat. Aber unsere Haltung hat sich nicht verändert. Eine Preußen nicht sonderlich wohlgesinnte Republik direkt an den Ufern des Rheins anstelle der *Wacht am Rhein* wäre für uns eine große Beruhigung.«

»Und dafür würden Sie in die innere Souveränität eines Nachbarlandes eingreifen?« Zu meiner Überraschung war es Almuth, die diese Frage stellte. Und Viktoria, die ergänzte: »Das wäre ein Übergriff auf unsere Heimat.«

Manchmal vergaß ich, dass meine Schwestern nicht nur

älter, sondern hoch wahrscheinlich auch klüger waren als ich. Längst verkehrten sie in den besseren Kreisen zwischen Koblenz, Bingen und Wiesbaden, besuchten Salons, Ausstellungen und Abendgesellschaften. Bestimmt wussten sie über die aktuelle politische Entwicklung ähnlich gut Bescheid wie ihre Gastgeber und deren Bekannte – und sicher besser als ich.

»Bitte verzeihen Sie, Mademoiselle Almuth und Mademoiselle Viktoria«, antwortete Velard düster, »aber das Kriegsende liegt gerade einmal fünf Jahre zurück. Mir scheint, das Deutsche Reich hat damals sehr deutlich gemacht, was es vom Respekt der Souveränität unter Nachbarn hält.«

*

Am nächsten Tag fand sich in sämtlichen überregionalen Blättern des Rheinlandes der folgende Artikel einschließlich der dazugehörigen Erklärung abgedruckt:

Deutscher Rhein – fremder Rosse Tränke?

»Die Unterzeichneten, als Vertreter aus allen Schichten der Bevölkerung des Kreises Daun, gestatten sich ergebenst, durch Überreichung dieses Schriftstückes den überwiegenden Wunsch der Einwohnerschaft dieses Kreises zum Ausdruck zu bringen, einen Rheinischen Freistaat zu gründen. Der Wille des Volkes geht dahin, frei zu sein, seine eigene Verfassung und Verwaltung zu haben. Wir bitten den Herrn Kreisdelegierten höflich, diesen Volkswillen dem Vorsitzenden der Hohen Interalliierten Rheinlandkommission, Herrn Velard, zu übermitteln.«

Pierre Velard wusste nicht nur auf dem Tennisplatz die Bälle zu verteilen. Er wurde mit den Worten zitiert, dies sei nur eines von zahllosen Schreiben, welches er in den vergangenen Monaten von Vertretern westdeutscher Städte und Gemeinden erhalten habe.

Man könnte sagen, er schmetterte den Vorwurf eines unerwünschten Eingriffes Frankreichs in deutsche Angelegenheiten mit größter Eleganz zurück.

*

Die Revolution nahm ihren Lauf. Im Großen wie im Kleinen. Am 26. Oktober 1923 erkannte Velard als Vertreter Frankreichs die Herrschaft der Separatisten als legitime Regierung des Rheinlands an. Zum »Ministerpräsidenten« der neu gegründeten *Rheinischen Republik* ernannte er den vormaligen politischen Redakteur Josef Friedrich Matthes; zu dessen »Regierungssitz« wurde Koblenz bestimmt.

»Ich werde vorübergehend bei euch wohnen«, sagte Julie. Überrascht blickte ich sie an.

»Vater hat mit deinen Eltern gesprochen, und sie haben es erlaubt. Die Situation in Koblenz ist recht unübersichtlich. Es gibt Auseinandersetzungen auf offener Straße zwischen Gegnern und Befürwortern der neuen Regierung. Schüsse fallen, teilweise werden Geschäfte geplündert. Die sogenannten Schutztruppen nehmen bei der Bevölkerung ›Requirierungen‹ vor, wie sie es nennen. Es hat Verletzte und sogar Tote gegeben. Offenbar hat sich Vater geirrt. Das Rheinland steht keinesfalls so geschlossen hinter den Separatisten, wie er annahm. Da niemand weiß, wie sich die Lage entwickelt, ist ihm daran gelegen, mich in Sicherheit zu bringen. Hier bei euch.«

Wir hatten die Stelle am Waldrand, auf halber Höhe zwischen Burg und Dorf, für uns in Besitz genommen. Sie zu einer Art Lieblingsplatz erkoren, an dem es zu meinem Bedauern zu keinen weiteren Küssen gekommen war. Aber allein die Tatsache, bei Sonnenuntergang neben Julie auf der mitgebrachten Decke sitzen zu dürfen, Zeit mit ihr zu verbringen und sich mit ihr zu unterhalten, stimmte mich glücklich.

»Dann können wir ja jetzt jeden Tag trainieren«, sagte ich und wusste, es war nicht präzise das, was ich eigentlich ausdrücken wollte.

Julie musterte mich von der Seite. »Stimmt, Julius, von nun an können wir jeden Tag trainieren.« Und eine Sekunde später legte sich der warme Umhang ihres Lachens um uns.

Die Sonne war hinter dem Horizont verschwunden, ein letzter Rest Rosa zeigte an, wo. In den Weinbergen ringsherum raschelte und knackte es – die Hitze des Tages, die aus dem Schieferboden entwich, die ersten Nachttiere. Vor uns ein paar Granitsteine, vor Urzeiten abgelegt. Der Himmel zeigte sich klar, der Abendstern war aufgegangen, stecknadelkopfgroß. Wir lagerten nicht hoch genug, um den Rhein sehen zu können. Die Dächer der Häuser und die Reste der alten Stadtmauer mit den beiden noch intakten Wehrtürmen verdeckten sein Bett. Aber das Bild des Stroms und seiner Landschaft hatte sich mir und wahrscheinlich jedem, der irgendwann einmal an seinen Ufern gestanden hatte, so unauslöschlich eingebrannt, dass ich es jederzeit vor meinem inneren Auge abrufen konnte.

Anwesenheit trotz Abwesenheit.

»Ich habe dich nie nach deiner Mutter gefragt«, sagte ich, »wieso lebt sie nicht bei dir und deinem Vater in Koblenz?«

Julies Gesichtsausdruck war in der Dunkelheit nur schwer zu erkennen. »Sie ist in Frankreich geblieben, mit Hélène, meiner jüngeren Schwester. Sie soll dort die Schule zu Ende bringen.«

»Verstehe.«

»Nein, das tust du nicht. Es ist anders als bei deinen Eltern. Vater und Mutter gehen sehr viel ... höflicher miteinander um.«

»Kalt höflich?«

»Wenigstens nicht warm höflich.«

Ich sollte aufhören, unsere Küsse zu zählen, dachte ich, als sie sich zu mir beugte, schließlich war ich kein Buchhalter. Außerdem war es wenig hilfreich, auf ein erneutes Zittern zu warten.

Beides gelang nicht.

Dafür gelang Kuss Nummer drei.

Möglicherweise war er noch schöner als Kuss Nummer zwei. Das Zittern war wie immer.

Plötzlich hörten wir hinter uns im Wald ein Geräusch, das Knacken eines Astes drang an unsere Ohren. Wir fuhren auseinander. Im selben Moment trat eine Gestalt aus dem Unterholz. Und noch eine.

»Na, ihr beiden Turteltauben«, erklang Almuths spöttische Stimme.

»*Ruckedigu, ruckedigu*«, gurrte Viktoria neben ihr.

»Herre, ihr habt uns erschreckt«, sagte ich leise. »Was macht ihr hier um diese Zeit?«

»Etwas, das wir euch offensichtlich nicht fragen brauchen«, sagte Viktoria, »darum tun wir es auch nicht. Überhaupt – wir haben euch nicht gesehen, und ihr habt uns nicht gesehen. Verstanden?«

Ich nickte verdutzt. »Ja, aber ...?«

102

Doch ebenso schnell wie meine Schwestern aufgetaucht waren, verschwanden sie wieder; von den Schatten der Rebstöcke verschluckt.

Am nächsten Tag traf ich unten im Dorf Martin und seine Freunde, die ich nach dem Ende unserer gemeinsamen Schulzeit nur noch gelegentlich sah. Sie trugen grün-weiß-rote Binden um den Oberarm und erklärten, ab sofort würden sie freiwillig vor dem Rathaus Nachtwache halten. Genauer – sich vor der Fahnenstange mit der neu gehissten Flagge der Separatisten postieren. Unbekannte hätten die alte in der Nacht zuvor geklaut.

*

Ich wusste nicht, was mich geweckt hatte. Schlaftrunken versuchte ich, im hereinfallenden Mondlicht die Zeiger des Weckers auf meinem Nachttisch zu erkennen. Mitternacht. Erst eine Stunde zuvor hatte ich mich hingelegt. Ich blickte hoch, an der Zimmerdecke war ein ungewohntes, unruhiges Flackern zu sehen. Ich schlug das Federbett zurück und ging zum Fenster. Fackelschein, Männerstimmen. Behutsam öffnete ich einen Flügel und beugte mich vor. Sofort umgab mich kühle Nachtluft, ich fröstelte. Unter mir erkannte ich einige Männer aus dem Dorf. Sie trugen Fackeln und Laternen. Und Waffen. Offenbar hatten sie Vater aus dem Bett geklingelt. Er stand vor ihnen, mit zerzaustem Haar, in seinem geliebten *dressing gown*. Satzfetzen drangen zu mir herauf.

»... die französische Regierung ihre Unterstützung eingestellt.«

»Marodierende Verbände der Sonderbündler ..., Plünderungen ...«

»… Hof Ihres Schwiegervaters.«

Ich stürzte zurück ins Zimmer und die Treppe hinunter. Im nächsten Augenblick war ich draußen.

»Was ist mit Großvater?«, rief ich.

Vater drehte sich um. »Julius.« Seine Stimme klang belegt. »Offenbar haben die Proteste der englischen und der deutschen Regierung Wirkung gezeigt. Velard hat den Separatisten seine Unterstützung entzogen.«

»Aber was hat das mit Großvater zu tun?«

»Es scheint ein regelrechter Dammbruch gewesen zu sein«, fuhr Vater fort. »In weiten Teilen des Landes hat sich die Bevölkerung erhoben und die Vertreter der neuen Regierung aus den Rathäusern gejagt.«

Er machte einen Schritt auf mich zu und legte den Arm um mich. Etwas, das er zuletzt getan hatte, als ich dreizehn oder vierzehn war und Abraxas, sein Lieblingshengst, mir die Kuppe des Zeigefingers abgebissen hatte. Ein Unfall, einer ungeschickten Bewegung beim Füttern geschuldet. Die Wunde wurde genäht und heilte folgenlos aus.

»Plötzlich standen die sogenannten Schutztruppen ohne Nahrung und finanzielle Mittel da«, sagte Vater. »Sie haben sich auf den Rückweg in ihre Heimatdörfer gemacht und versorgen sich unterwegs mit allem, was sie brauchen. Sie sind gewaltsam bei Großvater eingedrungen, um Lebensmittel und Vorräte zu stehlen. Er hat sich gewehrt …«

Bleischwer lag Vaters Arm auf meiner Schulter. »Bitte«, sagte ich leise, »was ist mit Großvater?«

»Sie haben ihn auf den Schädel geschlagen. Mit einem Kantholz. Er hat viel Blut verloren und ist nicht bei Bewusstsein. Doktor Gregorius ist bei ihm. Er sagt, er wisse nicht, ob Großvater die Nacht übersteht.«

1938, Berlin, Gefängnis Tegel

Der Himmel – nur noch eine Erinnerung.

- 7 -

Am 27. November 1923 trat Ministerpräsident Matthes von seinem Amt zurück, und die neue Regierung wurde aufgelöst. Insgesamt existierte die *Rheinische Republik* zweiunddreißig Tage lang. Vielleicht ein paar mehr, vielleicht ein paar weniger. Alles war extrem schnell gegangen. Ein Spuk, eine Vision, ein Wimpernschlag deutscher Geschichte. Die Zeit würde darüber urteilen.

Zurückgeblieben waren zerstörte Träume und eine Bevölkerung, deren Widerstand sich in seltener Einigkeit gegen Raub und Willkür gerichtet hatte, auch wenn später behauptet werden sollte, die Menschen seien für ein nationalistisches Ideal angetreten.

Propaganda.

Nationalistische Propaganda.

Um den Frieden im Rheinland möglichst schnell wiederherzustellen und eine weitere Spaltung innerhalb der Bevölkerung zu vermeiden, verfügten die Alliierten in Absprache mit der deutschen Regierung eine Amnestie für alle im Zusammenhang mit den Separatistenunruhen begangenen Straftaten.

Demnach auch für den Überfall auf Großvater.

Und den Raub seines Augenlichts.

*

Ununterbrochen hatten wir an seinem Bett gesessen. Abwechselnd. Mutter, Almuth, Viktoria und ich. Selbst Vater war stundenweise von der Burg heruntergekommen, um an Großvaters Seite Wache zu halten, dessen regloser Körper lediglich von seinen flachen Atemzügen bewegt wurde.

Sieben Tage und sieben Nächte hielt dieser Zustand an, dann schlug Großvater die Augen auf.

»Ist da jemand?«, krächzte er mit ausgetrockneter Kehle.

Mutter und ich, die in dem Moment neben seinem Bett saßen, blickten uns an.

»Ich bin hier, Papa«, sagte Mutter.

Großvater drehte den Kopf in ihre Richtung.

»Wo?«, fragte er.

*

Nachdem er das Bewusstsein wiedererlangt hatte, wurde Großvater von Tag zu Tag kräftiger. Er aß und trank und legte an Gewicht zu. Doktor Gregorius war mit dem Heilungsverlauf zufrieden und meinte: »Unkraut vergeht nicht, was?«

Ich dachte an Lehrer Hartwig.

Arztwitze.

Nicht besser als Lehrerwitze.

Großvater hatte überlebt, Gottlob, aber um welchen Preis?

*

Der gewohnte Blick auf eine Sache; sein Augenmerk richten auf. Sehenden Auges in eine Situation gehen. Den Augenblick schätzen.

Die deutsche Sprache ist eine reiche Sprache, insbesondere, was die Metaphorik sichtbaren Erlebens betrifft. Für Großvater war sie plötzlich eine fremde, die er neu erlernen musste – handfest, greifbar, bar jeder Sinnbilder.

Einem Hindernis ausweichen.

Sich eine Scheibe Brot abschneiden.

Den Nachbarn grüßen, ohne ihn zu erkennen.

Die Straße vor dem Hof überqueren und dabei nicht überfahren werden.

Alltägliche Handlungen. Allstündliche, allminütliche, manchmal sogar allsekündliche; alles war neu und verborgen und lag im Dunkel. Dennoch ging er die Dinge mit der gewohnten Hartnäckigkeit an.

Aber wie sollte er den Sonnenuntergang über der Burg genießen? Die vielblättrige Vielfalt des Grüns im Wingert würdigen? Oder den Farbumschlag des Rheins bei einem Gewitter verfolgen?

Keine Sprache vermag das zu leisten.

*

»Bitte, zieh zu uns auf die Burg, Papa«, sagte Mutter.

»Nein«, antwortete Großvater, »ich bleibe in meinen eigenen vier Wänden. Hier kenne ich mich aus.«

Es stimmte. Wer es nicht wusste, wäre nicht auf den Gedanken verfallen, dass Großvater ausschließlich Schatten sah; hellere und dunklere. Er weder Farben noch Konturen erkannte, bloß grobe Umrisse und Bewegungen.

Fasziniert bemerkte ich, wie er sein Gedächtnis als Sehhilfe nutzte, den Blick nach innen richtete, um sich in der Außenwelt zu orientieren.

»Du bist ein sturer alter Bock«, schimpfte Mutter.

»Ich bin ein alter Rebstock«, sagte Großvater, »den man nicht verpflanzt.«

Er hatte mir einmal erzählt, die Weinstöcke, die bereits sein Vater angepflanzt hatte, besäßen mittlerweile bis zu zwanzig Meter lange Wurzeln. Spitzfingrige Fortsätze, die sich im Laufe der Jahrzehnte in den Boden gekrallt und schier undurchdringliche Schieferschichten durchdrungen hatten, um in tiefster Dunkelheit auf Grundwasser zu stoßen. Nichts schien ihrem Lebenswillen etwas anhaben zu können.

*

Die Frau aus der Nachbarschaft, die schon seit vielen Jahren zu Großvater kam, um zu kochen, zu putzen und die Wäsche zu machen, brachte von nun an ihre Tochter mit.

Anpassung.

Ein neuer Alltag spielte sich ein.

Ein Alltag, zu dem gehörte, dass ich Großvater nicht mehr anschaute, wenn ich mit ihm redete.

Es tat zu weh.

Schon am nächsten Tag überfiel mich die Scham. Er war blind, nicht ich.

Im Oktober hatte der Sender Berlin sein erstes Unterhaltungsprogramm ausgestrahlt. Für Großvater wurde *ich* zum Radio.

»Wenn ich schon selbst nicht mehr sehen kann, will ich wenigstens wissen, was du siehst«, sagte er.

Also sah ich für ihn. Und wieder zu ihm. Und ging ab Frühjahr, sobald die Saison begann, auf Sendung.

»Ich lockte meinen Gegner mit einem Stopp ans Netz; gleichzeitig rückte ich selbst vor und verkürzte den Winkel. Er schaffte es gerade noch, den Ball mit einem langen Ausfallschritt zu erreichen, aber nicht mehr, seinen Rückhandpassierball zu platzieren. Ich spielte einen Volleylob gegen seine Laufrichtung und machte mit meiner Vorhand den Punkt. Damit war das *break* perfekt und der Rest nur noch Formsache. In der Folge brachte ich meinen Aufschlag durch und gewann das Match.«

»Hast du ihm die ganze Zeit in die Rückhand serviert?«, erkundigte sich Großvater.

»Ja, hauptsächlich. Vor allem wenn ich von der linken Seite nach außen aufgeschlagen habe, kam er mit dem Twist überhaupt nicht zurecht.«

Niemand kann einem Menschen das Augenlicht ersetzen. Es ist die radikalste Form von Abwesenheit überhaupt – unsichtbar für die Welt, die Welt unsichtbar.

Trotzdem versuchte ich, für Großvater anwesend zu sein. In einem kleinen Teil der Welt. In meiner Welt.

Tiefer denn je drang ich in mein Spiel ein. Vergaß während der Matches alles um mich herum. Mein Tennis bekam eine neue Qualität. Meine Wahrnehmung ebenfalls.

Nach jedem Turnier erzählte ich Großvater von gelungenen und weniger gelungenen Schlägen. Erklärte ihm und mir meine Fehler und meine Punkte. In den friedvollen Stunden danach spielte ich in seiner guten Stube meine Spiele ein zweites Mal, feierte meine Erfolge und durchlitt meine Niederlagen.

So brannten sich meine Matches in mein Gedächtnis ein, *ich* brannte sie in mein Gedächtnis ein.

Ein Schatz, den ich hütete wie meinen Augapfel.

- 8 -

Es tut mir leid«, sagte Velard und schüttelte betrübt den Kopf, »die Sache mit Ihrem Vater tut mir sehr leid.«

»Danke«, antwortete Mutter, »aber Sie kennen ihn. Er lässt sich nicht so schnell unterkriegen. Wir sind dankbar, dass er überlebt hat.«

Ich betrachtete Velard, der von Vater und Mutter in der Bibliothek empfangen worden war. Seinen gepflegten schwarzen Bart. Seine wendige Gestalt in dem langen Jackett, das an einen Gehrock erinnerte, die dazu passende Seidenweste sowie die perfekt sitzenden Kammgarnhosen. Beste Qualität, bei *Charvet* in Paris geschneidert, wie er mir einmal erzählt hatte.

Ich sah auf seine gebräunten Hände, die die Teetasse hielten. Kräftige Hände, sehnige Hände. Die Hände eines Mannes von Welt, die Hände eines Tennisspielers – die Hände eines Brandstifters?

Tatsächlich war ich mir meiner Gefühle zutiefst unsicher. Inwieweit war Velard mitverantwortlich für den Überfall auf Großvater? Natürlich war er nicht direkt daran beteiligt gewesen, andere hatten Großvater niedergeschlagen, aber trug er nicht wenigstens eine Teilschuld? Hatte nicht er den Sonderbündlern den Weg geebnet, nur um kurz darauf eine komplette Kehrtwende zu vollziehen und so Gewalt und Chaos auszulösen? Oder musste ich die Verantwortlichen in Paris suchen, war Velard bloß ausführendes Organ gewesen? Waren es demnach die Hände eines Pilatus, die sich mir zeigten?

»Sehr freundlich von Ihnen, Monsieur Velard, sich persönlich zu uns zu bemühen, um Ihr Bedauern auszudrücken«, sagte Vater, »zumal ich vermute«, er räusperte sich, »Sie sind angesichts der aktuellen Lage durchaus beschäftigt.«

»Nun, das ist richtig.« Velard beugte sich vor und stellte seine Teetasse ab. »In der Tat habe ich alle Hände voll zu tun, allerdings anders, als von Ihnen vermutet. Derzeit packe ich vor allem Koffer; meine Regierung plant, mich zurückzubeordern. Anfang der Woche soll ich im Élysée-Palast Bericht erstatten. Man hat aber bereits durchblicken lassen, dass man mit meiner Leistung hier, vor Ort, nicht zufrieden ist. Meine Tage als Hochkommissar sind gezählt.«

»Und was ist mit Julie?«, platzte ich heraus.

Vater hüstelte, Mutter blickte zu Boden.

»Bitte, Julius«, sagte Vater, »gerade eben erst hat uns Monsieur Velard von seiner bevorstehenden Demissionierung berichtet. Ein wenig Respekt wäre sicher angebracht.«

»Nein, schon gut, *Monsieur le Comte*«, unterbrach ihn Velard, »so schlimm ist es nicht.« Er blickte mich an. »Ich soll dir schöne Grüße ausrichten, Julius. Julie ist schon vorausgefahren, zu ihrer Mutter und ihrer Schwester. Sie wird dir sicher bald schreiben.«

Ich war wie vor den Kopf geschlagen. Julie fort? Ohne ein einziges Wort des Abschieds? Wie konnte das sein?

Noch während ich mich das fragte, gab ich mir die Antwort: Es konnte gar nicht anders sein. War typisch für

Julie. Was hatte ich erwartet? Sie verabscheute Konventionen, handhabe die Dinge, wie sie es für richtig hielt. Und verabschiedete sich folglich ebenso wortlos, wie sie uns seinerzeit begrüßt hatte.

Gleichzeitig wurde mir klar: Sie war niemand, der »schöne Grüße« ausrichten ließ. Niemand, der »schreiben« würde. Sie war Julie, und dafür … liebte ich sie?

Erneut betrachtete ich Velards Hände und erkannte: Es waren die eines Politikers. So wie es die Stimme eines Politikers war, die mir erzählte, was ich vermeintlich hören wollte. Die Mutter und Vater erzählte, was sie im Hinblick auf das Drama um Großvater hören wollten. Und den Separatisten erzählt hatte, was diese hören wollten – und schon bald darauf den anderen.

Ist es das, was Politiker tun? Den Menschen erzählen, was sie hören wollen?

Heute kenne ich die Antwort. Und muss damit leben. Oder auch nicht. Aber damals stieg erstmals der bittere Gedanke in mir auf, der mich seitdem nicht verlassen hat: Wenn selbst Velard, dem ich vertraut, zu dem ich aufgeblickt hatte, sich so verhielt – wie sollte ich jemals einem anderen Politiker glauben?

*

In Koblenz wurde ich in die erste Herrenmannschaft berufen. Gewann weitere Einzeltitel und ein paar Doppelwettbewerbe. Mein Tennisstern stieg unaufhaltsam. Täglich fuhr mich unser Chauffeur zum Training. Wenn ich nach Hause kam, ging ich runter ins Dorf, zu Großvater.

Ich tat nichts anderes mehr, spielte Tennis und sprach über Tennis. Das war's.

Vater nahm mich beiseite. »Julius«, sagte er, »es ist bloß ein Spiel.«

»Ich weiß«, antwortete ich.

Trotzdem fehlte mir Julie. Über alle Maßen.

Seitdem meine Schulzeit bei Lehrer Hartwig zu Ende war, hatte mein Privatunterricht deutlich an Umfang zugenommen. Mein Wissen nicht. Nur mit viel Mühe gelang es den Professoren, die zu uns auf die Burg kamen, das Nötigste in meinen Kopf hineinzuhämmern. Aber auch das gestaltete sich nach Julies Weggang immer schwieriger. Es reichte gerade noch für die Zulassung zum Abitur.

Die deutschen Schulgesetze drückten sich eindeutig aus: *Jeder Externe hat die Reifeprüfung am Schulkollegium der zuständigen Provinz abzulegen.*

Almuth und Viktoria waren die beiden Ersten gewesen, die Bekanntschaft mit der staatlichen Autorität geschlossen und ihre Reifeprüfung bestanden hatten. Problemlos.

Die »zuständige Provinz« beziehungsweise deren größte Stadt war Koblenz. Unser Chauffeur brachte mich zum festgesetzten Termin ans dortige Gymnasium, wo an dem Tag das Prüfungskollegium zusammengetreten war.

»Aufgeregt?«, fragte er mich, als wir vor dem imposanten Gebäude mit den beiden dorischen Säulen vor dem Eingang anhielten.

Ich schüttelte den Kopf. »Nein, es ist wie vor einem Tennismatch. Ich bin froh, dass es endlich losgeht.« Ich lächelte. Ein wenig gequält. »Umso schneller ist der Sieg mein.« Tatsächlich war ich nicht davon überzeugt, der Herausforderung gerecht zu werden.

Als erstes Fach stand Mathematik auf dem Stundenplan. Zahlen lagen mir, und zu meiner Erleichterung bestand ich ohne größere Probleme. Dank dem jungen

Vikar und seinen Bibellektionen waren die Fragen in Religion ebenfalls machbar. In beiden Fächern erzielte ich ein solides *ausreichend*.

Der Schulrat, ein Mann mit dickem Bauch und dünnem Haar, betrachtete mich durch seinen Zwicker. »Nun, junger Mann, als Nächstes wollen wir Ihre Geschichtskenntnisse abprüfen. Was wissen Sie über den Vertrag von Versailles?«

Froh, mich auch hier einigermaßen auszukennen, antwortete ich: »Er wurde 1919 auf der Pariser Friedenskonferenz ausgehandelt. Darin wurde unter anderem festgehalten, das Deutsche Reich habe Reparationszahlungen zu leisten und abzurüsten.«

»Weshalb bezeichnen Sie die Konferenz als ›Friedenskonferenz‹?«

»Weil auf ihr der Krieg offiziell beendet und gleichzeitig der Völkerbund gegründet wurde«, erwiderte ich.

»Ihnen ist bekannt, dass die deutsche Delegation das fragliche Schriftstück nur unter Protest unterzeichnet hat?«

»Ja.«

»Und was sagt Ihnen das?«

In Gedanken ging ich zurück. Versuchte, mir jene seltsamen Jahre meiner Kindheit ins Gedächtnis zu rufen, in der plötzlich Menschen aus meinem gewohnten Umfeld verschwanden, und die Märchenwelt, in der ich bis dahin gelebt hatte, erstmals Risse bekam. Risse, durch die ich mit bangem Blick der Wirklichkeit begegnete. Vater, der als Reserveoffizier in seinem Kavallerieregiment am Krieg teilnahm, und Mutter, die in Bingen beim *Deutschen Roten Kreuz* aushalf. Im Vergleich zu anderen sicher ein milder Ausschnitt Wirklichkeit, dennoch …

»Der Krieg machte mir Angst«, hörte ich mich sagen.
»Mein Vater und ein paar unserer Bediensteten wurden
eingezogen. Ich war froh, als die Kämpfe aufhörten
und sie unversehrt nach Hause zurückkehrten. Endlich
herrschte wieder Friede.«

Es war still im Raum, beinah als wären die restlichen
Professoren nicht anwesend.

»Sie entstammen einem alten deutschen Adelsgeschlecht.« Der Schulrat hatte die Stimme erhoben und
seine letzten Worte deutlich akzentuiert. Schneidig klang
das, rhythmisch zugleich. Mit einem Mal marschierten
seine Sätze im Gleichschritt. »Ist Ihnen das bewusst? Sie
tragen Verantwortung!«

»Dessen bin ich mir sehr wohl bewusst, und ich bin
stolz darauf.« Ich dachte an Großvater und die Sonderbündler, an den brutalen Schlag, den er auf den Kopf
erhalten hatte. Dann dachte ich an Velard, mit mehr als
gemischten Gefühlen. »Ich trage meine Kämpfe lieber
auf dem Tennisplatz aus«, ergänzte ich. »Unblutig. Unter
Sportsleuten.«

»Auf dem Tennisplatz? Ich verbitte mir diesen pazi-
fistischen Blödsinn. Wenn das Vaterland ruft, haben Sie
Ihren Mann auf dem Schlachtfeld zu stehen. Nirgendwo
sonst. Andernfalls sind Sie ein Drückeberger und eine
Schande für Ihre Eltern und die Nation!« Jäh hatte sich
seine Gesichtsfarbe verändert, unversehens den Ton eines
gut gewässerten Aschenplatzes angenommen.

Ich war es nicht gewohnt, dass jemand so zu mir
sprach – auch und gerade kein Schulrat. Um es zurückhaltend auszudrücken: Es missfiel mir.

Tatsächlich lag der Schulrat in einem Punkt richtig,
nämlich dass ich einem alten Adelsgeschlecht entstamm-

118

te; das vorläufig letzte Glied in einer langen Reihe ehrenhafter Männer und Frauen war. Ich stand auf und verbeugte mich höflich in Richtung der übrigen Prüfer.

»Die Herren Professoren mögen mich entschuldigen. Ich fürchte, ich verfüge nicht über die Art von Reife, die von mir erwartet wird.« Ich schlug die Hacken zusammen. Anders als vom Prüfungsvorsitzenden vermutet, wusste ich sehr wohl, was sich gehörte. »Habe die Ehre.«

Draußen vor dem Schulgebäude nahm mich unser Chauffeur in Empfang. »Das ging aber schnell«, sagte er.

»Ja«, antwortete ich, »manche Matches kann man nicht gewinnen.«

Ohne weitere Nachfragen hielt er mir die Tür des *Horch* auf. Im selben Moment kam ein Mitglied des Kollegiums, dem ich soeben den Rücken gekehrt hatte, aus dem Schulgebäude geeilt.

»Herr von Berg, bitte warten Sie! Wir haben beschlossen, die Prüfungen in Englisch und Französisch vorzuziehen.« Er hüstelte. »Der Herr Schulrat muss in einer dringenden Angelegenheit ins Ministerium. Er ist ein wichtiger Mann.« Nach einer winzigen Pause fügte er hinzu: »Ebenso wie Ihr Herr Vater.«

Ich zögerte. Keinesfalls wollte ich etwas geschenkt bekommen. Andererseits – das Abitur war wichtig, bedeutete für mich die Fahrkarte in die große, weite Welt. Ich hatte Pläne, Ziele. Wollte Tennischampion werden.

»Nun gut«, sagte ich, »ich werde mich der Aufgabe stellen«, und fügte leise, nur für mich, hinzu: »Zweiter Satz also.«

Zu Hause wurde ich bereits erwartet. Im Salon. Fünf Uhr nachmittags. *Tea time.*

Als ich meinen Bericht beendet hatte, zog das Fräulein

Beckmesser verstohlen ein spitzenbesetztes Taschentuch aus dem Ärmel seines Kleides. Behutsam tupfte es sich Augen und Nase ab. Ausgerechnet in den Fächern, in denen sie mich unterrichtet hatte, in Englisch und Französisch, war ich mit *gut* und *befriedigend* bewertet worden, womit ich – laut offiziellem Sprachgebrauch – die Reifeprüfung erlangt hatte.

Wenigstens glaubte ich das damals.

*

Noch am selben Abend rief mich Vater zu sich, in sein Arbeitszimmer.

»Ich gratuliere dir, Junge«, sagte er. Für einen Moment schien es, als wollte er mich in den Arm nehmen. Dann beließ er es jedoch bei einem kräftigen Händedruck. »Ich gratuliere dir zur erfolgreich abgelegten Reifeprüfung. Ich bin stolz auf dich.«

»Vielen Dank«, antwortete ich verlegen.

»Dein Erlebnis, heute Vormittag, mit dem Schulrat. Niemand weiß, was die Zukunft bringt. Gib acht auf dich, Julius. Halt dich fern von Männern wie ihm. Ewiggestrigen, die den Militarismus und die Monarchie lieber heute als morgen wiederauferstehen lassen wollen.«

Ich nickte. »Keine Sorge, ich bin ganz deiner Meinung. Ich will Tennisspieler werden, alles andere interessiert mich nicht.«

»Gewiss, Julius. Dennoch will ich etwas mit dir besprechen. Mit dir und deiner Mutter. Ich gebe ihr kurz Bescheid.« Er ging zur Tür, öffnete sie und verschwand.

Müßig ließ ich den Blick durch sein Arbeitszimmer schweifen. Ein klassisches Herrenzimmer. Dunkelgrün gestrichene Wände, geschmückt mit gerahmten Aufnahmen aus Vaters Zeit in England. Eine Gruppe junger selbstbewusster Hockeyspieler, die mit breitem Lächeln in die Kamera grinsten, Vater mitten unter ihnen. Ein schmales Boot auf einem Fluss, der Kiel so spitz wie eine Nadel; acht Ruderer, der Schlagmann im Heck. Man konnte nicht erkennen, wo Vater saß.

Vor dem Fenster zum Garten stand sein Schreibtisch. Massiv, penibel aufgeräumt. Auf der ledernen Schreibunterlage ein weißes Kuvert. Sonst nichts.

Hinter mir erklangen Schritte. Ich drehte mich um. Lächelnd betrat Mutter, gefolgt von Vater, das Zimmer. Er bat uns, in den beiden schweren Ledersesseln vor dem sauber ausgefegten Kamin Platz zu nehmen. Es war April, die tennislose Wintersaison lag Gott sei Dank hinter uns. Vater holte für sich selbst einen zusätzlichen Stuhl.

Nachdem er sich gesetzt hatte, räusperte er sich und sagte: »Nun, Julius, deine Mutter und ich haben uns Gedanken über deine Zukunft, deine berufliche Zukunft, gemacht. Nicht wahr, Anna?«

Mutter nickte. »Sehr richtig. Aber zunächst würden wir gern hören, was du dir vorstellst, Julius. Was hast du jetzt, nach dem Abitur, vor, mein Lieber?«

Das Gespräch traf mich nicht unerwartet. Eltern haben Pläne mit ihren Kindern. Wahrscheinlich von Geburt an. Ich hatte ebenfalls Pläne, wusste, was ich mir vorstellte. Allerdings war mir ebenso bewusst, was ich mir – klugerweise – vorzustellen hatte. Ich konnte es in Mutters und Vaters Augen lesen. Trotzdem war es den Versuch wert. Andernfalls würde ich es mein Leben lang bereuen.

»Ich möchte reisen, in der Welt herumkommen«, setzte ich an, »Menschen kennenlernen. Mich mit ihnen mes-

sen«, fügte ich vorsichtig hinzu. »Im sportlichen Wettkampf, auf dem Tennisplatz.«

Stumm tauschten meine Eltern einen Blick. »Wir hatten befürchtet, dass du das sagen würdest, Julius.« Mutters Stimme klang sanft, trotzdem hörte ich das »aber«
heraus. »Schließlich hast du in den vergangenen Jahren
sehr deutlich gemacht, wo deine Ambitionen liegen.«

Ich zeigte auf die Fotos an der Wand. »Vater hat es getan, und sieh nur, wie glücklich er aussieht.«

»Ich bin damals … zufrieden gewesen und bin es heute
immer noch«, sagte Vater. »Aber nur, weil ich ein Studium absolviert und Verantwortung übernommen habe.
Für mich und andere.«

Der leise Tadel in seinen Worten entging mir ebenso
wenig wie die Tatsache, dass er zu höflich war, um das
Offensichtliche auszusprechen; selbstverständlich hatte er
sich zum Wissenserwerb in Oxford aufgehalten und nicht
zum Spaß, und so vermochte ich ihm nicht ernsthaft zu
widersprechen, als er fortfuhr: »Für einen Gentleman ist
Sport ein edler Zeitvertreib – nicht mehr. Ich hoffe, du
bist dir dessen bewusst.«

»Allerdings wollen wir deinen Wünschen so weit wie
möglich entgegenkommen«, sagte Mutter. »Reisen, die
Welt sehen. Was hältst du von einer Laufbahn im Auswärtigen Amt? Als Diplomat beispielsweise würdest du
zahlreichen Menschen und fremden Kulturen begegnen.
Da wäre es beispielsweise zweckmäßig, ein Studium der
Rechte zu absolvieren, wie dein Vater.«

Eltern und Kinder. Vater, Mutter und ihr erwachsener
Sohn. Ein Gespräch, wie es wahrscheinlich schon unzäh-
lige Male geführt worden war. Was hatte ich erwartet?
Dass sie sagen würden, geh hin, zieh hinaus in die Welt,

wir werden dich ein Leben lang unterstützen, Hauptsache, du hast Spaß? Oder: Wie schön, dass es sich beim Tennissport um eine brotlose Kunst handelt, bei der es weder Preisgelder noch sonstige Prämien zu verdienen gibt?

Ich war kein Revoluzzer. Niemand, der auf die Barrikaden ging. War es nie gewesen und würde es niemals sein. Was blieb mir anderes übrig, als den Plänen meiner Eltern – wenigstens vorläufig – zuzustimmen?

»Gut«, sagte ich, »dann werde ich eben studieren. Aber gleichzeitig möchte ich mit dem Tennis weitermachen. Ich bin mir sicher, beides lässt sich miteinander vereinbaren.«

Vater und Mutter blickten sich an. Sie kannten mich gut genug, um mir diesen Wunsch nicht abzuschlagen.

»Was denkst du, Liebling«, wandte sich Vater an Mutter, »ist das wohl der geeignete Moment, um ihm unser Geschenk zu überreichen?«

Er erhob sich, ging zum Schreibtisch und griff nach dem weißen Kuvert, das dort lag. Er reichte es Mutter, die ihrerseits aufstand, mich in die Arme nahm und innig drückte. »Die aller-, allerbesten Glückwünsche zum bestandenen Abitur, Julius«, sagte sie und gab mir den Umschlag.

»Das wäre sicher nicht nötig gewesen«, bedankte ich mich artig, »aber ich freue mich, was immer es sein mag.«

Gespannt öffnete ich das Kuvert, das nicht zugeklebt war. Ein Autogramm. Eine Autogrammkarte von einem Tennisspieler. Eine schwungvolle Unterschrift. Ich schaute genauer hin. Nein, nicht von *einem* Tennisspieler, sondern von *dem* Tennisspieler. Von Big Bill Tilden, dem besten Spieler der Welt. Fragend hob ich den Kopf.

»Mister Tilden weilt derzeit zu Besuch in Deutschland«, erklärte Vater, »genauer, in Köln. Er absolviert dort ein paar Schaukämpfe. Ein alter Studienfreund, der weiß, dass ich mich für Tennis interessiere, hat mich darüber informiert. Gestern habe ich im *Dom Hotel* angerufen, in dem Mister Tilden abgestiegen ist und ihn gefragt, ob er bereit wäre, einem talentierten jungen Spieler einen Nachmittag lang Training zu geben – selbstverständlich gegen ein angemessenes Entgelt. Er reagierte sehr freundlich und meinte, er sei immer bereit, junge Talente zu fördern. Als er hörte, dass wir auf einer Burg über dem Rhein leben, war die Sache entschieden.« Vater zog die Augenbrauen hoch. »Typisch Amerikaner. Wahrscheinlich hält er uns für Raubritter oder dergleichen.«

»Aber das ... das ist ja großartig«, stotterte ich, »wann wird er kommen?«

*

Wie sich herausstellte, kam Big Bill Tilden, wie er respektvoll genannt wurde, am folgenden Wochenende zu uns. Einen kleinen Koffer in der Hand und einen großen Stapel Tennisschläger unter dem Arm, entstieg er dem *Horch*, in dem unser Chauffeur ihn in Köln abgeholt hatte. Zurückbringen brauchte er ihn nicht. Bill Tilden würde, nachdem wir gemeinsam trainiert hatten, bei uns übernachten und am nächsten Morgen in Koblenz in den Zug steigen. Er hatte mitteilen lassen, er befinde sich auf der Durchreise, nach Berlin. Den Großteil seines Gepäcks habe er bereits vorausgeschickt.

Mutter, Vater, Almuth, Viktoria und ich warteten vor dem Haupteingang und blickten gespannt auf den Mann, der jetzt auf uns zutrat.

In einem Tennismagazin hatte ich gelesen, Tilden messe 6 ft 1½; umgerechnet also stattliche eins fünfundachtzig. In meinen Augen wirkte er deutlich größer.

»*Hi, I'm Bill Tilden*«, stellte er sich vor.

»*How do you do, Mr Tilden? My name is Karl von Berg.*« Vater deutete auf uns. »*This is my family. We are all very pleased to meet you.*«

»*My pleasure. And this is the talented guy I'm here for?*« Für einen Moment wanderte Tildens Blick über meinen jugendlich durchtrainierten Körper. Schließlich nickte er, als hätte er sich meiner vergewissert.

Er ergriff die Hand, die ich ihm entgegenstreckte und drückte sie. Aber plötzlich hielt er inne und ließ sie wieder los. Stirnrunzelnd drehte er meine Handfläche zu sich. Er musterte mich überrascht, als er meinen durch den Pferdebiss verkürzten Finger sah. Dann zeigte er mir seine Rechte; hart, schwielig, mit gelblich verfärbter Hornhaut.

»*Look here*«, sagte er. Mehr nicht. Es waren seine Augen, die zu mir sprachen. Und nach einer kurzen Pause fügte er hinzu: »*I guess we are both members of a secret brotherhood.*«

Auch Big Bill Tilden fehlte das oberste Glied des rechten Zeigefingers.

*

Wenn Pierre Velard fließend Tennis sprach, so hatte Tilden diese Sprache erfunden. Neu erfunden. Er spielte Schläge, die es nicht gab, so widersprüchlich das auch klingt. Den aggressiven Angriffslob, den Stop aus dem völligen Nichts heraus, Passierbälle, als Halbvolley oder kurz *cross* geschlagen – all das war in einer Tenniswelt v. T., vor Tilden, nicht existent gewesen.

In den zurückliegenden Jahren hatte er Rekorde für die Ewigkeit aufgestellt; jetzt spielte er mit mir, auf unserem Platz, im Garten der Alten Burg. Ein Wunder. Ohne Zweifel.

»Langsamer«, rief er.

Wir sprachen Englisch miteinander; erstmals im Leben war ich dem Fräulein Beckmesser dankbar für seinen unbarmherzigen Drill.

»Noch langsamer«, wiederholte er.

Ich hatte auf die Bälle eingedroschen, um ihm zu zeigen, welch hohes Tempo ich gehen konnte. Aber jetzt winkte er ab und forderte mich auf, mich in die Mitte des Feldes, kurz hinter die Aufschlaglinie, zu stellen.

»Ich möchte, dass du nicht maximal schnell, sondern maximal langsam mit mir spielst. Verstehst du? Als wäre ich ein Anfänger und nicht dein Trainer.«

Nach wenigen Minuten wurde mir klar, was er meinte, worauf er hinauswollte. Rhythmus, Technik, Harmonie – durch Wiederkehr, Präzision und Gleichmaß. Äußere Ordnung, die innere Ordnung erzeugte. Allmählich wurden meine Schläge genauer, landeten in einem immer kleiner werdenden Bereich auf seiner Platzhälfte. Ich vergaß mich selbst, fühlte nur noch den Ball, dessen Tempo, seinen *spin*.

Irgendwann rief Tilden: »Genug. Ich denke, du hast kapiert, worauf es ankommt. Lass uns ein Match spielen.«

»Sie wollen mit mir spielen?«

»Unbedingt.«

Ich bewegte mich so gut wie noch nie in meinem Leben.

Schlug Bälle, von denen ich nicht gewusst hatte, dass ich sie beherrschte. Wieder befand ich mich in einer anderen Welt. In einer Welt mit Big Bill Tilden. Fast jedes Spiel ging über Einstand, am Ende verlor ich nur knapp.

»Das hat … das hat ungeheuren Spaß gemacht«, sagte ich, als wir am Netz standen und uns die Hände schüttelten.

»Na ja, darum geht es doch, oder etwa nicht?«, entgegnete Tilden.

Wir setzten uns auf die weiß gestrichene Holzbank an der Längsseite des Platzes. Ich wischte mir den Schweiß von der Stirn, Big Bill frottierte sich mit einem Handtuch die Unterarme trocken.

»Ich habe gehört, du bist letzte Woche mit der Schule fertig geworden, und ich bin sozusagen dein Abschiedsgeschenk«, sagte er.

»Ein enorm großzügiges Geschenk«, erwiderte ich. »Vielen Dank, dass Sie hier sind.«

»Bedank dich bei deinen Eltern. Sie haben dafür gesorgt. Weißt du schon, was du jetzt machen wirst?«

Ich blickte zu Boden. »Rechtswissenschaften studieren. Wie Vater. Aber ich will unbedingt Tennisspieler werden. Wie Sie.«

Tilden lachte. »Was die Juristerei angeht, kann ich dir nicht helfen.« Für einen Moment legte sich ein Schatten auf seine Züge. »Im Gegenteil. Aber wenn's um Tennis geht, bin ich dein Mann. Wo wirst du studieren?«

»Das steht noch nicht fest. Vater möchte sich erst einmal umhören, herausfinden, welche Fakultäten einen guten Ruf haben.«

Breit grinsend sagte Tilden: »In Deutschland gibt es nur eine ›Fakultät‹ mit einem exzellenten Ruf. Eure besten

Spieler haben sich dort zu einer Mannschaft zusammengeschlossen: Froitzheim, Najuch, Daniel Prenn und die
Brüder Kleinschroth. Sie ist in Berlin, diese Fakultät,
heißt *Rot-Weiß* und liegt an einem See. Ich bin auf dem
Weg dorthin, um das Team zu trainieren. Wie wär's,
wenn du einfach mitkommst?«

NACH DEM SPIEL

*Es ist ein langer Spaziergang durch
den Garten meiner Freude.*

(Kenzo Mori in *Pflicht und Schande,* TV-
Serie, Sister Productions 2019)

1984, Belgien, Brüssel

Der alte Mann, hochgewachsen und immer noch schlank, stand an Deck der Fähre und hielt den Blick auf das scheinbar endlose Bleigrau der Nordsee gerichtet. Ein einsames Unterfangen, eine Beschäftigung für jemand, der über viel Zeit verfügt. Er hätte fliegen können, sicher, es gab Direktflüge von London nach Köln oder von London nach Frankfurt. Aber er hatte es nicht eilig. Im Gegenteil. Die Trauer machte ihn langsam.

Der Wind frischte auf, und er schlug den Kragen seines Trenchcoats hoch. Ein sonniger Tag, der nicht hielt, was er versprach. An manchen Stellen glitzerte das Wasser des Ärmelkanals wie eine Handvoll Edelsteine, trotzdem ließen die Temperaturen zu wünschen übrig. Gedankenverloren betrachtete er die Dünung der Wellen. In seinem Kielwasser hinterließ das Schiff eine weiß schäumende Spur; eine Kette verwirbelter Fluten, die scheinbar bis nach Dover zurückreichte. Als dürfe die Fähre England nur verlassen, um wiederzukehren.

Mal für Mal.

Stets aufs Neue.

Ein nicht enden wollender Kreislauf.

England. Wimbledon. Der Ort seines größten Erfolges. Eines Erfolges, der gleichzeitig für seine schlimmste Niederlage stand.

In seiner Jugend hatte er das Land, in dem der Tennissport erfunden worden war, mit anderen Augen gesehen. Nur allzu gut erinnerte er sich des Hochgefühls, der elektrisierenden Euphorie, die er damals, 1935, verspürt hatte, als er zum ersten Mal die britische Insel betrat; als jüngstes Mitglied des amerikanischen Davis-Cup-Teams.

Um ein Haar hätten sie das Schiff verpasst, sein Kumpel Gene und er, weil sie vor dem Ablegen unbedingt noch ein paar Schallplatten kaufen mussten. Unvorstellbar, die fünftägige Überfahrt nach Europa ohne Grammofon und die neuesten Scheiben von Benny Goodman und Tommy Dorsey und seinem Orchester anzutreten. Schließlich waren sie *california boys*, Musik lag ihnen im Blut – genauso wie das Talent für fast jede Ballsportart.

Gene war, bevor er amerikanischer Juniorenmeister im Tennis wurde, bereits nationaler Champion im Tischtennis, außerdem ein begnadeter Basketballer, den jedes College mit Kusshand genommen hätte. Der alte Mann selbst hatte die Schlagbewegung seiner stärksten Waffe, der Rückhand, beim Baseball entlehnt. Sein ganzes Athletenleben war ihm die weitaus größere Trefffläche des Tennisrackets als Luxus erschienen. Er brauchte sie nicht; ihm hätten locker die paar Zoll gereicht, die der Baseballschläger bot, um den Tennisball mit Höchstgeschwindigkeit ins gegnerische Feld zu dreschen.

Seinem Vater Jack, der in seiner Heimat ein vielversprechender Nachwuchsfußballer gewesen und für die *Glasgow Rangers* aufgelaufen war, hatte er sein Ballgefühl und seine Schnelligkeit zu verdanken. Von seiner Mutter Pearl hingegen, einer Amerikanerin mit schottischen Wurzeln, die in San Francisco aufgewachsen war, stammte angeblich sein rotes Haar. Eine Behauptung, die er ungeprüft hinnehmen musste; laut Familienlegende war sie einige Jahre vor seiner Geburt, in der Nacht des großen Bebens, auf einen Schlag weiß geworden. Er hatte sie nie anders gekannt – eine junge alte Frau.

Hätte der Dampfer damals tatsächlich ohne sie abgelegt, wäre das Wasser auf die Mühlen der Kritiker von Walter Pate gewesen, dem Kapitän des neu zusammengestellten Davis-Cup-Teams. Niemand hatte die geringsten Zweifel an der Nominierung Genes gehabt. Der große Bill Tilden höchstpersönlich hatte ihn mit den Worten geadelt: »Die Zukunft des amerikanischen Tennis gehört Gene Mako und Frank Parker …«, um schließlich zögernd hinzuzufügen, »und vielleicht noch …« Erst dann war sein eigener Name gefallen.

Der alte Mann atmete tief durch.

Big Bill Tilden.

So grundverschieden Julius und Bill gewesen waren, verband beide dennoch ihr unfassbares Talent für das Tennisspiel; ihr enormes Ballgefühl, die vermeintliche Leichtigkeit ihrer Schläge und die tänzerische Eleganz, mit der sie sich auf dem Platz bewegten. Ein Sportjournalist hatte einmal geschrieben, an manchen Tagen wirke es, als hätte ein Engel ihr Spiel geküsst.

Wen das Schicksal liebt, dachte der alte Mann.

Er legte den Kopf in den Nacken, schloss die Augen und spürte, wie der Seewind über sein Gesicht strich.

Nicht schlecht, hatten sie damals über ihn, den sommersprossigen Schlaks aus Oakland gesagt, der sich innerhalb weniger Jahre auf Platz neun der amerikanischen Rangliste hochgearbeitet hatte. Aber keinesfalls gehöre er zu den *Top Four* und damit ins Davis-Cup-Team. Trotzdem hatte Walter ihm sein Vertrauen geschenkt, weil er in ihm etwas sah, das andere nicht sahen – und er hatte ihn nicht enttäuscht: Ein paar Tage nach ihrer Ankunft besiegte er bei seinem Davis-Cup-Debüt zur Überraschung aller, mit Ausnahme Walters, den favorisierten Engländer Austin; damit stand das US-Team im Halbfinale, wo es auf die deutsche Mannschaft um Julius von Berg treffen würde.

Der alte Mann richtete den Blick wieder nach vorn. Ein paar Meter entfernt warfen ein kleiner Junge und ein kleines Mädchen in hohem Bogen Pommes frites aus einer dreieckigen Papiertüte über Bord. Schneeweiß, pfeilschnell und über alle Maßen elegant, lauerten die Möwen, die sie seit dem Ablegen in Dover eskortierten, auf das nächste goldgelb frittierte Stäbchen aus der Hand der Kinder; warteten gewissermaßen auf ihr Zuspiel.

Tennisspieler der Lüfte.

Er lächelte wehmütig.

Hirngespinste eines einsamen Narren, dessen Gedanken seit fast einem halben Jahrhundert beharrlich um ein Thema kreisten: Hatte es wirklich eine Entscheidung gegeben, einen im Bruchteil einer Sekunde gefassten Entschluss? Vor diesem einen, einzigen schicksalhaften Schlag, der sich nicht unterschiedlicher auf das Leben zweier Menschen hätte auswirken können? Und falls ja – hätte er es nicht merken müssen?

Den Kindern waren die Pommes ausgegangen. Der kleine Junge zerknüllte die Papiertüte und warf sie achtlos über die Reling ins Meer. Ein Spielball der Wellen. Laut schreiend stürzten sich die Möwen darauf, nur um im nächsten Moment enttäuscht abzudrehen.

In Calais nahm er ein Taxi und dann den Zug nach Brüssel. Im prachtvollen *Metropole*, unweit des Bahnhofs, hatte er ein Zimmer für eine Nacht reserviert – erstmals. So wie er erstmals ein Auto mieten würde, um am nächsten Tag seine Reise fortzusetzen. Jene Reise, die er seit vielen Jahren unternahm, die aber normalerweise nach dem Turnier von Wimbledon endete.

Abends verließ er das Hotel und schlenderte ziellos über die heruntergekommenen Boulevards rund um den *Place de Brouckère*. In einer Seitenstraße fand er ein Bistro mit kleinen runden Tischen und rot-weiß karierten Decken. Er aß wenig und trank zu viel von dem *vin rouge*, der ganz anders schmeckte als der kalifornische Wein, den er aus seiner Heimat kannte. Er stand auf und bezahlte direkt an der Theke, wo der Wirt ihm einen Pastis anbot. Wahrscheinlich hatte er wie immer viel zu viel Trinkgeld gegeben; er konnte die unterschiedlichen europäischen Währungen nicht auseinanderhalten, geschweige denn exakt umrechnen. Ein wenig wackelig auf den Beinen trat er den Rückweg zum Hotel an, wobei er nahezu zwangsläufig das Rotlichtviertel rund um den Nordbahnhof passierte.

Er sah Frauen in kurzen Röcken, die ihre Pullover hochschoben, als er an ihnen vorbeikam. Bleiche Brüste, von Gänsehaut überzogen, starrten ihn an. Andere Frauen, mit dunkler, im Licht der Straßenlaternen glänzender Haut, hatten sich dermaßen stark geschminkt, dass ihre Gesichter Halloweenmasken glichen. Sie trugen hohe Stiefel und pinke oder neongelbe Oberteile aus einem eng anliegenden Trikotstoff. An einer Ecke standen Rocker in zerfransten Jeanswesten und schwarzer Lederkleidung und hielten Bierdosen in der Hand. Hin und wieder pöbelten sie ein paar Passanten an. Am Ende der Straße flackerte eine einsame Leuchtröhre über dem Eingang zu

135

einer Kneipe, in der sich hauptsächlich junge Männer in Matrosenkleidung aufhielten.

Er vermutete, beinah am Hotel zu sein, als ihn zwei große weibliche Gestalten überholten. Eine davon drehte sich um und sprach ihn auf Englisch an; eine tiefe warme Stimme mit deutlichem Akzent sagte:

»Na, Opa, Lust, uns beiden Hübschen beim Schmusen zuzusehen?«

Sie trug eine Perücke mit langen Haaren, war aber keine Frau. Seinem Gefühl nach waren sie und ihre Begleitung ebenso wenig Männer.

Stirnrunzelnd murmelte er: »Nein danke«, und ging weiter.

Er war alt, aber nicht prüde. Damals, auf dem Höhepunkt seiner Tenniskarriere, hatte er ins Profilager gewechselt und viel Geld gemacht; hundertfünfzigtausend Dollar im Jahr sind kein Pappenstiel. Er war nach Hollywood gezogen und mit einer ganzen Reihe hübscher junger Schauspielerinnen ausgegangen. Eine Zeit lang hatte man ihn mit Olivia de Havilland in Verbindung gebracht, einer der schönsten Frauen der Welt. Er hatte es geschafft, das stand fest.

Von daher hielt er die Dinge, die er hier sah, nicht für Auswüchse der Moderne. Sicher, alles ein wenig schriller, billiger, obszöner als das Partyleben in L. A., das er damals geführt hatte. Gleichzeitig erinnerte es ihn an das Berlin der Zwanziger- und Dreißigerjahre, von dem Julius ihm erzählt hatte.

»Ich war erschrocken und fasziniert zugleich«, hatte dieser gesagt.

Zweifellos eine ihrer wenigen Gemeinsamkeiten: Beide stammten sie aus der Provinz und waren in jungen Jahren

in die große Stadt gekommen; er nach L. A., Julius nach
Berlin. Beide hatten sie Bekanntschaft mit dem Leben
dort geschlossen. Jeder auf seine Weise.

Der alte Mann hob den Kopf. Auf dem Straßenschild
über ihm stand *Aarschotstraat*. Er holte seinen Stadtplan
hervor und stellte fest, dass er vom Weg abgekommen
war; das *Metropole* lag noch eine Viertelstunde Fußmarsch
entfernt. Die Straße hatte nicht immer so geheißen. Auch
das hatte Julius ihm 1935, bei ihrer ersten Begegnung in
London, zwei Jahre vor ihrem legendären Match, erzählt.

Er hatte es nicht vergessen.

Ebenso wenig wie alles andere.

Damals musste er nach seinem Sieg über Bunny Austin
eine Menge Interviews geben; erst zwei Stunden später
war er in den Katakomben von Wimbledon in ein heißes
Bad geglitten, um dort im Stillen seinen Sieg zu genießen.
Er stand bereits in Anzug und Krawatte da, als das Telefon läutete.

Abrupt blieb der alte Mann stehen. Für einen Moment
lauschte er gedankenverloren in die Dunkelheit. Manchmal glaubte er, es immer noch zu hören – das Klingeln
desselben verdammten Telefonapparates, der zwei Jahre
später wieder klingeln sollte und an dem Julius jenen Anruf entgegennehmen würde, der alles veränderte.

Langsam setzte er sich wieder in Bewegung.

In seinem Fall war einer der Stewards dran gewesen,
um ihm mitzuteilen, draußen warte jemand auf ihn. Er
hatte die Umkleideräume verlassen und war die Treppen
hochgestiegen. Am Ausgang trat ein Mann, schätzungs-
weise Ende zwanzig, also sieben oder acht Jahre älter als
er, auf ihn zu.

»Verzeihen Sie bitte«, sagte dieser in bestem Oxford-

Englisch und streckte ihm die Hand hin, »ich bin Julius, Julius von Berg. Wir spielen übermorgen gegeneinander. Es wäre schön, wenn wir uns vorher ein wenig kennenlernen könnten. Dann ist das Ganze weniger förmlich und macht mehr Spaß – ein Match unter Freunden, wenn Sie so wollen.«

»Ähem, ja … wieso nicht?«

Nur allzu gut erinnerte er sich seiner Unsicherheit, seiner Verwirrung, des seltsamen Gefühls, im Schatten der eleganten Erscheinung vor ihm zu gehen, obwohl sich die Dämmerung längst herabgesenkt hatte. Sie setzten sich auf eine Bank an einem der äußeren Courts. Es roch nach frisch gemähtem Gras, eine olympische Ruhe lag über der Anlage.

»Ich bin gestern mit dem Wagen angereist«, sagte der Deutsche. »Früher hat mich immer mein Großvater zu den Turnieren gebracht, später dann unser Chauffeur. Aber jetzt sitze ich seit vielen Jahren selbst am Steuer. Fahren Sie ebenfalls Auto?«

Beklommen hatte er genickt. »Ja, aber ich habe noch kein eigenes.«

Eine Pause entstand.

Einigermaßen ratlos hatte er sich gefragt, was er zu einem Spieler des gegnerischen Teams sagen könnte. »Wo kommen Sie her?«, brachte er schließlich über die Lippen.

»Ich lebe seit vielen Jahren in Berlin«, lautete die Antwort. »Aber ursprünglich stamme ich aus dem Rheinland. Auf dem Weg hierhin habe ich meine Eltern besucht.«

»Ist es weit vom … vom Rheinland nach Wimbledon?«

Ein feines Lächeln umspielte die Lippen seines Gegenübers. »Wie man's nimmt. Ich bin über Köln mit dem Auto nach Brüssel gefahren und habe im *Metropole* übernachtet. Der Rest ist dann ein Klacks; in Calais auf die Fähre und rüber nach Dover.« Julius räusperte sich. »Der Portier im *Metropole* scheint ein aufgeweckter Bursche zu sein. Als er hörte, wo ich herkam, erzählte er mir, dass es bis vor ein paar Jahren mitten in Brüssel eine *Kölnstraße* gegeben habe. Allerdings sei sie inzwischen umbenannt worden, in *Aarschotstraat*, nach einem kleinen Ort in Brabant.« Er zögerte. »Er wurde 1914 bei einem Angriff der Deutschen niedergebrannt.«

All das lag jetzt fünfzig Jahre zurück. Damals war der alte Mann ein junger Mann gewesen und hatte nicht geahnt, dass Julius den Nationalsozialisten schon eine ganze Weile ein Dorn im Auge war – der Gentleman, der Weltbürger, der seine Freunde und Bekannten unabhängig von Geschlecht, Kontostand, Parteibuch und Herkunft auswählte.

Allein durch seine Existenz hatte Julius die Nazis düpiert.

Müde und schwer vom Alkohol erreichte er das *Metropole*. Es war ein langer Tag gewesen. Am nächsten Morgen würde er seine Reise in aller Frühe fortsetzen – um nach seiner Ankunft endgültig Abschied zu nehmen.

DER SPIELVERLAUF

1927, Deutschland, Berlin

Schwerfällig kletterte ich aus dem Fond der schwarzen Mietkraftdroschke, die mich irgendwo in der Nähe des Kurfürstendamms aufgelesen hatte. Inmitten des berüchtigten Niemandslandes, in dem allabendlich ganze Völkerscharen von Vergnügungssüchtigen verschwanden; nicht wenige davon in der Hoffnung, nicht wiederaufzutauchen. Zumindest konnte man diesen Eindruck gewinnen, angesichts der selbstzerstörerischen Hingabe, mit der sie sich zu Tode feierten. Zu meiner nicht nachlassenden Verwunderung – ich unter ihnen.

Vorsichtig legte ich den Kopf in den Nacken und blinzelte in den noch dunstigen Berliner Morgenhimmel über dem Dach des mehrgeschossigen Hauses in der Rauchstraße, in dem ich vor etwas über einem Jahr Quartier bezogen hatte. Kein Vergleich zu dem kathedralenartigen Himmelsgewölbe über dem Rhein meiner Kindheit und Jugend; nur ein kleiner Ausschnitt eines lichten Blaus, das in dem Moment an einem Rand schamhaft errötete – wahrscheinlich wegen des Anblicks, den ich abgab: Blass, übernächtigt, der Smoking zerknittert.

Nachdem ich den Fahrer in der speckig glänzenden Lederjacke bezahlt hatte, drehte ich mich um und betrat den ocker- und ziegelfarben gefliesten Hausflur. Beim Anblick des verzweigten floralen Musters vor dem Treppenaufgang wurde mir für einen Moment schwindelig. Mit stechenden Schläfen und einem pelzigen Geschmack im Mund schleppte ich mich die exakt neununddreißig Stufen ins Dachgeschoss hinauf. In meinem Windschatten eine Wolke aus Qualm, Schweiß und Maritas Parfüm, die mich wie der Atem eines ungelüfteten Zimmers umgab.

Marita. Sie und ich waren kein Paar. Wir gingen miteinander aus, das schon; auch an diesem Abend hatten wir uns geküsst. Aber es fühlte sich nicht richtig an, mehr nach Verpflichtung denn nach Verlangen.

Ich öffnete die Wohnungstür und ließ mich, so wie ich war, aufs Bett fallen. Schloss die Augen. Zahllose Gedanken wirbelten kaleidoskopartig durch meinen Kopf.

Nicht nur eine lange Nacht lag hinter mir, sondern ebenso ein langer Winter. Und – unfassbarerweise – ein Frühling an der Côte d'Azur.

Ein Fest des Lebens.

Eigentlich.

Ein Jahr zuvor, Deutschland, Berlin

- 9 -

Los«, rief Robert und schlug mir den Ball weit in die Vorhandecke. Er stand in der Mitte des Platzes, den Korb mit den Trainingsbällen neben sich. Eine Dreierkombination: Ich musste den ersten Schlag von der Grundlinie aus absolvieren, den nächsten im Aufschlagfeld als Halbflugball spielen, um den Durchgang am Netz mit einem Volley abzuschließen. All das in einer einzigen fließenden Bewegung – und dann wieder von vorn.

Tennis ist nicht schwer. Ständig wird man mit der gleichen Situation konfrontiert. Mal springt der Ball etwas höher, mal etwas weniger hoch ab. Das eine Mal nimmt man ihn mit der Vorhand, das nächste Mal mit der Rückhand.

Das ist es.

Mehr nicht.

Letztlich gilt es – nicht anders als im Leben –, die gleichen Fehler zu vermeiden.

Wenige Minuten später rang ich nach Atem, kurz darauf zitterten mir die Beine, und nach einer halben Stunde war es endgültig vorbei mit mir. Keuchend, die Hände auf die Knie gestützt, stand ich auf der roten Asche, während mir der Schweiß in Strömen den Körper hinabrann.

»Hoffentlich hat er sich nicht übernommen«, sagte die größere der beiden jungen Frauen, die am Rand des Platzes warteten und zusahen. Sie war elegant gekleidet, hielt eine Zigarette in der Hand und hieß – wie ich seit letzter Woche wusste – Marita.

»Irgendwie wäre es schade um ihn, nicht wahr?«, erwiderte ihre Freundin, laut genug, dass ich es gerade noch hören konnte. Sie trug ein kurzes Kleid im Charleston-Stil, und auch sie kannte ich seit präzise sieben Tagen. »Wo nachher doch Tanztee ist.«

Das Wochenende zuvor hatte sie zu diesem Anlass die Nerzstola um ihren Hals durch eine Federboa und Marita durch einen meiner Mannschaftskollegen ersetzt; erst durch Daniel, am frühen Abend dann durch Roman, ihre beiden derzeitigen Favoriten.

Der *Lawn Tennis Turnier Club Berlin Grunewald*, für seine Mitglieder kurz »Rot-Weiß«. Aufgenommen wurde nur, wer zwei Bürgen aus dem Verein vorweisen konnte. Bei mir waren die Dinge anders gelaufen. Dank Bill Tilden. Dank des Vorspielens bei den Vereinstrainern Robert und Roman, das er für mich arrangiert hatte. Und dank der Tatsache, dass ich auf Angriff gespielt hatte: Im abschließenden Trainingsmatch nahm ich Daniel Prenn, einem der Topspieler des Vereins, zur Überraschung aller, einen Satz ab. Und damit war ich drin, im Verein *und* in der ersten Mannschaft, ohne irgendwelche lästigen Formalitäten.

Der LTTC war die vornehmste Adresse der Stadt, um dem Tennissport zu frönen. Und die erfolgreichste. Sechzehn perfekt gepflegte Plätze auf einem weitläufigen Gelände am Hundekehlesee. Regelmäßig führten die Spieler der *Rot-Weißen* die deutsche Rangliste an. Jedes Jahr zu

Pfingsten wurde ein internationales Turnier ausgerichtet, bei dem die besten Spieler Europas antraten. Zweifelsohne befand ich mich im Herzen des deutschen Tennissports.

»Julius, kommen Sie. Setzen Sie sich zu uns!«

Nach dem Training hatte ich geduscht und mich umgezogen. Helle Hosen, darüber ein weißes Baumwollhemd sowie den rot-weiß gestreiften Blazer in den Vereinsfarben. Anders als Großvater legte ich Wert auf die Einhaltung der Clubetikette, fühlte mich wohl in angemessener Kleidung. Es gab mir Sicherheit. Außerdem mochte ich den Tanztee. Noch spielten die drei Musiker leise im Hintergrund, und die Clubmitglieder saßen gesittet an ihren Tischen und unterhielten sich.

Der Mann, der mich zu sich gerufen hatte, wies auf den freien Platz zu seiner Linken. Ich setzte mich und nickte in die Runde.

»Meine Herren.«

Höflich wurde mein Gruß von den drei anderen Männern am Tisch erwidert. Sie gehörten zu den älteren Vereinsmitgliedern, spielten inzwischen weniger Tennis, sprachen aber umso mehr darüber. Vorhin waren sie von der Terrasse des Clubhauses zu dem Platz heruntergekommen, auf dem ich mit Robert trainierte. Für eine Zigarre lang hatten sie mein Spiel beobachtet. Ebenso wie Marita und Alicia. Und ein paar weitere Tennisinteressierte.

Selbst im Nachhinein erscheint es mir unwirklich, aber zu der Zeit war ich nicht nur »der Neue« im Verein, sondern »eine Schau«, wie man in Berlin zu sagen pflegt: Jemand, der gleich bei seinem Debüt Prenn, die amtierende Nummer zwei der deutschen Rangliste, in den dritten Satz gezwungen hatte. Auch Bill war während seines kurzen Gastspiels nicht untätig gewesen und hatte tüchtig die Werbetrommel für mich gerührt. Sein Aufenthalt in Berlin war vom *Deutschen Tennisbund* finanziert worden; er wurde als zukünftiger deutscher Davis-Cup-Trainer gehandelt. Angeblich hatte er Querelen mit dem amerikanischen Verband, niemand wusste Genaueres. Aber um ehrlich zu sein, kümmerte es mich auch nicht. Ich hätte mir keinen besseren Fürsprecher wünschen können und war einfach nur glücklich, inzwischen in Berlin zu leben und Tennis zu spielen.

»Wie kommen Sie mit Robert und dessen Training zurecht?«, erkundigte sich einer der Männer am Tisch. Er hieß Weber, war klein und rund und Fabrikant.

»Er ist der perfekte Trainer«, erwiderte ich, »hat einen sicheren Blick fürs große Ganze, aber ebenso für die Details. Dank ihm sind vor allem meine Grundschläge stärker geworden.«

»Was hat er Ihnen denn geraten?« Neugierig beugte sich Weber vor.

»Abschleifen«, antwortete ich, und alle sahen mich verständnislos an. Lächelnd erklärte ich ihnen, was gemeint war.

Robert Kleinschroth, genannt »Der große Schweiger«. Ex-Doppelweltmeister und Trainer beim berühmten LTTC Berlin. An guten Tagen, hieß es, könne er immer noch jeden Gegner schlagen. Aber er spielte keine Turniere mehr. Stattdessen stand er mit mir und den anderen auf dem Platz. In meinem Fall mit mir und meinen Schwächen.

»Was ist passiert?«, hatte er nach der ersten Trainingseinheit gefragt und auf meinen rechten Zeigefinger gedeutet.

»Ein Unfall«, antwortete ich, »als Heranwachsender. Nicht weiter tragisch. Es behindert mich nicht beim Tennisspielen.«

Er musterte mich prüfend. »Halt deinen Schläger so fest du kannst«, befahl er, trat einen Schritt zurück und zog kräftig am Rahmen. Nach kurzer Gegenwehr glitt mir der Griff aus der Hand.

»Warte.« Er drehte sich um und rief einen der kleinen Jungen zu uns, die auf dem Nachbarplatz bei Roman trainierten.

»Leihst du Julius kurz deinen Schläger, Paul?« Der Junge nickte und streckte ihn mir stolz hin.

»Das Gleiche noch mal«, sagte Robert an mich gewandt. Er wiederholte das Manöver von eben, doch diesmal gelang es mir, den Schläger festzuhalten.

»*Quod erat demonstrandum*«, kommentierte er zufrieden.

Er ging mit mir zu dem kleinen hölzernen Schuppen am Rand der Platzanlage, wo im Winter die Netze gelagert wurden und der Platzwart seine Werkzeuge aufbewahrte. Ohne zu zögern, und wie es schien nicht zum ersten Mal, setzte er den Schleifstein in Bewegung: »Abschleifen!«

Von Stund an gelang es mir, den Griff meines geliebten *Dunlop Maxply* fester zu packen, kräftiger mit ihm zu schlagen, ohne dass er sich in meiner Hand drehte. Ein sportlicher Quantensprung und eine Lektion in gesundem Menschenverstand.

Ich beendete meinen Bericht, der von freundlichem Gelächter begleitet worden war, entschuldigte mich und stand auf. Für einen Moment ließ ich den Blick durchs Clubhaus schweifen, betrachtete die verblichenen Fotos längst vergangener Matches und ihrer Akteure an den Wänden und lauschte auf das diskrete Stimmengemurmel an den anderen Tischen. Durch die großen Panoramascheiben schimmerte hinter dem Centre Court das Blau des Wassers des Hundekehlesees durch die Bäume. An diesem Ort kam für mich das Beste aus allen Welten zusammen: Sportsgeist, Kultiviertheit, Tennis und Wettkampf.

Im nächsten Augenblick wurde die Musik lauter. Ein kurzer Trommelwirbel erklang, und einer der Musiker trat ans Mikrofon.

»Sehr geehrte Damen und Herren«, schnarrte er mit osteuropäischem Akzent, »der Tanz ist eröffnet. Wir starten mit«, er machte eine kurze Pause, »Damenwahl!«, und augenblicklich setzten seine Kollegen an Klavier und Bass mit einem *Quickstep* ein.

Ich wusste, was geschehen würde, hatte es schon zwei-, dreimal miterlebt und mochte es. Nirgendwo lernt man leichter Menschen kennen als beim Tennis – nur nicht beim Tennis.

An den umliegenden Tischen erhob sich rund ein Dutzend meist junger Frauen und sah sich suchend um. Sportlerinnen, Abenteurerinnen, Pionierinnen. Selbstbewusste Frauen, die anders waren als die Mädchen, die ich von zu Hause kannte – mit Ausnahme von Julie natürlich. Mit Bubikopf und Tennisschläger standen sie für eine neue Weiblichkeit; nicht wenige ihrer Geschlechtsgenossinnen zierten die Titelblätter der Sportillustrierten und vollbrachten bemerkenswerte Leistungen auf Gebieten, die bislang Männern vorbehalten waren – stellten Flugrekorde auf, durchquerten Wüsten und fuhren Autorennen.

Ich sah, wie Marita auf mich zukam. Blondes Haar, die

Lippen rot geschminkt. Die Spitzen ihres Bobs wippten im Gehen.

»Na, Julius, immer noch weiche Knie vom anstrengenden Training? Oder ist es eher die Aussicht, mit mir tanzen zu dürfen?«

»Zweiteres, liebste Marita«, beeilte ich mich zu versichern, »ganz bestimmt Zweiteres.« Ich wagte ein Lächeln. »Aber ich vermute, weiche Knie gelten nicht als Ausrede?«

»Mitnichten. Sie wissen doch, Julius, nach dem Training ist vor dem Training.«

Mit energischem Griff hakte sie mich unter und führte mich auf die Tanzfläche. Meine Rechte lag auf ihrem Rücken, und während wir uns im Takt der Musik bewegten, spürte ich die Wärme ihres Körpers unter dem Kleid. Sie lag leicht in meinem Arm, roch gut, und mich befiel ein sanfter Schwindel. Irgendwann hob sie den Kopf und schaute mich an.

»Nachher gehen ein paar Ihrer Mannschaftskollegen, Alicia, ich und unsere Freundinnen noch aus, in eine Bar oder ein Nachtcafé. Werden Sie uns begleiten?«

»Nein«, antwortete ich zögerlich, »es tut mir leid, aber ich habe zu Hause versprochen, über den Sport mein Studium nicht zu vernachlässigen. Morgen früh um acht ist Vorlesung.«

Sie musterte mich mit einem seltsamen Gesichtsausdruck. »Ach, so einer sind Sie. Mamis kleiner Liebling.« Sie ließ mich los und legte die Spitze ihres behandschuhten Zeigefingers an die Lippen, küsste sie sanft und tippte im nächsten Augenblick damit auf meinen Mund. »Dann bleiben Sie mal schön brav, Julius.«

*

»Und dass du schön brav bleibst, Julius«, hatte Almuth beim Abschied lachend gesagt und mich liebevoll angeblickt.

»Immer vorausgesetzt, du möchtest brav bleiben.« Viktoria trat vor und umarmte mich. »Unser kleiner Bruder. Geht als Erster in die große Stadt.«

Wir standen in Koblenz auf dem Bahnsteig; Mutter, Vater, Almuth, Viktoria und ich. Großvater war zu Hause geblieben. Ich hatte ihn gebeten mitzukommen, doch er war seiner Sache sicher gewesen.

»Manchmal muss die Familie unter sich sein, da hat ein alter Kerl wie ich nichts verloren.«

»Aber du gehörst zur Familie«, protestierte ich.

»Wir telefonieren«, sagte er.

Merkwürdig modern hatte das angemutet, aber ich wusste, was es bedeutete. Er würde sich freuen, weiter über meine Matches unterrichtet zu werden – per Anruf, aus dem fernen Berlin.

Ich antwortete: »Gern«, und meinte es so.

Der schrille Pfiff einer Trillerpfeife, das ungeduldige Schnaufen der dampfbetriebenen Lokomotive. Menschen, die sich eilig an uns vorbeidrängten, und schwer beladene Kofferkarren, hinter deren hochgestapelter Fracht die Gepäckträger unsichtbar blieben – ein geruhsamer Abschied sah anders aus.

»Ich würde gern in Berlin studieren«, hatte ich wenige Wochen zuvor, nachdem ich von meinem Vorspielen beim LTTC nach Hause zurückgekehrt war, gesagt. Wie so oft saßen Vater und Mutter im Erker in der Bibliothek. Sie schienen sich unterhalten zu haben – möglicherweise über mich – und waren verstummt, als ich den Raum betrat. Ich setzte mich zu ihnen.

»In Berlin«, sagte Vater, »interessant. Hast du dir während deines Aufenthaltes einmal die Friedrich-Wilhelms-Universität angesehen?«

Ich nickte. »Sie ist schön gelegen, gleich gegenüber vom Opernplatz. Ich bin hineingegangen und habe mich in einem Hörsaal in eine Vorlesung gesetzt.«

Ich dachte an die seltsame Beklommenheit, die mich an jenem Ort ergriffen hatte, an das an Ehrfurcht grenzende Gefühl angesichts des großartigen Wissenstempels und der Menschen, die dort lehrten und studierten. Für einen Moment war ich mir klein und unbedeutend vorgekommen, hatte mich fehl am Platz gefühlt, beinah klaustrophobisch. Andererseits – ich würde mich bestimmt daran gewöhnen, zumal mein zukünftiges Leben in der großen Stadt mir ja eine weitere, mir näherliegende Perspektive bot.

»Wie hat dir denn der Tennisverein gefallen, zu dem Mr Tilden dich mitgenommen hat?«

Mutter. Liebevoll, gradlinig. Wie immer beides zugleich.

»Für den LTTC Berlin gilt das Gleiche wie für die Universität. Der Club liegt sehr schön am Rande des Grunewalds, direkt an einem See. Besser geht es nicht.«

Vater räusperte sich. »Du brauchst hier nicht den Fremdenführer spielen, Julius. Uns interessiert, wie sehr deine Tennisambitionen die Wahl deines Studienortes beeinflussen.«

»Was soll ich sagen, Vater?« Ich zuckte mit den Achseln. »Natürlich spielt es eine Rolle. Aber ich verspreche euch, das eine wird das andere nicht beeinträchtigen.

Tennis und Jurisprudenz. Vielleicht ergänzt sich beides ja sogar?« Ich versuchte mich an einem Scherz. »Wie sagt die Beckmessersche immer: *Mens sana in corpore sano.*«

»Und was ist mit Berlin selbst, Julius?«, fragte Mutter. Unmerklich hatte sich der Klang ihrer Stimme verändert. »Ist es nicht sehr … groß? Ich meine, du könntest doch ebenso gut in der Nähe studieren. In Köln oder Frankfurt. Tennisvereine gibt es dort auch.«

Ich musterte sie, wie sie in goldenes Sonnenlicht gehüllt vor dem Erkerfenster saß. Früher Prinzessin, heute Gräfin. Die Frau, die mir das Leben geschenkt hatte. Schon allein deshalb war sie einzigartig. Aber erstmals wurde mir klar, sie hatte nie an einem anderen Ort gelebt als an dem ihrer Geburt.

Es war Zeit, Abschied zu nehmen.

1938, Berlin, Gefängnis Tegel

*Inzwischen weiß ich nicht mehr, wie viele Tage und Nächte
ich in Haft bin. Da ist kein Maß für die Menge restlos ent-
leerter Wochen und Monate, in denen die Zeit wie ein trübes,
schmutziges Rinnsal im Staub des Zellenbodens versickert ist.*

Ich bin einunddreißig, fühle mich aber wie hundert.

*Bis zu meiner Festnahme habe ich ein privilegiertes Leben
geführt. Ein Leben, dessen Zerbrechlichkeit durch einen einzigen Anruf deutlich wurde. Ein Anruf von dem Mann, der
die Meute losgelassen, der ihr zugerufen hat: »Ihr dürft!«*

*Parteimitglieder und Mitläufer. Funktionäre. Direktoren.
Blockwarte und Ideologen. Ärzte, Juristen, Wissenschaftler
und Arbeiter. Angestellte, Bauern, Militärs. Beamte. Kirchen-
leute. Handwerker.*

Alle von Grund auf böse?

*Sogar in meiner jetzigen Situation wage ich es zu bezwei-
feln.*

Dennoch bin ich in ihren Augen schuldig.

Was habe ich getan?

- 10 -

Was tut man, wenn man neu ist in der Stadt? Man orientiert sich, schaut sich um, erkundet – und genau das tat ich. Ich ging in einen Buchladen und kaufte mir einen *Pharus*-Plan. Dann ging's los. Zu Fuß. Es kam meinem natürlichen Bewegungsdrang entgegen. Außerdem sah ich auf diese Weise mehr von der Welt. Von meiner neuen Welt.

Ausgangspunkt meiner Entdeckungstouren waren meine beiden Zimmer in Charlottenburg. Recht schnell stellte ich fest, am leichtesten fiel es mir, mich anhand der West-Ost-Achse zu orientieren, die sich einmal quer durch die Stadt zieht. Heerstraße, Kaiserdamm, Charlottenburger Chaussee. Dann weiter Unter den Linden, und schon stand ich vor dem Schloss. Ein prächtiges Schloss. Kein Vergleich zu der wuchtigen, vor allem zu Verteidigungszwecken gebauten Burg, auf der ich aufgewachsen war. Dort, am Rhein, gab es nur zwei Himmelsrichtungen: links- und rechtsrheinisch. Das gleiche Prinzip wandte ich jetzt in Berlin an: Straßen und Plätze befanden sich entweder ober- oder unterhalb meiner gedachten Achse. Jenseits des Schlosses ging diese in die Große Frankfurter Straße und im weiteren Verlauf in die Frankfurter Allee über und führte hinaus nach Lichtenberg und Friedrichsfelde.

Ist man jung, erscheint einem kein Weg zu weit. Damals ging ich die Strecke von Charlottenburg bis raus nach Friedrichsfelde zu Fuß. Geschätzte fünfzehn Kilometer. Nur hin. Ich brauchte drei Stunden dafür. Berlin ist groß – als wäre mir das nicht klar gewesen. Aber meine Füße bewiesen es mir endgültig.

Zunächst war es die schiere Vielfalt der Eindrücke, die mich fast erschlug. Ich stamme vom Land, war gewohnt, dass sich meine Umgebung ruhig verhält, die Dinge stillstehen – nur der Rhein fließt. Er ist der Lebensstrom, bringt Veränderung, führt Neues mit sich. Seine Uferlandschaften hingegen sind von Beständigkeit geprägt, die Menschen, die dort leben, der Tradition verpflichtet.

Hier aber wurde ich mit dem sprichwörtlichen »Berliner Tempo« konfrontiert. Gebäude, Automobile, Menschenmassen. Große Häuser, prachtvolle Häuser, Geschäftshäuser. Limousinen, Omnibusse und Straßenbahnen. Alles war in Bewegung; pfiff, hupte, rief, klingelte.

Abseits der großen Boulevards, wo die Straßen kürzer und die Trottoirs schmaler wurden, verloren sich allmählich Glanz und Glorie der preußischen Hauptstadt. Das Licht schwand. Die Häuser selbst schienen näher zu rücken und die Bewohner Moabits und Kreuzbergs in ihrer abgenutzten Kleidung, die Strapazen des Alltags ins Gesicht geschrieben, aus der Zeit gefallen zu sein. Armut war noch nie modern gewesen. Viele von ihnen hielten die Köpfe gebeugt, gingen geduckt, vielleicht in der Furcht, von den grauen Fassaden ringsum erschlagen zu werden.

Überhaupt, die Menschen. Die zahllosen Menschen in Berlin. Kaum war ich beim Überqueren der Straße einer Kraftdroschke ausgewichen, rempelte mich auf dem Trottoir jemand an. Meist schimpfend, keine Spur von

Entschuldigung. Der gemütliche rheinische Dialekt, den ich gewohnt war, wurde durch spitze Laute wie »dit«, »icke«, »kiekn« und »Fritze« ersetzt, bei deren Gebrauch für meinen Geschmack deutlich zu viele Zähne gezeigt wurden – wenn sie denn vorhanden waren. Weil, auch das war neu für mich: die grenzenlose Armut, die sich meinem Blick bot. Obdachlose, Veteranen, Straßenmädchen. Vor Schmutz starrende Kindergesichter mit großen Augen, in denen ein noch größerer Hunger zu lesen war: nach Essen, sauberer Kleidung, Zuneigung und Wohlstand. Ich wusste nicht, ob all diese Menschen hier geboren oder irgendwann im Laufe ihres Lebens an den Ufern der Spree gestrandet waren. So oder so hatten sie in mitleiderregender Weise Schiffbruch erlitten.

Aber es gab auch das genaue Gegenteil. Und zwar in den Kreisen, in denen ich verkehrte. Pelze, Schmuck, Etikette. Höfliche Menschen, attraktive Menschen, Männer wie Frauen. Allein die Fragestellung überforderte mich, geschweige denn eine plausible Antwort: Weshalb existierte ein solches Elend gleich neben jenem prallen, plakativen Wohlstand? Warum lebten manche Menschen hier und andere dort? Wer oder was war dafür verantwortlich? Gab es eine ausgleichende Gerechtigkeit?

Mir wurde bewusst, wie wenig ich – noch – von der Welt und ihren Bewohnern wusste und wie überschaubar im Vergleich dazu ein Tennisplatz ist.

Voller Respekt vor der Herausforderung verkleinerte ich den Radius meiner Ausflüge erst einmal wieder und suchte Sicherheit im Vertrauten; bewegte mich vor allem in meinem Viertel, das hier »Kiez« genannt wurde – erneut mit jenem allgegenwärtigen *i*. Regelmäßig suchte ich den nahe gelegenen Tiergarten auf, um meine Fitnessrunden zu drehen. An anderen Tagen überquerte ich den Landwehrkanal und schlenderte durch Wilmersdorf.

An einem sonnigen Tag im September ging ich die Joachimsthaler Straße entlang, als ich hörte, wie jemand durch die geöffnete Tür eines Cafés rief:

»*No luur dir diesen Bruddelskrom an!*«

Ich grinste. Erleichtert. Ein Zeichen. Eindeutiger ging es nicht. Ich hatte oft genug in Köln und Umgebung Turniere gespielt, um kölsche Töne zu erkennen, wenn ich sie hörte. Ich hob den Blick. Auf dem Schild über der Tür stand: *Sportbar Roxy*. Sieh an, dachte ich. Eine Bar, die meine Interessen und Neigungen gleich im Namen trägt – was braucht es mehr? Neugierig stieg ich die wenigen Stufen zum Eingang empor und betrat das Lokal.

Vor mir auf dem Boden kniete eine unglückliche Bedienung, die offenbar ein Tablett mit Tellern und Gläsern hatte fallen lassen. Glas- und Porzellanscherben hatten sich großflächig verteilt und bildeten ein ziemliches Durcheinander. Ich hockte mich nieder, um dem jungen Mädchen, das gerade einmal sechzehn oder siebzehn sein mochte, zu helfen, die Misere zu beseitigen. Sie hielt den Blick gesenkt, sodass ich nur ihren Hinterkopf sah; zwei braune Zöpfe, zu Haarschnecken gedreht und festgesteckt.

»*Loss ens, datt muss se allein hinkriegen*«, erklang es von der Seite.

Ich hob den Kopf und folgte dem Klang der Stimme. Hinter der Theke stand ein kräftig gebauter Mann mit einer blauen Schürze um den Bauch, die ihm das Aussehen eines gegürteten Bierfasses verlieh. Ich stand auf und ging zu ihm.

»Na schön, wenn Sie meinen. Ich darf mich vorstellen.

Mein Name ist Julius von Berg; wie Sie bin ich ein Rheinländer in Berlin.«

Der Mann zog die Augenbrauen hoch. »*Julijus von Bärch? Dä Tennisspiller?*«

Verblüfft nickte ich. Bislang hatte ich keine großen Turniere gespielt, war lediglich Sparringspartner von Daniel Prenn und Otto Froitzheim gewesen, den beiden Spitzenspielern der *Rot-Weißen*. Letzterer galt als lebende Legende, führte nicht nur die erste Herrenmannschaft, sondern mit über vierzig Jahren immer noch die Deutsche Rangliste an.

»Woher kennen Sie meinen Namen?«

»Na ja, was glauben Sie, wo Sie hier sind?«, schaltete mein Gegenüber plötzlich auf ein lupenreines Hochdeutsch um. »Das ist eine Sportbar, um nicht zu sagen *die* Sportbar; soll heißen, wenn bei *Rot-Weiß* jemand Schluckauf hat, tanzen hier die Gläser. Und wenn die Damen im Verein über nichts anderes mehr sprechen als über ›den Neuen‹, ist das sicher ein Thema bei Heinz Ditgens.«

»Nun, das mit den Damen scheint mir eher ein Gerücht zu sein«, wehrte ich ab und versuchte, unauffällig das Thema zu wechseln. »Sie sind also Herr Ditgens?«

»Richtig, aber nennen Sie mich Heinz. Das tun alle hier.« Er wischte sich die Hand mit einem Handtuch ab und hielt sie mir hin.

Ich griff danach und sagte: »Erfreut, Sie kennenzulernen, Heinz. Endlich ein Stück Heimat in Berlin.«

»Dito«, entgegnete er und kniff ein Auge zu. »Was halten Sie übrigens von dem: ›Wenn der junge Herr Graf nur halb so gut Tennis spielt, wie er aussieht, dürfte er unschlagbar sein‹.«

Hilflos zuckte ich mit den Achseln. Ich hatte es versucht. Aber jetzt ließ es sich nicht mehr vermeiden. Meine Gesichtsfarbe veränderte sich – irgendwie passend – von Weiß zu Rot.

*

Das erste Semester ging alles gut. Schnell stellte ich fest, dass ich die Übungsscheine für das Sommerhalbjahr auch im Winter machen konnte. Also besuchte ich nur morgens die Acht-Uhr-Vorlesung und fuhr dann raus zum Hundekehlesee.

Auch im zweiten Semester lief zunächst alles wie gehabt. Erst als die Tage immer kürzer und die Plätze der *Rot-Weißen* witterungsbedingt geschlossen wurden, änderten sich die Dinge: Ich klemmte meinen Schläger in den hölzernen Spannrahmen und begann ernsthaft zu studieren. Stundenlang saß ich hinter meinen Büchern, vertieft in Paragrafen, Gesetzestexte und juristische Abhandlungen, besuchte regelmäßig Vorlesungen und Seminare. Bis eines Tages ein Brief von Robert kam.

Brief ist zu viel gesagt; ein in der Mitte gefalteter Zettel in einem schlichten weißen Umschlag mit meinem Namen darauf. Er enthielt eine eindeutige und eine uneindeutige Botschaft:

Donnerstag, 18 Uhr, gegenüber von »Rot-Weiß«. In Trainingsklamotten auf der anderen Seite des Bahndamms.

So viel zum verständlichen Teil seiner Mitteilung. Der zweite Satz hingegen lautete:

Es ist gut für die Kondition und den Mannschaftsgeist.

Robert, Mann der wenigen Worte. Zuweilen der zu wenigen Worte. Natürlich ist Tennis gut für die Kondition und den Mannschaftsgeist. Aber warum betonte er es so?

Entsprechend neugierig war ich an besagtem Donnerstag pünktlich zur Stelle. Die Winter in Berlin sind anders als die im Rheinland. Eisiger. Kälter. Vor meinem inneren Auge erstreckte sich ein einziger durchgehender Frostteppich von Sibirien bis zum Tiergarten.

Wie jeder vernünftige Mensch hatte ich Mütze und Handschuhe angezogen, mir außerdem einen Schal um den Hals geschlungen. Ich kam mir ein wenig albern vor – wie sollte man dermaßen verkleidet Tennis spielen?

Wie sich herausstellte, lagen hinter der Anlage des LTTC, jenseits des Bahndamms, mehrere große Rasenflächen. Robert und sein Bruder Heinrich warteten bereits im Licht einer Gaslaterne. Ebenso wie Roman, unser Spielertrainer, und Daniel, mit dem ich mich seit unserem ersten Match, damals noch von Bill arrangiert, angefreundet hatte.

»Was willst du damit?«, fragte er belustigt und zeigte auf den Tennisschläger in meiner Hand. Ich hatte ihn vorsichtshalber im Spannrahmen belassen, damit er sich bei den Minusgraden nicht verzog.

»Vielleicht ein paar Maulwurfhügel platt hauen?«, grinste Roman.

Ich war der mit Abstand jüngste in der Mannschaft und es gewohnt, von den anderen auf den Arm genommen zu werden. Diesmal offenbar mit Roberts Unterstützung, der sich normalerweise aus diesen Dingen heraushielt. Ich merkte, dass ich immer noch leicht aus dem Gleichgewicht zu bringen war, trotz des Selbstvertrauens, das ich in den letzten Monaten auf dem Tennisplatz und der Tanzfläche aufgebaut hatte.

»Ich dachte, hier gäbe es vielleicht ein paar Trainingswände oder so etwas Ähnliches«, stotterte ich. »Oder ein geteertes Kleinspielfeld.«

»Klar, und dann stellen wir uns alle in eine Reihe und spielen Synchrontennis.«

Heinrich Kleinschroth hatte Medizin studiert, aber er arbeitete nicht als Arzt. Stattdessen spielte er Tennis. Im Gegensatz zu seinem älteren Bruder versäumte er es selten, die Dinge zu kommentieren. Insbesondere, wenn es sich um ein so lustiges Ding handelte, wie ich es anscheinend gerade war.

Währenddessen trafen immer mehr Menschen ein, begrüßten sich lachend und gesellten sich zu uns. Männer und Frauen, alle in Sportkleidung, sämtlich Vereinsmitglieder. Sie sprühten vor Energie, die Atmosphäre schien elektrisch aufgeladen. Verstohlen stellte ich fest, dass ich als Einziger mein Racket mitgebracht hatte. Ich trat neben Robert und fragte leise:

»Warum sind wir alle hier?«

Er deutete auf einen großen Leinenbeutel, mindestens einen Meter lang, der ein paar Schritte entfernt auf dem Boden lag. »Schau rein«, sagte er.

Ich folgte seiner Aufforderung, löste die Schnur, mit der der Sack zugebunden war, und hob ihn hoch. Er war schwerer als erwartet. In seinem Inneren befanden sich etwa drei Dutzend Hockeyschläger.

In den nächsten anderthalb Stunden rannten wir bei eisigen Temperaturen, weiße Atemwolken vor dem Gesicht und uns gegenseitig anfeuernd, über das gesamte Feld; rannten uns die Seele aus dem Leib, bis selbst diese nach Luft schnappte. Ein Schläger, ein Ball. Es braucht nicht viel, um glücklich zu sein.

Männer und Frauen, die trainierten Körper unter meh-

164

reren Schichten Kleidung verborgen, spielten zusammen; beschienen vom flackernden Licht der Fackeln, die wir mit Mühe am Seitenrand in den eisigen Boden gerammt hatten.

Irgendwann pfiff Robert das Spiel ab. Erschöpft fielen wir uns in die Arme. Die Sieger gratulierten einander und sprachen den Verlierern ihre Anerkennung aus. Dann ging es über den Bahndamm ins Clubhaus – dampfend, nass geschwitzt, mit blitzenden Augen.

In den Umkleidekabinen kamen wir nicht schnell genug aus unseren feuchten Klamotten, Kleiderberge türmten sich auf, und – endlich – ging es ab unter die Dusche. Dichter Dampf, heißes Wasser. Dankbar erwärmten sich unsere müden Muskeln und Knochen. Die Handtücher um die Hüften geschlungen, schlossen wir die Spinde auf und ersetzten die Trainingsuniform durch eine andere, passendere.

Die Losung blieb die gleiche: Männer und Frauen spielen zusammen, und so mussten wir ein Stockwerk höher, im Gesellschaftsraum des Clubhauses, das auch im Winter bewirtet wurde, nicht allzu lang auf unsere Partnerinnen warten. Verheißungsvoll duftend, die Haare feucht zurückgekämmt und die Gesichter von der Hitze in den Katakomben gerötet, kamen sie die Treppe herauf; lachend, plaudernd, Lebenslust auf klappernden Absätzen.

Nachmittags fand sich hier für gewöhnlich eine überschaubare Zahl gesetzter Damen zum Tee ein; neben einer noch überschaubareren Zahl nicht weniger gesetzter älterer Herren, die rauchten und sich bei einem Glas Port unterhielten. Doch jetzt, abends, waren wir unter uns. Diesmal spielte keine Kapelle, das Grammofon reichte aus. Jazz, Charleston, Swing. Ab und an ein deutscher Schlager mit eindeutig zweideutigem Text.

»Komm, Julius, zeig's uns«, rief Daniel und tanzte, wild mit Armen und Beinen wirbelnd, um mich herum. Entschlossen wirbelte ich zurück.

Ein Tisch wurde in die Mitte geschoben, Alicia, Marita und zwei weitere Freundinnen hochgehoben. Die Röcke flogen, keine Revue hätte aufregender sein können.

Wir wogten übers Parkett, trommelten mit den Händen im Takt der Musik auf die Oberschenkel. Die Temperatur stieg minütlich.

Draußen trugen die Bäume und Sträucher gefrorene Umhänge, innen lief das Kondenswasser die Scheiben hinab. Irgendwann leuchteten in der Dunkelheit orangefarbene Augen auf, Scheinwerferbalken durchschnitten die Nacht. Limousinen, Chauffeure, niemand hatte sie gerufen, trotzdem waren sie da. Wir legten Mäntel, Schals, Handschuhe und Kopfbedeckungen an, und das Rudel zog weiter, in die Stadt.

»Kommst du diesmal mit, Julius?« Marita, atemlos, den Pony schweißverklebt in der Stirn.

Nirgendwo lernt man leichter Menschen kennen als beim Tennis, dachte ich – nur nicht beim Tennis.

- 11 -

Unter keinen Umständen ziehe ich ein Kostüm an!«

»Julius, es ist Karneval …«

»Es gibt in Berlin keinen Karneval.«

»Doch, nicht zuletzt bei Heinz, im *Roxy*, jedes Jahr an Weiberfastnacht. Wir gehen alle hin. Kostümiert.«

»Ich nicht, Kostüme sind nun wirklich albern!«

Mir war klar, dass Daniel mich nicht verstand, mich wahrscheinlich niemand verstehen würde. Aber schon immer hatte ich um Karneval einen großen Bogen gemacht, auch und gerade zu Hause, im Rheinland. Die erzwungene Fröhlichkeit, das Sich-mit-allen-Gemeinmachen, befeuert von Unmengen Alkohol – das Ganze unter dem Deckmantel des Brauchtums. Nein, danke. Es war nicht meins und würde es niemals werden.

»Du könntest die Sache als eine Art Umziehen betrachten«, argumentierte Daniel, »du weißt schon: zu jeder Gelegenheit die passende Kleidung. Normalerweise hältst du dich an den *dresscode*.«

»Ich ziehe mich zum Tennisspielen um«, antwortete ich, »weil es praktisch ist und sich so gehört. Aber es hat ganz sicher nichts mit einer Kostümierung zu tun.«

Er zeigte auf mein weißes Poloshirt und die dazugehörige lange helle Baumwollhose. »Dann ist das also kein Kostüm, wenn ich dich richtig verstehe, oder?«

»Natürlich nicht«, entgegnete ich.

»Okay«, sagte er und grinste, »ich schätze, wir sind uns einig.«

*

Es war brechend voll bei Heinz Ditgens. So voll, dass man kaum ins *Roxy* hineinkam. Aber Daniel, Roman, Robert und sein Bruder Heinrich griffen in voller Mannschaftsstärke an; drängelten, drückten und drehten sich, ohne dass man den Eindruck hatte, sie täten etwas Unerlaubtes, weil – alle drängelten, drückten und drehten sich, und so brauchten Marita, Alicia und ich einfach nur in ihrem Kielwasser bleiben.

Schließlich eroberten wir uns ganz hinten im Raum einen halben Quadratmeter, den man euphemistisch als freies Plätzchen hätte bezeichnen können, und Daniel, der unterwegs an diversen Piraten, Indianern, Krankenschwestern und Nonnen vorbei zur Theke vorgedrungen war, drückte jedem von uns ein Helles in die Hand.

Es war der Anfang eines ununterbrochenen Hol- und Bringedienstes, den wir wechselseitig in stummer Absprache versahen.

Zu behaupten, es war ohrenbetäubend laut im Raum, wäre einer kolossalen Untertreibung gleichgekommen. Alle schienen sich anzuschreien, anzulachen, anzupflaumen. Auf einem Tisch stand ein als Clown kostümierter Mann mit einem Akkordeon und spielte Karnevalslieder und die neuesten Schlager. Vor, hinter, neben mir spürte ich andere Menschen, warme Körper, schwitzende Leiber und trank ein ums andere Helle, bis sich das Gefühl der ungewollten Nähe verflüchtigte und dem eines geselligen

Miteinanders Platz machte. Irgendwann stimmte der Musiker auf dem Tisch ein Lied an, das mit den Worten *»Du kannst nicht treu sein, nein, nein, das kannst du nicht ... «* begann, und plötzlich gab es kein Halten mehr. Voller Inbrunst setzte ein gigantischer griechischer Chor ein und antwortete: *»... wenn auch dein Mund mir wahre Liebe verspricht. «*

»Siehst du, Julius, es geht doch«, sagte Daniel lachend und klopfte mir auf die Schulter. Im selben Moment wurde mir klar, ich hatte lauthals mitgesungen; wohlgemerkt ich, der in etwa so musikalisch war wie ein Ofenrohr.

Eine Meerjungfrau mit langen roten Haaren und grünen Augen hatte Daniels Bemerkung mitbekommen und drückte ihre Lippen an mein Ohr: »Da verfügt aber jemand über ein wundervolles Organ.«

Ich war heilfroh, dass Heinz nur eine bessere Notbeleuchtung eingeschaltet hatte, andernfalls hätte jeder mitgekriegt, dass mir gerade ziemlich heiß wurde.

»Wie heißt du?«, fragte mich die Meerjungfrau, die sich bei genauerem Hinsehen als ausgesprochen hübsch erwies.

»Julius«, antwortete ich und erkundigte mich zu meiner eigenen Verblüffung im gleichen vertraulichen Ton: »Und du?«

»Sonja.« Sie hielt mir ihr Glas zum Anstoßen hin.

»Nett, dich kennenzulernen, Sonja«, erwiderte ich, prostete ihr zu, und wir leerten beide unsere Gläser in einem Zug.

»Warte, ich hol uns etwas Neues«, sagte ich. Wenigstens wollte ich es sagen, aber irgendwie schienen sich die Worte in meinem Mund umzuformen, und was schließlich dabei herauskam, brachte Sonja zum Lachen. Sie hatte ein schönes Lachen, spontan und ganz natürlich, und während sie so lachte und sich zu mir beugte, erhaschte ich einen Blick auf ihr von silberglänzenden Schuppen eingefasstes Dekolleté – nicht nur Sonjas Lachen war schön. Verwirrt und ein wenig beschämt drehte ich den Kopf zur Seite und sah mich den strengen Blicken Alicias und Maritas ausgesetzt.

»Wir dachten, du magst Karneval nicht, Julius«, sagte Marita, und Alicia sekundierte: »Kostüme sind albern.«

»Nicht alle«, hörte ich eine Stimme, die irgendwie nach meiner und doch nicht nach meiner klang, »Sonjas Kostüm beispielsweise finde ich sehr hübsch.«

Erbost drehten sich die beiden um und verschwanden in der Menge.

»Findest du nur mein Kostüm oder auch mich hübsch?«, fragte Sonja, die, unbeeindruckt von Marita und Alicia, nicht von meiner Seite gewichen war. Im Gegenteil, ich spürte, wie sich ihre weiche Hüfte an mich schmiegte.

»Ähem ... ich finde dich sehr hübsch«, sagte ich wahrheitsgemäß, und ohne groß darüber nachzudenken, fügte ich hinzu: »Außerdem riechst du sehr gut.« Zum Beweis meiner Feststellung beugte ich mich vor und schnupperte an einem ihrer zarten Schlüsselbeine.

»Warte«, sagte sie. Sie zog meinen Kopf hoch, und einen Augenblick später küsste sie mich leidenschaftlich.

Der restliche Abend verging wie im Traum. Wir lachten, tranken und küssten uns wieder. Wahrscheinlich unterhielten wir uns auch, aber ich hätte hinterher nicht sagen können, worüber – es schien nicht so wichtig.

Irgendwann standen wir vor der Tür des *Roxy*, links und rechts in den Hauseingängen Paare, von denen man nur die verschränkten Arme und ihre einander zugeneigten Köpfe sah. Wunderbar frische Nachtluft umströmte uns, und ich wurde wieder ein wenig nüchterner.

»Was trägst du da eigentlich für ein seltsames Kostüm?«, erkundigte sich Sonja und sah an mir herunter.

»Das ist kein Kostüm«, entgegnete ich würdevoll, »ich bin Tennisspieler, Profitennisspieler«, und musste selbst lachen. Daniel hatte mich ausgetrickst und mich dazu gebracht, in meinem Tennisdress mitzukommen. Nicht nur das – den ganzen Abend hatte ich mein Racket wie einen hölzernen Bogen mit einer Schnur über den Rücken gespannt, zudem steckte ein Tennisball in meiner Hosentasche. Bequem fühlte sich anders an, aber seltsamerweise war ich ihm kein bisschen böse.

»Profitennisspieler?«, sagte Sonja zweifelnd, »niemals. Alle geben heute Abend vor, etwas zu sein, was sie nicht sind.«

»Doch«, versicherte ich ihr, »es stimmt. Ich bin wirklich ein sehr, sehr guter Tennisspieler, glaub mir!«

»Beweis es«, forderte sie mich auf und zeigte auf die nächstgelegene Straßenlaterne, »schieß sie aus.«

Ich zögerte. »Komm schon, Sonja«, sagte ich, »wenn ich treffe, geht das Glas kaputt; das möchte ich nicht.«

»Aber vielleicht möchtest du mich«, sagte sie, und ihre flaschengrünen Augen funkelten mich an, »falls dein Schlag sitzt, darfst du mit zu mir.«

Irgendwie war es die falsche und die richtige Bemerkung zugleich. Ich war Wettkämpfer. War es immer gewesen und würde es immer sein. Ich nahm mein Racket vom Rücken, holte den Ball aus der Hosentasche und zielte.

Wenige Sekunden später hörte man ein leises Klirren, und wir standen im Dunkeln.

*

»Ich muss dir etwas erzählen«, sagte ich in den schweren Bakalithörer, nachdem das Fräulein vom Amt die Verbindung hergestellt hatte.

»Sprich.« Wie immer klang Großvater ruhig und gelassen.

»Ich habe gestern Karneval gefeiert.«

»Du? In Berlin?«

Nur selten gelang es mir, ihn zu überraschen, aber diesmal hatte ich es offenbar geschafft. Meine Abneigung gegenüber allem, was sich zwischen Weiberfastnacht und Aschermittwoch abspielte, war meiner Familie nur allzu vertraut.

»Ja, es gibt hier einen Wirt. Er heißt Heinz und stammt aus Köln. Einmal im Jahr holt er quasi den Rhein an die Spree und feiert in Berlin Karneval. Gestern Abend war es so weit.«

Erwartungsgemäß antwortete Großvater nicht, und so fuhr ich fort: »Da war eine Meerjungfrau, also ein Mädchen, in solch einem Kostüm.«

Ich dachte an das fremde Zimmer, in dem ich vorhin aufgewacht war, neben Sonja, deren schwarzer *Maybelline* verlaufen war, Glitzerreste bedeckten ihre Wangen. Ich spürte einen stechenden Kopfschmerz, eine Welle aus Scham und Übelkeit überflutete mich. Der Rausch der vergangenen Nacht war einem gewaltigen Katzenjammer gewichen.

Sonja bewegte sich, drehte sich zu mir und öffnete vorsichtig ein Auge.

»Der Tennisheld«, murmelte sie und klappte das Lid wieder zu.

»Sonja, bitte«, sagte ich mit rauer Stimme, »es tut mir leid.« Sie reagierte nicht. »Hör mir zu, ich möchte mich in aller Form für heute Nacht entschuldigen.«

Diesmal öffnete sie beide Augen. »Wieso? Hat es dir nicht gefallen?«

»Doch, schon«, beeilte ich mich zu versichern, »aber es war nicht richtig. Wir haben uns erst gestern Abend kennengelernt.«

»Kennen und lieben«, grinste sie.

»Bitte, du weißt, wie ich es meine.«

Sie richtete sich auf. Für einen Moment blitzte das Weiß einer wohlgeformten Frauenbrust auf. Sonja zog die Decke hoch.

»Keine Sorge, ich erwarte nicht, dass du mich gleich heiratest, Justus.«

»Julius«, erwiderte ich, »ich heiße Julius.«

»Na schön, auch gut. Wir hatten gestern eine Menge Spaß, Julius, aber das ist es auch schon. Zerbrich dir also nicht den Kopf.«

Es fiel mir schwer, es in Worte zu fassen, dennoch musste ich sie danach fragen. »Aber was ist, wenn … wenn wir ein Kind gezeugt haben?«

Sie brach in Gelächter aus, aber heute fand ich ihr Lachen weniger schön.

»Du scheinst ein netter Bursche zu sein, Julius«, sagte sie, »und es spricht für dich, dass du dir darüber Gedanken machst; aber glaub mir, rein kalendarisch hätte das Fest im *Roxy* nicht günstiger gelegen sein können. Verstehst du?«

Ich nickte, obwohl ich nicht wirklich begriff, was sie meinte. Vorsichtig vergewisserte ich mich: »Also eher keine Schwangerschaft?«

»Nein«, antwortete sie, »verlass dich drauf. Und jetzt
hau ab. Ich bin mordsmäßig müde und nachher noch verabredet. Übrigens, mit meinem derzeitigen Verlobten.«
Und mit diesen Worten glitt sie wieder nach unten, wi-
ckelte sich in die Decke ein und drehte mir den Rücken
zu.

»Ich habe bei der Meerjungfrau, also bei Sonja, übernachtet, Großvater«, sagte ich jetzt und umklammerte
den Telefonhörer mit aller Kraft.

Stille, dann: »Ich verstehe.« Im nächsten Augenblick
erkundigte er sich, scheinbar völlig zusammenhanglos:
»Von wo aus rufst du an, Julius?«

»Aus einer Telefonzelle in der Kantstraße. Wieso willst
du das wissen?«

»Was siehst du?«, fragte er.

Ich schaute durch die Scheiben auf das lebendige Treiben um mich herum. »Geschäfte«, sagte ich, »Busse, Passanten. Eine alte Dame, die ihren Mops spazieren führt.
Ich weiß nicht, was du hören willst. Da sind zwei oder
drei junge Frauen, es könnten Sekretärinnen sein. Ein
Priester. Ganz normale Menschen eben.«

»Und wie würdest du all das nennen?«

»Großstadt? Öffentlichkeit? Keine Ahnung.«

Wieder äußerte sich Großvater nicht sofort. Endlich
sagte er: »Es ist Zeit, erwachsen zu werden, Julius. Was
du da siehst, nennt man Leben«, und ein sanftes Knacken
in der Leitung signalisierte mir, dass er die Verbindung
unterbrochen hatte.

- 12 -

Wenige Tage danach waren wir erneut im *Roxy*, allerdings hatte Heinz inzwischen mächtig aufgeräumt. Sämtliche Tische und Stühle standen wieder an ihrem Platz, nirgendwo sah man mehr Luftschlangen oder Papiergirlanden. Auch die Lampen brannten in der gewohnten Lichtstärke, sodass man den Eindruck gewinnen konnte, es habe nie eine Feier gegeben.

Aber ist nicht genau das das Wesen des Karnevals? Dass es ihn eigentlich gar nicht gibt? Dass er ein einziger Rausch ist, ein exzessives Über-die-Stränge-Schlagen, bar jeder Vernunft und außerhalb der Wirklichkeit. Und doch, folgte ich Großvaters heilsamen Worten, war er Teil des Lebens. Seltsam, aber wahr – siehe mein Erlebnis mit Sonja.

»Auf Deutschlands Rückkehr in den Davis-Cup«, sagte Roman und hob sein Glas.

»Das wird auch verdammt noch mal Zeit«, knurrte Otto, und Daniel und ich stießen mit ihnen an.

»Werdet ihr beim Neustart alle drei dabei sein?«, fragte ich und nahm einen Schluck von meinem Bier. An und für sich hatte ich mir vorgenommen, in nächster Zeit etwas weniger Alkohol zu trinken, aber Heinz, hinter der Theke, hatte unsere Bestellung gar nicht erst abgewartet; kaum saßen wir am Tisch, brachte uns das junge Serviermädchen vier Helle.

175

Dreizehn lange Jahre, seit Ausbruch des Krieges, war Deutschlands Athleten die Teilnahme am wichtigsten aller Tennismannschafts-Wettbewerbe verwehrt geblieben. Doch unlängst hatte die FILT, die *Fédération Internationale de Lawn-Tennis,* die Aussperrung der deutschen Spieler vom Davis-Cup aufgehoben.

»Nein«, sagte Daniel und klopfte Otto auf den Rücken, »nur unser Altmeister hier ist fest nominiert. Roman und ich sind lediglich als Ersatz aufgestellt. Aber schließlich musste er auch lang genug auf diesen Tag warten. Eine Art Wiedergutmachung, nicht wahr, Otto?«

Für einen Moment starrte Froitzheim trübsinnig in sein Bier. Dann hob er den Kopf und blickte uns an. »Nichts kann wiedergutmachen, was passiert ist. Weder den Krieg noch die vier Jahre, die mir genommen wurden. Keine Nominierung und kein Davis-Cup-Match können das leisten.«

Eine unbehagliche Stille breitete sich aus. Unsicher schaute ich in die Runde.

»Du bist zu jung dafür, Julius«, sagte Otto schließlich, »kannst von diesen Dingen nichts wissen. Aber unmittelbar vor Kriegsausbruch war ich in Pittsburgh, in den USA; habe seinerzeit noch als Vertreter des Deutschen Kaiserreiches auf dem Platz gestanden. Mein bis heute letztes Davis-Cup-Einzel, wie sich herausstellen sollte. Wir traten im Halbfinale der Interzonenrunde gegen Australien an und verloren mit 0:5. Aber das Ergebnis interessierte hinterher kaum jemanden. Noch während ich spielte, wurde per Eilmeldung die Kriegserklärung über den Atlantik gekabelt. Der Veranstalter informierte uns erst nach dem Match«, Otto schnaufte verächtlich, »sagte, er habe es nicht übers Herz gebracht, das Spiel abzubrechen.«

Er hielt inne, als stiegen die Bilder von damals wieder in ihm auf: Das Stadion, die im Wind flatternden Fahnen; Tausende von Zuschauern auf den Tribünen, und er selbst, eine winzige weiß gekleidete Gestalt, unten auf dem roten Aschengeviert.

»Nach dem Spiel rasten mein Mannschaftskollege Oscar und ich nach New York«, fuhr er fort, »wo wir in allerletzter Sekunde die *America*, einen italienischen Dampfer, erwischten. Kaum waren wir an Bord, lichtete der Kahn den Anker, um nach Europa zurückzukehren. Der Rest des Teams war schon vorher abgereist. Aber es nutzte nichts; der Krieg holte uns dennoch ein. Die Engländer stoppten das Schiff vor Gibraltar, und wir wurden interniert. Die nächsten vier Jahre verbrachte ich in einem Lager in Leicestershire.«

Ich war fassungslos. Nicht lang davor hatte Vater in demselben Land die glücklichste Zeit seines Lebens verbracht. Otto hingegen war dort eingesperrt gewesen. Warum? Weil er Tennis gespielt hatte? Ungläubig schüttelte ich den Kopf.

»Das tut mir schrecklich leid, Otto«, sagte ich, »mir war nicht klar, dass Sport und Politik dermaßen eng miteinander verbunden sind. Niemals hätte ich gedacht, dass so etwas passieren könnte. Schließlich gibt es keinen unpolitischeren Ort auf der Welt als einen Tennisplatz.«

Leise meinte Roman: »Sag das nicht, Julius. Sobald du dich für ein Turnier meldest, bist du in den Augen der Öffentlichkeit nicht nur Sportler, sondern auch Deutscher und damit automatisch Vertreter deines Heimatlandes. Ob du willst oder nicht.«

Ich trank einen weiteren Schluck von meinem Bier. Meine Gedanken gingen wild durcheinander. Sport,

Politik, Nationalismus. Tennisspieler, die als Repräsentanten ihres Landes galten. Mutters Worte kamen mir in den Sinn, als ich in der Bibliothek mit ihr und Vater über meine Berufswahl gesprochen hatte. *Reisen, die Welt sehen. Was hältst du von einer Laufbahn im Auswärtigen Amt? Als Diplomat beispielsweise würdest du zahlreichen Menschen und fremden Kulturen begegnen.*

»Na schön«, sagte ich, »wenn ich schon als Vertreter meiner Heimat wahrgenommen werde, will ich mich dessen wenigstens als würdig erweisen.« Vielleicht lag es am Alkohol, vielleicht war es etwas anderes, tiefer sitzendes. Ungewohnt leidenschaftlich fuhr ich fort: »Aber umgekehrt verlange ich das Gleiche. Meine Heimat muss sich ebenfalls ehrenhaft verhalten. Nicht wie damals, bei Otto, der für ein kriegslüsternes Kaiserreich gebüßt hat, für das er nichts konnte. Es sollte unser Ziel sein, unabhängig von unseren Regierungen gesehen zu werden, durch unsere Persönlichkeit zu überzeugen. Nur so können wir der Welt beweisen, dass es auch anders geht. Besser. Friedlicher. Wir dürfen uns nicht bloß als Tennisspieler verstehen, sondern darüber hinaus als Diplomaten des weißen Sports, als Botschafter für ein brüderliches Miteinander. Denn es ist die Idee des Sports an sich, die weit über den Sport hinausreicht. Versteht ihr, was ich meine?«

Die Stille, die meinen Worten folgte, war tief. Sehr tief. Und hielt an.

Jugendliches Ungestüm. Und trotzdem ein uraltes Herz.

Mir war bewusst, wie selbstgerecht, wie belehrend meine Worte klangen. Aber es war die Essenz. Die Essenz dessen, was mir beigebracht, was mir vorgelebt worden war. *Sportsmanship. Fair play. Teamgeist.* Nur dass ich diese

Dinge erstmals in einen eigenen, für *mich* passenden Zusammenhang gebracht hatte.

Endlich sagte Otto: »Dein Wort in der Politiker Ohren, Julius.« Er hob sein Glas. »Behalte deinen Idealismus, er zeichnet dich aus. Aber sei dir darüber im Klaren, nicht alle denken so wie du. Ich hoffe, deine Haltung wird nie auf die Probe gestellt werden.«

Erneut prosteten wir uns zu, beinah schon feierlich, dachte ich. Männer. Sportsmänner. Ehrenmänner. Wie schon einige Male zuvor wurde mir bewusst, wie wohl ich mich in ihrer Gesellschaft fühlte. Menschen, die ein Spiel in den Mittelpunkt ihres Lebens stellen. Kann es Mutigeres geben?

Ich hatte den Gedanken noch nicht ganz zu Ende gedacht, als Daniel mich mit dem Ellenbogen in die Rippen stieß. »Genug schweres Zeug für heute, Julius. Lass uns zu den wichtigen Dingen des Lebens kommen. Hat Robert schon mit dir über unsere Saisonvorbereitung gesprochen?«

- 13 -

Warme Luft wie Seide, die mein Gesicht, meine bloßen Arme streichelte. Der Duft von Thymian und Rosmarin.

Der Chauffeur, der mich vom Bahnhof abgeholt hatte, war mit mir Richtung *Croisette* gefahren, und ich hatte mich nicht sattsehen können am Blau des Meeres, der geschuppten Haut der Palmen, die wie struppige kleine Burschen die Straßen und Gehwege säumten, und an den zahllosen bunt gekleideten Gestalten, die die Promenade entlangschlenderten.

»Herzlich willkommen, *Monsieur le Comte*«, sagte der Direktor des *Carlton* und neigte sanft den Kopf. »Wie ich höre, beehren Sie unser Haus zum ersten Mal. Ihre Mannschaftskollegen sind bereits gestern eingetroffen. Ich hoffe, Sie finden alles zu Ihrer vollsten Zufriedenheit vor.«

Es stimmte, ich war zum ersten Mal im *Carlton*. Und zum ersten Mal in Cannes. Überhaupt befand ich mich erstmals in meinem Leben an der *Blauen Küste*, der Côte d'Azur.

Mein Blick glitt durch die luxuriöse Eingangshalle des Hotels mit ihren Marmorsäulen und den dunklen vornehmen Hölzern; den prachtvoll funkelnden Lüstern, die von der hohen Decke herabhingen, und den exotisch anmutenden Pflanzen in den Messingübertöpfen.

»Ganz bestimmt«, antwortete ich.

Der Direktor gab dem Rezeptionisten ein Zeichen, der mit einem kleinen vergoldeten Glöckchen bimmelte. Wie aus dem Nichts erschienen zwei Pagen und griffen nach meinem Gepäck.

»Dort entlang, bitte«, sagte der Chef des *Carlton* und deutete mit der Hand auf die Aufzüge. »Maxim, unser Concierge, wird Sie nach oben begleiten, um Ihnen Ihr Zimmer zu zeigen.«

Ein kleiner drahtiger Mann mit glänzend zurückgekämmtem Haar trat auf uns zu und begrüßte mich höflich. »Wie schön, dass Sie hier sind, Monsieur«, sagte er, »die Formalitäten erledigen wir später. Nach der langen Reise wollen Sie sich sicher erst einmal frisch machen.«

Ich folgte ihm zum Aufzug, der von einem weiteren *boy* in scharlachroter Livree bedient wurde. Seine Kopfbedeckung erinnerte an eine überdimensionierte Pillendose und wurde mit einem Riemen unter dem Kinn fixiert.

Oben angekommen, traten wir in einen langen, mit Teppich ausgelegten Flur. Der Concierge öffnete die Zimmertür. Mein Gepäck befand sich bereits ordentlich gestapelt auf der Ablage neben der Garderobe. Ich griff in die Innentasche meines Blazers und gab ihm ein Trinkgeld. Er nickte dankend und sagte in – wie ich fand – seltsam vertraulichem Ton:

»Alles hören, alles sehen, nichts verlauten lassen. Dazu bin ich da, Monsieur de Berg. Ich wünsche Ihnen und Ihren Kollegen einen angenehmen Aufenthalt.«

Verwirrt blickte ich ihn an, da ich seine Worte nicht zu deuten wusste. Aber schon im nächsten Augenblick schloss sich leise klickend die Zimmertür hinter ihm, und ich war allein.

Ich trat ans Fenster, zog die Vorhänge zurück und öffnete die hohen gläsernen Flügeltüren. Licht und Wärme fluteten herein. Menschenstimmen, Möwengeschrei, das hektische Knattern eines dreirädrigen Transportfahrzeugs. Draußen auf dem Meer zog mit majestätischer Langsamkeit ein Kreuzfahrtschiff vorbei.

Ich atmete tief ein und genoss die sanfte Meeresbrise. Seevögel kreisten über der Bucht. Lebewesen, für die es ganz natürlich war zu fliegen. Ich hätte eingeschüchtert sein können, wegen des ungeheuren Luxus, der mich umgab. Heimweh empfinden, beim ungewohnten Anblick von Palmen, Strand und Meer. Stattdessen erschien mir die Welt um mich herum fremd und vertraut zugleich. Abstammung, Talent, Ehrgeiz. An welchen Ort hätte mich mein Lebensweg führen sollen, wenn nicht an diesen? War ich nicht bestimmt dazu, hier zu sein?

Auch im Rückblick möchte ich sie nicht missen: die Hybris der Jugend. Die Selbstverständlichkeit, Flügel zu besitzen. Und die Naivität, das Schicksal des Ikarus für einen fernen Mythos zu halten.

»Wer will schon zwischen November und März das Racket in die Ecke stellen, zu Hause sitzen und Däumchen drehen«, hatte Daniel zwei Wochen zuvor im *Roxy* gesagt, »wenn im Gegensatz dazu die Möglichkeit besteht, im *Carlton* zu wohnen und auf den gut gepflegten Plätzen vor Ort zu spielen? Ich sage dir, gerade im Duft blühender Orangenbäume und bei frühlingsmilden Temperaturen lassen sich die eigenen Schläge ganz hervorragend verbessern.«

»Nicht zu vergessen«, ergänzte Otto, »die Rivieraturniere haben auch einen hohen sportlichen Stellenwert. Die komplette Weltelite gibt sich dort ein Stelldichein;

sowohl bei den Herren als auch bei den Damen. Und direkt im Anschluss geht es weiter nach Paris und zu den Rasenturnieren nach England.«

»Klar«, sagte Daniel und zwinkerte mir zu, »das alles, nachdem wir ausgiebig in den Bistros an den Quais von Juan le Pins bis San Remo an unserer Form- und Gewichtskurve gearbeitet haben. Austern, Hummer, Bouillabaisse und *Champagne Nature*! Du musst unbedingt bei unserer alljährlichen Saisonvorbereitung dabei sein, Julius«, schloss er, und die Begeisterung in seiner Stimme war unüberhörbar.

*

»Wer ist der Mann?«, fragte ich und deutete unauffällig mit dem Kinn auf einen drahtigen älteren Herrn.

Einen hellbeigen Borsalino mit schwarzem Band auf dem Kopf sowie einen gepflegten weißen Schnurrbart unter der aristokratischen Nase, stand er ein paar Meter entfernt und betrachtete das Treiben um sich herum durch die runden Gläser einer randlosen Brille. Er trug Tenniskleidung, wie alle Anwesenden, trotzdem fiel er auf, was nicht nur an seiner Körpergröße lag – er überragte die meisten von uns um beinah Kopfeslänge. Ich hatte einmal eine Fotografie des Schriftstellers Hermann Hesse im Garten seines Hauses im Tessin gesehen. Jene Aufnahme empfand ich als Widerspruch in sich, da er auf ihr gleichermaßen Nähe und Distanz ausstrahlte. Ähnlich ging es mir jetzt mit dem Mann, der sich unter den Teilnehmern des Turnieres in Nizza befand.

»Das ist Mr G«, sagte Daniel.

»Mr G?«

»Ja, wie alle hier tritt er bei den Rivieraturnieren an.«

»Er ist aber nicht wie alle.«

»Nun, er ist Hobby- und kein Berufsspieler, falls du das meinst.« Daniel grinste. »Obwohl wir natürlich ebenfalls keine Berufsspieler sind, auch wenn wir den ganzen Tag auf dem Platz stehen. Wie kommst du darauf, dass er nicht dazugehört?«

Daniel spielte darauf an, dass immer noch in vielen Sportarten der Amateurstatus hochgehalten wurde; Tennis bildete da keine Ausnahme. Tatsächlich gab es bei den Rivierawettbewerben ebenso wenig Preisgelder zu gewinnen wie bei allen anderen Turnieren. Trotzdem waren sie enorm beliebt: bei den Profis, die offiziell als Amateure galten, da sie uns halfen, die lange Winterpause zu verkürzen; bei den Amateuren, weil sie bei bestimmten Wettbewerben die Möglichkeit bekamen, sich als Profis zu fühlen. Nach einem ausgeklügelten System traten wir mit einem Handicap an, wenn wir uns gemeinsam mit ihnen auf den Platz stellten; gingen beispielsweise mit einem Rückstand von 0:15 oder 0:30 in jedes Spiel, um das Leistungsgefälle auszugleichen. So gesehen war die Anwesenheit des ominösen Mr G, eines Privatspielers, der es sich offenbar leisten konnte, im Frühling seiner Passion an der Côte d'Azur nachzugehen, also nichts Außergewöhnliches.

»Wie lautet sein vollständiger Nachname?«, fragte ich.

»Er hat keinen«, sagte Daniel, »oder besser gesagt, ich kenne ihn nicht. Er ist einer der wenigen Menschen auf der Welt, bei denen der Vorname genügt. Soll ich dich ihm vorstellen?«

Daniels kryptische Bemerkung fachte meine Neugierde nur weiter an. »Sehr gern«, sagte ich.

Wir setzten uns in Bewegung und schlängelten uns an den kleinen Grüppchen weiß gekleideter Gestalten vorbei, die sich zwanglos unterhielten. Unser Ziel stand allein am Rand der Gesellschaft, mit dem Rücken zum Meer.

»Guten Tag, Mr G«, grüßte Daniel höflich, »darf ich Ihnen unser neuestes und vielversprechendstes Nachwuchstalent vorstellen?« Er deutete auf mich. »Das ist Julius von Berg, vor einem Dreivierteljahr in Berlin eingetroffen. Ursprünglich stammt er aus dem Rheinland. Julius, das ist Mr G.«

Wir gaben uns die Hand, und mein Gegenüber sagte:

»Sie sind das also. Ich habe bereits von Ihnen gehört und hatte gehofft, Sie würden in diesem Jahr mit von der Partie sein.« Er sprach hervorragend Deutsch mit einem leichten, wie ich vermutete, holländischen oder skandinavischen Akzent. »Aber ist Nachwuchstalent nicht stark untertrieben?« Er legte die Hand auf meinen Arm. »Es heißt, im Training hätten Sie nicht nur Ihren Spielertrainer Roman, sondern auch unseren lieben Daniel hier geschlagen.«

Ich war erstaunt – sowohl über die vertrauliche Geste als auch über die Anerkennung, die aus seinen Worten sprach. Verlegen antwortete ich: »Wohlgemerkt im Training. Unter Turnierbedingungen hätte ich keine Chance gegen die beiden.«

»Was sagen Sie dazu, Daniel?«, fragte Mr G.

Daniel zögerte und blickte mich entschuldigend an. »Ich fürchte, Julius weiß nicht einmal annähernd, was er auf dem Platz tut. Nie zuvor habe ich einen Spieler erlebt, der so konzentriert, von der ersten Minute an, dermaßen *im Match* ist wie er.«

Ich blickte zu Boden. Daniel wusste nichts von Großvater und meiner speziellen Aufgabe; meiner Mission, meine Spiele so sehr zu verinnerlichen, dass dieser sie später, quasi mit meinen Augen, sehen konnte. Ich hatte Daniel nichts davon erzählt. Wozu auch?

»Haben Sie Julius' Sieg gegen Béla von Kehrling gesehen, Mr G?«, fragte er jetzt.

Der Mann mit dem weißen Schnurrbart nickte. »Das habe ich. Seines Zeichens immerhin ungarischer Meister.«

»Es war sehr viel Glück dabei«, sagte ich. »Außerdem hatte sich Baron von Kehrling in der Nacht zuvor bis in die frühen Morgenstunden im Casino vergnügt.«

»Wie vor jedem Spiel«, entgegnete Mr G. »Das ist seine spezielle Form der Matchvorbereitung. Es hat ihn noch nie daran gehindert, am nächsten Tag auf dem Platz Höchstleistungen zu vollbringen. Aber was solls«, er blickte mich an, »Schnee von gestern. Würden Sie mir die Freude machen, übermorgen, beim Turnier in Antibes, im Herrendoppel mit mir anzutreten?«

»Warum nicht«, antwortete ich, »aber nur, wenn Sie mir verraten, was für ein Landsmann Sie sind.«

»Nun, Daniel hat Sie ja wahrscheinlich über meine Person aufgeklärt«, ein feines Lächeln umspielte die Lippen Mr Gs, »ich bin Bürger Schwedens. Wenn man so will, sogar der erste.«

- 14 -

Die Farben der französischen Trikolore.

Die Farben des Spiels, das wir spielten.

Die Farben des täglichen Traums, den ich lebte.

Lange Tennishosen und Tenniskleider, eng geschnittene Oberteile, strahlend weiß und elegant. Schuhe, Socken, Strümpfe; je nach Matchdauer in einem immer staubigeren Rot. Daneben, dahinter, darüber ein tiefblaues Meer, das ansatzlos in einen nicht weniger tiefblauen Himmel überging.

Ich hatte meinen »Platz« gefunden. War ebenso in der internationalen Tenniswelt angekommen wie in der dazugehörigen Gesellschaft. Ein Platz, zu dem nicht viele Menschen Zugang hatten, und man mag es mir auslegen, wie man will: ein Platz, an dem ich mich wohlfühlte.

Sobald ich ihn betrat, frohlockte ich innerlich; war eins mit mir, dem Ball und meinem Gegner, den ich keine Sekunde lang als solchen empfand. Ohne ihn wäre nichts von alledem, gäbe es kein Match, keine Herausforderung, keine ebenbürtige Antwort auf meine Returns, Stopps, Drives und Services – wir waren nur wenige und mein jeweiliges Gegenüber unverzichtbarer Bestandteil des Spiels: Partner, nicht Gegner, Mitspieler und nicht Widerpart.

Dass ich dennoch gewinnen wollte, hatte mit Respekt

zu tun. Ich war es dem anderen schuldig, mein Bestes zu geben, damit er noch besser sein konnte, und so war ich nach sieglosen Matches, die es zunehmend weniger gab, nur selten der Auffassung, verloren zu haben – ich hatte an dem Tag bloß etwas weniger gewonnen.

Am Ende der dritten Turnierwoche titelte das Rivierablatt *Eclaireur de Nice*: »*Wie ein Komet fiel ein neuer Stern vom Tennishimmel. Ein ›Youngster‹, den gestern noch keiner kannte, ist dabei, die Weltbesten zu gefährden.*«

Eine maßlose Übertreibung. Die Wirklichkeit stellte sich wie immer wesentlich prosaischer dar. Zwar hatte ich einige Überraschungserfolge gegen Favoriten erzielt – den baumlangen Iren Rogers geschlagen und den Franzosen Boussus, den sie den »fünften Musketier« nannten –, aber zu einem Turniergewinn reichte es nicht.

Allabendlich rief ich Großvater an und berichtete ihm von meinen Siegen und Nichtsiegen. Ein seltsames Gefühl, tausend Kilometer von ihm entfernt zu sein und trotzdem seine Stimme zu hören. Als Kinder hatten Almuth, Viktoria und ich mithilfe von Konservendosen und einer Schnur »telefoniert«, aber die verbindende Technik all dessen war mir nicht einmal ansatzweise klar geworden. Auch als erwachsener Mann stellte ich mir – immer noch ein Kind des Flusses – ein langes Kabel vor, das über den Grund der Rhône und dann über den der Saône verlief und, nachdem es ein paar Hundert Kilometer über Land gespannt worden war, schließlich durch die Mosel bis in den Rhein gelangte. Weshalb Worte hindurchpassten, fand ich weiter rätselhaft.

»Du glaubst nicht, mit wem ich hier im Doppel antrete«, sagte ich.

Es hätte das Wasser des Rheins sein können, das durch

die Leitung rauschte, wahrscheinlicher aber war, dass Großvater schwieg.

»Stell dir vor, ich stehe regelmäßig mit dem schwedischen König auf dem Platz«, erklärte ich stolz, »Komet hin, Stern her.«

Großvater reagierte in etwa so beeindruckt, als hätte ich ihm erzählt, mir sei während des Matches ein Schnürsenkel gerissen. »Und wie spielt er?«, fragte er.

»Gut«, antwortete ich.

Tatsächlich war Mr G, das G stand für Gustav V., wie ich inzwischen wusste, nicht nur ein begeisterter, sondern darüber hinaus ein talentierter Tennisspieler. Er mochte mich, wohnte ebenfalls im *Carlton*, und wir trafen uns regelmäßig zum *five o'clock tea* am Pool. Zu jener Zeit wartete das Hotel mit einem Artisten auf, der in den Spuren des großen Houdini wandelte. Jeden Nachmittag ließ sich ein zwergenhafter Mann mit gewaltigen Muskeln, einen Sack über den Kopf gestülpt und von eisernen Ketten gefesselt, im Schwimmbecken versenken, um spannungsgeladene zwei Minuten später wohlbehalten und entfesselt wieder aufzutauchen. An einem unserer gemeinsamen Nachmittage lehnte sich Mr G, während der Künstler seinen wohlverdienten Applaus entgegennahm, zurück und sagte:

»Wissen Sie eigentlich, dass ich der erste ›ungekrönte‹ König Schwedens bin, Julius?«

»Wie das?«, erkundigte ich mich interessiert.

»Nun, ich weiß nicht, wie Sie es mit Ruhm und Ehre und öffentlicher Aufmerksamkeit halten, aber mir ist das alles zu viel. Darum habe ich seinerzeit auf die offizielle Krönungszeremonie verzichtet.«

Nachdenklich ließ ich seine Worte auf mich wirken. Nicht nur er mochte mich, umgekehrt galt das Gleiche.

Unabhängig von jeder Königswürde verfügte Mr G über einen Adel des Geistes.

*

Die Farben der französischen Trikolore.

Die Farben des Spiels, das wir spielten.

Die Farben des abendlichen Traums, den ich lebte.

Bloße Schultern und schlanke Arme, manche von langen weißen Handschuhen umhüllt. Nicht weniger weiße Zähne, lachende Münder, die Lippen tiefrot. Daneben, dahinter, darüber das tiefdunkle Blau des Meeres; Jachten und Fischerboote wie von einem unsichtbaren Maler hineingetupft.

Der *Monte Carlo Country Club,* erst im letzten Jahr endgültig fertiggestellt; ein einziger blühender Garten in der Bucht von Roquebrune-Cap-Martin. Niemand bezweifelte, dass jeder Franc der angeblich hundert Millionen, die er gekostet haben sollte, gut investiert war. Das Clubhaus feinstes Art déco, der Swimmingpool mit beinah olympischen Maßen und die einundzwanzig Sandplätze sämtlich mit Blick aufs Meer.

Wie eine Monstranz stand eine dunkle Wolke am Himmel, hinter der die untergehende Sonne vorübergehend verschwunden war. Ein flammender Strahlenkranz versprach ein spektakuläres Ende des Tages.

Daniel hob sein Glas. »*Le Chaim.*«

Ich nickte, und Robert und ich stießen mit ihm an. »Auf das Leben!«

Daniel war Jude, wusste über das Judentum aber in etwa so viel wie wir. Nämlich nichts. Mit Ausnahme dieses einen Trinkspruches. Angeblich wurde er bei einem jüdischen Fest verwendet. Auch wir feierten – den Abschluss der Rivieraserie.

Alle waren gekommen. Männer, Frauen. Elegant gekleidet. Sportadel, Geldadel, echter Adel. Ich war beileibe nicht der Einzige, der einen Titel trug, ganz zu schweigen von Mr G, dessen Fahrer uns aus Cannes hierhin gebracht hatte. Wenige Meter entfernt lächelte Marita mir zu. Sie und Alicia waren mit uns an die Mittelmeerküste gereist.

»Du hast dich gut geschlagen, Julius«, sagte Robert.

»Dank deines hervorragenden Trainings«, antwortete ich.

»Nicht nur.«

»Hey, ihr beide wollt an unserem letzten Abend nicht über Tennis reden, oder?«, beschwerte sich Daniel.

Ich schaute zu Robert und lächelte. »Doch«, sagte ich.

Ich vertraute ihm; er war der große Bruder, den ich nie gehabt hatte, der mich, wenn ich seinen Ratschlägen folgte, in die Weltspitze führen würde – davon war ich felsenfest überzeugt.

»Na, schön, ihr Langweiler. Ihr werdet schon sehen, was ihr davon habt. Ich mach mich mal auf die Suche nach Lilí. Sie hat mehr Temperament im kleinen Finger als ihr in beiden Armen.« Die Rede war von Lilí Álvarez, der spanischen Meisterin, mit der Daniel mehrere Mixedrunden gewonnen hatte. Er grinste und verschwand in der Menge.

»Meine Rückhand muss noch stabiler werden«, sagte ich zu Robert.

»Dein zweiter Aufschlag auch.«

Vor meinem inneren Auge versuchte ich, mir die entsprechenden Bewegungsabläufe vorzustellen. Etwas, das ich schon als Elf- oder Zwölfjähriger getan hatte, wenn ich abends im Bett lag und nicht einschlafen konnte. Erst wenn ich den Schlag in Gedanken beherrschte, vermochte ich ihn auf dem Platz auszuführen.

Ein Kellner kam vorbei, und ich tauschte mein leeres Champagnerglas gegen ein volles. Robert lehnte dankend ab.

»Der zweite Aufschlag erlaubt einen Blick in die Seele des Spielers«, sagte er.

Überrascht blickte ich ihn an.

»Der erste Aufschlag ist Spaß. Du kannst mit ihm machen, was du willst. Ihn schnell spielen oder anschneiden; du darfst ihn sogar verschlagen. Er ist nicht entscheidend. Du hast ja noch einen Versuch in Reserve. Aber beim zweiten Aufschlag wird es ernst.« Er zeigte auf mein Glas. »Sekt oder Selters. Alles oder nichts. Du riskierst, den Punkt abzugeben, ohne dass dein Gegner etwas tun muss. Weil du dich selbst besiegst: ›Doppelfehler‹.«

Ich setzte ein schiefes Grinsen auf. »Gut, dass mich das nicht unter Druck setzt. Wahrscheinlich werde ich deine Worte nie mehr vergessen.«

Ruhig sagte Robert: »Das solltest du auch nicht.«

Vom Meer her klang das leise Rauschen der Wellen herüber, die sich am Ufer brachen. Grillen zirpten. Fröhliches Gelächter hing in der Luft.

»Darf ich dich etwas fragen, Robert?«

Er nickte.

»Du weißt wahnsinnig viel über Tennis und spielst nach wie vor auf unglaublich hohem Niveau. Wahrscheinlich bin ich kein Maßstab, aber die wenigen Male, die ich dir im Training einen Satz abgenommen habe, hatte ich den Eindruck, gar nicht besser spielen zu können, an meiner oberen Leistungsgrenze angelangt zu sein. Trotzdem hast

du die Partie gewonnen. Weshalb also trittst du nicht
mehr bei den großen Turnieren an? Du gehörst immer
noch zur absoluten Weltspitze.«

Robert schwieg. Für einen Moment beschlich mich das
Gefühl, zu weit gegangen, ihm zu nahe getreten zu sein.
Ich nahm einen Schluck aus meinem Glas.

Im selben Augenblick tat sich ein Riss im Himmel auf,
wie glühende Lava ergoss sich das letzte Sonnenlicht des
Tages über uns.

»Weißt du, Julius«, sagte Robert, »es ist recht einfach:
Ich habe schlicht keine Lust zu gewinnen, wenn man es
von mir verlangt.«

*

Die nächsten Stunden verbrachte ich, umhüllt vom betörenden Duft von Hibiskus, Bougainvillea, von Zitronen-
und Orangenbäumen, in einem zunehmenden Rausch;
trank, lachte und plauderte, ohne etwas zu sagen. Genoss
die Gesellschaft der Menschen um mich herum und die fe-
derleichte Bedeutungslosigkeit all dessen. Es wurde weder
Politik noch Geld gemacht, niemand schwang kluge Reden
über den Sinn des Lebens oder die Existenz Gottes. Der Abschluss der Frühjahrssaison diente rein dem Selbstzweck,
war letztlich sinnentleert – und machte genau darum Spaß.
Wie gesagt, man mag davon halten, was man will.

Irgendwann standen Marita und Alicia vor mir, die Gesichter im Halbschatten, Mondlicht auf dem Haar.

»Hast du Lust, *Amerikanisches Doppel* zu spielen, Julius?«

»Jetzt, um diese Uhrzeit, in völliger Dunkelheit? Seid
ihr verrückt?«

»Nicht auf dem Tennisplatz, du Dummerchen. Hier auf der Terrasse, nicht wahr, Alicia?«

Verwirrt blickte ich die beiden an. Marita sprach von einer Variante des Spiels, bei der man zu dritt auf dem Platz steht. Wohlgemerkt auf dem Platz.

»Auf der Terrasse, ohne Schläger und Bälle, wie soll das gehen?«

»Vergiss die Schläger. Die Bälle auch. Hauptsache, zwei sind auf der einen und einer ist auf der anderen Seite.«

Sie kam zu mir und küsste mich. Lang, intensiv, ausführlich.

Aus den Augenwinkeln sah ich, wie Alicia uns interessiert beobachtete.

Irgendwann löste sich Marita wieder von mir. »Siehst du, es ist ganz einfach. Auch ohne Schläger und Bälle.«

Noch bevor ich etwas erwidern konnte, ging sie zu Alicia und küsste sie ebenfalls: lang, intensiv und ausführlich. Ich wusste nicht, wo ich hinschauen sollte. Gleichzeitig konnte ich den Blick nicht von ihnen abwenden. Eine gefühlte Ewigkeit später lösten sie sich aus ihrer Umarmung.

Überall waren Menschen. Stimmen, Rufe. Gelächter brandete auf und erfüllte die Nacht. Trotzdem hatte ich den Eindruck, in diesem Augenblick gab es nur uns drei.

»Und jetzt wir, Julius«, sagte Alicia. Das Rot ihrer Lippen wirkte im Mondlicht beinah schwarz.

*

Es gibt ein gutes und ein ungutes Schweigen. Außerdem eines, das sich dieser Einteilung entzieht. Für das Zwei-

Uhr-in-der-Früh-Schweigen sind Worte nicht vorgesehen. Stumm, jeder seinen Gedanken nachhängend, saßen Mr G und ich im Fond der Limousine, die uns zurück nach Cannes brachte.

Das seltene, kostbare Lob Roberts. Seine eigenwillige Einstellung zum Turniersport. *Ich habe schlicht keine Lust zu gewinnen, wenn man es von mir verlangt.* Nicht weniger irritierend – die Einstellung Maritas und Alicias zum Austausch von Zärtlichkeiten.

Ich blickte hinaus, ins Dunkel, in die reglos daliegende Nacht. Ein schlafendes Tier, das jederzeit erwachen konnte.

Der Chauffeur hatte sich für die Küstenstraße entschieden, die sich wie ein schwarzes Band am Meer entlangschlängelte. Kurven und gerade Streckenabschnitte wechselten einander ab. Ich sah Sand und Felsen, die silbernen Zungen der Wellen, die am Strand leckten. Dann wieder folgte ein Waldstück, in dem die Umrisse von Pinien, Kiefern und Steineichen gegen den dunklen Nachthimmel bloß zu erahnen waren. Wir passierten verlassen daliegende Dörfer und Städte – Antibes, Cagnes-sur-Mer, Nizza –, bis schließlich ein oranger Schimmer am Horizont Cannes ankündigte. Der Fahrer hielt vor dem Eingang des *Carlton* und öffnete uns die Wagentüren. Wir stiegen aus und stellten uns nebeneinander auf das Trottoir. Mr G zog ein silbernes Zigarettenetui hervor.

»Mögen Sie?«

»Nein danke.«

Den Blick aufs Meer gerichtet, schirmte er die flackernde Flamme des Feuerzeugs mit der Hand ab.

»Seltsam, nicht wahr?«, sagte er. »Stets hoffe ich auf einen anderen Ausgang, doch wieder einmal geht ein scheinbar endloser Frühling zu Ende.« Er nahm einen tiefen Zug aus seiner Zigarette.

Ich nickte, wusste nicht genau, was ich sagen sollte. »Vermutlich schon. Morgen kehre ich nach Berlin zurück.«

Er hob die Augenbrauen. »Sie fahren nicht mit den anderen nach Paris und Wimbledon?«

»Nein, Robert ist der Meinung, ich sei noch nicht so weit; er wolle mich behutsam aufbauen, sagt er.«

»Tatsächlich?«

Die Fahnen über dem Eingang des *Carlton* knatterten im Stoß einer plötzlichen Bö. Ich versuchte, in Worte zu fassen, was mir während der Fahrt durch den Kopf gegangen war.

»Ich glaube, er hat recht. Es gibt noch einiges zu lernen, bevor ich ernsthaft mitspielen kann.«

Die brennende Spitze von Gs Zigarette fraß sich im auffrischenden Wind in den Tabak, Funken stoben auf und davon.

»Hier trennen sich unsere Wege«, sagte ich und schaute ihn an. »Es hat mich gefreut, Sie kennenzulernen, Mr G. Wir werden uns bestimmt noch öfter begegnen. Vielen Dank für alles! Ich wünsche Ihnen eine gute Nacht.«

G stieß eine Rauchwolke aus. »Ich danke *Ihnen*, Julius. Es wird mir immer zur Ehre gereichen, mit der zukünftigen Nummer eins des Tennissports auf dem Platz gestanden zu haben. Schlafen Sie gut. Und viele Grüße nach Berlin.«

Er ließ die Zigarette fallen und trat die Glut aus, nickte und drehte sich um. Die Hände in den Hosentaschen wanderte er langsam die Promenade hinab.

Ein einsamer König. Unerkannt.

»Verzeihung«, rief ich, »Sie gehen nicht auf Ihr Zimmer?«

Erst schien es, als hätte er mich nicht gehört. Dann blieb er stehen und wandte den Kopf. »Nein, es sind noch ein paar kostbare Stunden Frühling übrig. Ich werde sie für einen Abstecher ins *Mauresque* nutzen.« Zögernd fragte er: »Hätten Sie Lust mitzukommen?«

Auch wenn mir der Name der Bar oder des Clubs nichts sagte – in meinem momentanen Zustand würde ich ohnehin nicht einschlafen können.

»Warum nicht?«, erwiderte ich.

Einträchtig schlenderten wir Richtung Altstadt, wo sich die Szenerie im Vergleich zur hell erleuchteten Promenade Schritt für Schritt veränderte. Dunkle, kopfsteingepflasterte Gassen, die, je weiter man sich vom Meer entfernte, umso steiler anstiegen. Die Häuser links und rechts verloren zusehends an Pracht. Über unseren Köpfen kreuzten Wäscheleinen den sternenklaren Himmel; schwarze formlose Bündel hingen wie riesige Fledermäuse herab, unmöglich zu erkennen, worum es sich handelte. Ein eigentümlicher Geruch lag in der Luft. Es roch nach Speisen und Gewürzen, nach Müll und Hundekot.

Wir bogen in eine verwinkelte Gasse ein. Das Geräusch unserer Schritte hallte von den Häuserwänden wider. Abrupt blieb Mr G stehen. Im schwachen Schein einer Laterne erkannte ich über einem weiß gestrichenen Haus ein Schild in Form einer Palme. *Salon Mauresque.*

G klopfte. In der schweren hölzernen Eingangstür öffnete sich eine Luke, und ein arabisch aussehendes Gesicht erschien. Wortlos wurden wir eingelassen. Mein Doppelpartner schien sich auszukennen. Wir überquerten einen unbeleuchteten Innenhof, an dessen Ende eine

Tür einen Spaltbreit offen stand. Orangefarbenes Licht fiel nach draußen, in die Dunkelheit. Wir traten ein und standen unversehens in einem höhlenartigen Raum, der von unzähligen Kerzen beleuchtet wurde. Sofas, Liegen und Diwane, die Bezüge von verschlungenen Mustern und Arabesken geschmückt. Unter der Decke große bunte Tücher, der Boden dicht bedeckt mit zahllosen orientalischen Teppichen. Ein weiterer Araber kam auf uns zu und bat uns, die Schuhe auszuziehen. Meine Füße versanken in weicher Wolle, die sich wie warmer Sand anfühlte.

Es befanden sich ausschließlich Männer im Raum. Die einen lagen lang hingestreckt auf den Ottomanen, die anderen schienen Bedienstete zu sein; letztere, wenn überhaupt, in meinem Alter, viele von ihnen jünger. Ihre Haut war deutlich dunkler als die des Mannes, der uns in Empfang genommen hatte. Erstmals, nach langer Zeit, dachte ich wieder an Jean Ravanana, an Pierre Velards Chauffeur.

Vorbei an von winzigen Vögeln bevölkerten Volieren und Aquarien, in dessen grünlich schimmerndem Wasser exotische Fische schwammen, wurden Mr G und ich zu zwei nebeneinanderstehenden freien Lagern geführt. Ich wusste nicht, was von mir erwartet wurde, und hielt mich an meinen Begleiter beziehungsweise an die beiden *boys*, die lautlos an meiner Seite aufgetaucht waren. Sie schüttelten die Kissen in meinem Rücken auf, und ich lehnte mich bequem zurück. Ein warmes Handtuch wurde entfaltet. Mittels Gesten bedeutete man mir, mein Gesicht hineinzulegen – eine ungewohnte Erfahrung. All das geschah ohne Worte. Vielleicht sprachen die Jungen kein Französisch oder Englisch, vielleicht doch; lediglich der sanfte Flügelschlag der Vögel in ihren Käfigen unterbrach die Stille.

Vorsichtig wurde ein zweiteiliges Metallgefäß zwischen Mr G und mir auf den Boden gestellt, aus dessen oberer Hälfte zwei lange, mit Mundstücken versehene Schläuche herausragten. Matt schimmerte die Glut durch die Schlitze im bauchigen Unterteil des Behälters. Ich sog an dem mir hingehaltenen Schlauchende, und ein würziger, nach Kräutern schmeckender warmer Nebel verteilte sich in meinem Mund. Die beiden *boys* halfen mir aus dem Dinnerjackett, dann knöpften sie mein Hemd auf. Während der eine Öl in seinen Handflächen verteilte und meine Muskeln massierte, fuhr der andere mit den weichen Borsten einer Bürste über meine Haut.

Zwei, drei Meter entfernt stand ein großes Aquarium auf einem niedrigen Tisch, darin stumme Lebewesen – unklar, wer wen beobachtete. Den Blick auf die schimmernden Fischleiber gerichtet, glaubte ich einen Moment, ihren Herzschlag zu hören. Von Minute zu Minute geriet ich immer mehr in einen Zustand totaler Entspannung. Meine Haut, meine Muskeln, mein gesamter Körper; die Hände auf meinen Armen, meiner Brust – all das war eins. Ich war eins.

Ich hätte nicht sagen können, wie viel Zeit verging, ob ich geschlafen oder nur vor mich hingedämmert hatte, als mich mit einem Mal das Gefühl beschlich, etwas veränderte sich. Der Diwan, auf dem ich lag, schien in Bewegung zu geraten, sanft zu schaukeln, als befände ich mich auf einem unbekannten Meer. Die Fische im Aquarium waren verschwunden, hatten sich in irgendwelche Schlupfwinkel zurückgezogen. Stattdessen entdeckte ich zwischen den Zierpflanzen eine diffuse Masse, die bei genauerem Hinsehen Gestalt annahm und sich als zwergenhaftes, mit Ketten gefesseltes Wesen mit gewaltigen Muskeln erwies. Einen Sack über den Kopf gestülpt, trat es verzweifelt mit den Füßen gegen die Wände seines gläsernen Gefängnisses. Unwillkürlich spürte ich seine Luftnot, seine Todesangst, fühlte, wie es um sein Leben kämpfte. Mein Herzschlag beschleunigte sich, pochte dumpf in meinen Ohren, als befände ich mich selbst unter Wasser. Im nächsten Augenblick löste sich der Sack, stieg wie ein dunkler Traum an die Oberfläche – und ich sah in mein eigenes Gesicht.

Ich sprang auf, riss Hemd und Jackett an mich und rannte zum Ausgang, während ich weder Augen für Mr G noch für die beiden Jungen, geschweige denn für die anderen Gäste hatte. Plötzlich ein stechender Schmerz, hinter mir schwang einer der Vogelkäfige von links nach rechts und wieder zurück. Ich lief weiter, hinaus, über den Innenhof, riss wahllos Türen auf. Endlich Licht, Luft, die Stille der Nacht; ich stand auf der Gasse, durch die wir gekommen waren. An die Hauswand gelehnt, atmete ich mühsam ein und aus und versuchte, mich zu beruhigen.

Ich war leer. Vollkommen leer. Was auch immer mich in die Flucht geschlagen, *erneut* in die Flucht geschlagen hatte, war vorbei, hatte sich in mir verloren. Ich hatte mich in mir verloren – wie damals auf dem Weinfest.

Benommen lenkte ich meine Schritte zurück zum *Carlton*, wo mich der Türsteher am Eingang besorgt musterte. Ich betrat die Lobby, wandte mich an den Nachtportier und bat um meinen Schlüssel. Plötzlich stand Maxim, der Concierge, neben mir.

»Monsieur de Berg, was ist mit Ihnen, wurden Sie überfallen?«, fragte er.

»Nein, es ist nichts.«

»Aber«, er deutete auf meine Schläfe, »Sie bluten und …« Sein Blick war auf meine Füße gerichtet. Erst jetzt bemerkte ich, dass ich keine Schuhe trug.

»Nun, Maxim«, ich lächelte gequält, »ich war im *Mauresque* und bin ein wenig hastig aufgebrochen. Dabei habe ich mir den Kopf gestoßen. Keine Sorge, nur eine harmlose Platzwunde.«

Er musterte mich mit einem seltsamen Ausdruck im Gesicht. »Im *Mauresque*? Wie sind Sie dahin geraten?«

Erstaunt sagte ich: »Mr G hat mich eingeladen. Stimmt etwas nicht?«

»Mr G?« Im Bruchteil einer Sekunde verwandelte er sich in ein Bündel diensteifriger Beflissenheit. »Bitte vergessen Sie, was ich gesagt habe, *Monsieur le Comte*. Selbstverständlich ist alles in bester Ordnung, wenn Sie mit Mr G dort gewesen sind. Kommen Sie, ich bringe Sie auf Ihr Zimmer. Ein wenig Schlaf wird Ihnen guttun.«

Schweigend betraten wir den Aufzug, in dem wir ebenso schweigend nach oben fuhren. Ich fühlte mich hundeelend, war völlig zerschlagen und wollte nur noch ins Bett.

Maxim schloss die Tür auf, und ich drückte ihm einen zerknitterten Geldschein in die Hand.

»Gute Nacht«, sagte ich.

»*Bonne nuit,* Monsieur de Berg«, erwiderte er und fügte leise, wie am ersten Tag, hinzu: »Sie dürfen gewiss sein: alles hören, alles sehen, nichts verlauten lassen.«

*

Sechsunddreißig Stunden später stieg ich am Anhalter Bahnhof aus dem Zug, der mich nach Berlin zurückgebracht hatte. Zurück aus dem Licht, zurück aus dem Dunkel. Wie hatte Mr G gesagt? Ein scheinbar endloser Frühling war zu Ende.

1927–1929, Deutschland, Berlin

- 15 -

Es heißt, es sei gut, wenn man allein sein könne, aber besser, es nicht zu müssen. Ich hatte *gut* allein sein können. War als Kind in den Rebhängen unterhalb der Alten Burg herumgestreift. Hatte im Stall bei den Pferden gehockt und ihrem schweren Atem gelauscht. Stundenlang hatte ich die Ballwand bearbeitet. Allein. Mit Freude.

Später, als ich älter wurde, begann ich Aufschläge zu trainieren. Morgens, vor der Schule. Stellte mir den Wecker und ging auf den Platz. Den Balleimer neben mir, das Netz feucht vom Morgentau, absolvierte ich hundert Services: fünfzig nach außen, fünfzig durch die Mitte. Danach das Gleiche von der anderen Seite.

Die Einsamkeit des Erstersein.

Ich hatte sie vorweggenommen in jenen frühen Morgenstunden.

Aber jetzt konnte ich nicht mehr allein sein. Jedenfalls nicht gut.

Die erste Attacke, damals auf dem Weinfest. Zufall. Ein Versehen. Unerklärlich, doch nicht weiter bedeutsam. Schließlich war danach nichts mehr passiert – bis vergangene Woche, in Cannes.

Zurück in Berlin überlegte ich, einen Arzt aufzusuchen.

Aber was, bitte schön, hätte ich ihm sagen sollen? In einem orientalischen Salon hat mich eine Erscheinung heimgesucht – oder auch nicht? Ein Mann in einem Aquarium, mit einem Sack über dem Kopf, wie der Entfesselungskünstler im Hotelpool? Und der plötzlich mein Gesicht hatte? Nicht zu vergessen, das Ganze nach einer Menge Alkohol und im Zusammenhang mit mir unbekanntem Rauchwerk.

Nein, man konnte sich mit weniger lächerlich machen.

Doch genau genommen war es nicht das Alleinsein, das mich beunruhigte, vielmehr das, was es mit sich brachte. Das Denken. Das Zu-viel-Denken. In meiner Wohnung in der Rauchstraße sitzend, grübelte ich darüber nach, was wäre, wenn ich einen weiteren Anfall bekäme? Schlimmstenfalls auf dem Tennisplatz, während eines wichtigen Matches. Müsste ich das Spiel abbrechen? Vor aller Augen? Wie sollte ich das erklären?

Oder wenn es abends passierte, mit Marita und den anderen? In einer Bar, einem Tanzkeller. Wie sähe das aus, wenn ich plötzlich aufspringen und rausrennen würde?

Voller Gewissensbisse dachte ich an Mr G, den ich vor meiner Abreise aus Cannes nicht mehr gesprochen hatte.

Zu meiner Verwunderung dachte ich auch an Julie. Jahrelang hatte ich mir die Gedanken an sie verboten. Sie war weg, ohne ein erklärendes Wort abgereist. Damals redete ich mir ein, es habe mit ihrem Naturell, mit ihrer speziellen Persönlichkeit zu tun, und das gelte es zu respektieren. Aber was war mit mir? Mit meiner Sehnsucht? Mit meinen Bedürfnissen? Durch die Erinnerung an Jean Ravanana, im *Salon Mauresque*, war ein Tor aufgestoßen worden, durch das eine Vielzahl von Erlebnissen, Empfindungen und Eindrücken Einlass fanden. Gedanken und Gefühle, die mich in Unruhe versetzten. Die ich zu vermeiden suchte. Also verließ ich die Wohnung. Und das Alleinsein. Ich ging unter Menschen.

»Guten Tag! Wie geht es Ihnen, Heinz?«

»*Et mutt, nit wohr?*«

Ich grinste. »Verstehe.«

Das *Roxy* wurde für mich zu einem zweiten Zuhause, einem aushäusigen Zuhause. Ich fand es angenehm, allein und doch nicht allein zu sein. Las Zeitung. Lernte fürs Studium – na ja – oder saß einfach nur da und sah mir die Gäste an. Manchmal erinnerte mich eine junge Frau an Julie. Kurze dunkle Haare. Große Augen, ein schmales Gesicht. Aber hier hielt ich es besser aus, ließ es zu und hing meinen Tagträumen nach. Wo sie sein mochte, wie es ihr ging? Was sie in diesem Moment wohl tat? Ob sie ihrerseits an mich dachte? Wenigstens hin und wieder?

Wenn die Gedanken zu viel wurden und ich die Kontrolle zu verlieren drohte, bestellte ich ein Glas Wein – zwecks Kontrolle. Und noch eins. Es funktionierte. Eine Art alkoholischer Exponentialfunktion. Heinz beobachtete mich von der Theke aus und zog die Augenbrauen hoch.

Kein Mathematiker. Und kein Weintrinker.

Ein sanfter, angenehmer Nebel stieg in mir auf, der an den Rhein und Großvaters Rebhänge erinnerte. Nach und nach fühlte sich alles weicher an. Wärmer. Wie besonnt. Bacchus nahm mich in seine tröstenden Arme.

»Darf ich mich zu Ihnen setzen?«

Ich hatte den Mann schon des Öfteren gesehen. Meist saß er wie ich allein am Tisch, hatte Papier und einen Stift dabei und schrieb.

Bar- und Cafébesucher bilden eine sonderbare Gemeinschaft, sind Mitglieder eines unsichtbaren Clubs; gerade tagsüber, wenn alle anderen arbeiten und einer seriösen Beschäftigung nachgehen – einer noch seriöseren Beschäftigung.

Ich deutete auf den freien Sitz. »Bitte, tun Sie sich keinen Zwang an.«

Mein Gegenüber nahm Platz und sagte: »Ich darf mich vorstellen. Ich heiße Erich. Sie sind regelmäßig hier.«

Ich nickte. »Julius. Sie auch. Ich mag das *Roxy*.« Ich deutete auf die Schreibmappe neben ihm. »Schriftsteller?«

»Manchmal. Aber hauptberuflich Journalist. Tatsächlich bin ich halb zum Vergnügen und halb beruflich hier. Ich schreibe für *Sport im Bild*. Kennen Sie das Magazin?«

Ich schüttelte den Kopf. »Nein, tut mir leid.«

»Das muss es nicht. Wir haben vor allem Leser*innen*.« Er verzog die Mundwinkel. »Im Untertitel der Illustrierten heißt es *Das Blatt der guten Gesellschaft*.«

»Und wieso dann ausgerechnet das *Roxy*?«

Er lachte und zeigte unauffällig auf einen großen, muskulösen Mann, der mit der Kellnerin sprach. »Das ist Max Schmeling, der amtierende Deutsche Meister im Schwergewicht. Es heißt, er gehe demnächst nach New York, um die Boxwelt zu erobern.« Er drehte sich um und sah zu einem Tisch am Fenster. Ich folgte seinem Blick. »Dort drüben, in Begleitung der beiden schmuckbehangenen Damen, sitzt Rudolf Caracciola, der berühmte Rennfahrer. Letztes Jahr hat er hier auf der AVUS den *Großen Preis von Deutschland* gewonnen.«

Ich war beeindruckt. »Das heißt, Sie finden hier die Menschen, über die Sie berichten?«

»Richtig, und das zu jeder Tages- und Nachtzeit.«

Die Eingangstür öffnete sich, und eine Frau betrat das Lokal. Mittelgroß, schlank. Sie trug einen knielangen, eng anliegenden Rock. Ihre Locken schimmerten im hereinfallenden Licht der Joachimsthaler Straße. Zielstrebig ging sie zur Theke, wo Heinz ihr ein kleines Glas mit einer bernsteinfarbenen Flüssigkeit eingoss. Sie nahm es und leerte es in einem Zug. Wortlos drehte sie sich um, ging zurück zur Tür und verschwand. Erst als das übliche Stimmengemurmel wiedereinsetzte, wurde mir klar, dass sämtliche Gespräche im Raum für einen Moment verstummt waren.

»Kennen Sie auch diese Dame?«, fragte ich meinen Tischnachbarn. Ich hatte die Szene schon ein paarmal miterlebt und war genauso fasziniert von der blonden Frau wie alle anderen auch.

Erichs Züge verdüsterten sich. »Das ist eine verheiratete Frau mit einem Kind.«

»Oh«, sagte ich.

»Sie übt«, fügte er hinzu, »sie übt ihren Auftritt.«

Für ein paar Sekunden wurde es still zwischen uns. Ich verschwieg meinem neuen Bekannten, dass ich mir eingebildet hatte, der Blick der Frau habe kurz auf mir geruht. So wie bereits gestern und in der Woche davor. Aber wahrscheinlich war es mehr Wunschdenken als alles andere.

»Im Übrigen sind auch Sie für mich kein Unbekannter«, sagte Erich. »Die deutsche Sportwelt wartet auf Ihren ersten Titel.« Er lächelte. »Ich meine natürlich auf Ihren ersten Turniersieg. Denn im Zusammenhang mit Ihrer Herkunft haben Sie Ihren Spitznamen schon weg. Für *Sport im Bild* sind Sie *Der Graf*.«

»Wie bitte?«

»*Der Graf.* So lautet der *nom de guerre*, unter dem Sie bei uns laufen. Sie wissen schon: griffig, einprägsam. Wichtig fürs Publikum und für die Auflage.«

»*Der Graf*«, wiederholte ich stirnrunzelnd. »Das klingt eher nach Dumas oder Bram Stoker als nach einem Tennisspieler.«

»Nehmen Sie es als Kompliment. Seitdem Big Bill Tilden mit Ihnen bei den *Rot-Weißen* aufgetaucht ist, verfolgen wir Ihre Karriere mit Argusaugen.«

»Na schön, vielleicht die als Sportler. Aber sicher nicht die als geeigneter Kandidat für die Leserinnen des *Blattes der guten Gesellschaft*.«

Er starrte mich an. »Das glauben Sie wirklich, nicht wahr? Ich sage Ihnen was, mein lieber Julius. Wenn mich meine journalistische Spürnase nicht vollkommen im Stich lässt, werden Sie in den kommenden Jahren häufiger auf dem Titelblatt unseres Magazins abgebildet sein als jeder andere hier im Raum.«

*

Der Himmel zeigte sich verhangen, ein helles Grau war an die Stelle der schweren Wolken getreten, die gestern Abend die Stadt verdunkelt hatten. Als ich heute Morgen erwachte, ging ein sanfter Regen nieder, doch jetzt war es trocken. Der Aschenboden unter meinen Füßen fühlte sich weich an, aber zu meiner Erleichterung fanden sich auf den Plätzen des LTTC keine Pfützen.

»Was denkst du, werden wir gleich trainieren können?«, fragte ich.

»Ja«, antwortete Robert.

»Du weißt, ein Tag ohne Training ist für mich ...«

»… wie ein Tag ohne Atmen«, sagte er, »ich weiß.«

Ich musste atmen.

Egal, wie lang ich in der Nacht zuvor unterwegs gewesen war – am nächsten Morgen erstand ich wieder auf, fand mich um Punkt neun auf dem Platz ein. Zur Uni ging ich schon eine Weile nicht mehr. Stattdessen spielte ich Tennis. Mehr denn je.

Das Training half mir – ebenso wie die allabendlichen Ausflüge in die Berliner Clubs – jene seltsame, unerklärliche Sehnsucht zu lindern, die ich weiter in mir spürte. Doch es war merkwürdig. Sowohl die Vor- und Nachmittage mit Robert und meinen Mannschaftskameraden als auch meine nächtlichen Exkursionen schienen lediglich eine Art Ersatz, aber noch nicht das Eigentliche zu sein. Fühlten sich an wie ein Teil eines nicht eingelösten Versprechens, von dem ich nicht wusste, ob es überhaupt existierte.

»Was fällt dir zu deiner Rückhand ein?«, fragte Robert.

In der letzten halben Stunde hatte er mir die Bälle vom Netz aus zugespielt. Vorhand, Rückhand, immer abwechselnd. Unbeirrt, wie das Pendel einer Uhr.

Ich zuckte mit den Achseln. »Na ja, im Unterschied zur Vorhand schlage ich sie unterschnitten«, antwortete ich, »der Ball rutscht flach weg, sobald er aufkommt.«

Robert nickte. »Und was ist mit dem Tempo?«

»Weiß nicht. Sag du es mir.«

Er runzelte die Stirn. »Hast du mir nicht erzählt, dass du früher deinen Eltern beim Schachspielen zugeguckt hast?«

»Stimmt.«

»Nun, ich bin kein Experte, aber beim Schach benutzt man den Begriff der *Initiative*. Wer sie innehat, bestimmt das Geschehen auf dem Brett. Deshalb ist Weiß, also der Spieler, der beginnt, zunächst im Vorteil.«

»Aber was hat das mit meiner Rückhand zu tun?«

Robert führte sein Racket mit geöffneter Schlagfläche langsam von hinten oben nach vorn unten. »Das ist dein *slice*, dein unterschnittener Ball. Ein sicherer, aber letztlich eher defensiver Schlag.« Er nahm einen Ball aus dem Korb, ließ ihn aufspringen und schlug ihn, wie eben gezeigt, auf die andere Seite. »Siehst du, wie lange er in der Luft steht?«

Ich dachte nach. »Okay, im Gegensatz zu meiner Vorhand besitzt dieser Ball einen deutlichen Rückwärtsdrall. Hat weniger Schwung, ist langsamer, und mein Gegner gewinnt Zeit. Zeit, um die Initiative zu ergreifen. Ist es das, was du mir sagen willst?«

»Genau.« Er deutete mit dem Schläger auf den Nachbarplatz, wo Daniel und Roman trainierten. Danach zeigte er auf sich und mich. »Was denkst du, tun wir hier?«, fragte er.

»Ähem … Tennis spielen?«, sagte ich verunsichert.

»Falsch, wir spielen Aschenschach. Das solltest du nie vergessen!«

*

Ein Klischee. Was sonst? Schöne Frauen sind einsam.

Schöne Männer anscheinend nicht. Erich – Adlernase, ausdrucksvolle graublaue Augen, das dunkle Haar glatt zurückgekämmt, sodass die Denkerstirn frei atmen konnte – war von mehreren Frauen umringt.

Wir hatten uns bei Heinz getroffen. Zufällig. Er sei in Eile, erklärte Erich, befinde sich auf dem Weg zu einer alten Freundin. Warum ich nicht einfach mitkomme? Es seien noch andere Gäste da. Interessante Menschen, Männer wie Frauen.

Nach unserer Ankunft hatte er mich der Gastgeberin vorgestellt und dann mir selbst überlassen. »Keine Sorge, hier bleibt niemand lang allein, Julius«, prophezeite er, bevor er postwendend den Beweis dafür antrat.

Aber um ehrlich zu sein, war ich weniger an ihm und seiner Entourage interessiert. Gleich beim Hereinkommen hatte ich sie erkannt: die Frau aus dem *Roxy*. In den vergangenen Wochen war sie – warum auch immer – nicht mehr da gewesen, und ich hatte ihren Auftritt vermisst. Zu meiner Beruhigung zeigte sie sich unverändert: kühl und elegant wie die schnittigen Jachten, die ich an der Côte d'Azur gesehen hatte. Der einzige Unterschied – hatte sie im *Roxy* nur wenig Tuch gesetzt, stand sie heute unter vollen Segeln. Eng anliegender Hosenanzug, weißes, weit aufgeknöpftes Herrenhemd und rot geschminkte Lippen. Sie war etwa fünf Meter entfernt. Allein. Klischee hin oder her, es schien, als traute sich niemand, sie anzusprechen. Auch ich nicht, denn – wollte ich wirklich lächelnd in den Untergang gehen? Ich war das Gegenteil eines Salonlöwen, vermochte meine Schüchternheit nur auf dem Tennisplatz ganz abzulegen. Dort genoss ich es, beobachtet zu werden, als einer von zwei Spielern im Mittelpunkt zu stehen. Es machte mich besser. Besser, als ich eigentlich war. Als übertrüge sich die Energie der Zuschauer auf mich und mein Spiel.

Na ja, vielleicht war es auch bloß die Angst, sich zu blamieren? Wer weiß?

Fünf Meter bedeutete im vorliegenden Fall, die Frau stand in einem anderen Zimmer. In *dem* anderen Zimmer.

Betty, unsere Gastgeberin, war laut Erich eine der großen Salonièren Berlins. Vor allem Schauspieler, Theater- und Filmleute verkehrten bei ihr. Dennoch war ihre Wohnung in der Barbarossastraße nicht größer als ein Schuhkarton. Und völlig überlaufen.

»Ich freue mich, Sie endlich persönlich kennenzulernen«, sagte sie, nachdem ich mich bei ihr entschuldigt hatte, mich quasi selbst eingeladen zu haben. »Erich hat mir von Ihnen erzählt. Ein Tennisspieler. Wie aufregend! Im Unterschied zu den meisten anderen Gästen müssen Sie auf Ihrer Bühne nicht vorgeben, jemand zu sein, der Sie nicht sind.«

Ich hatte genickt und gelacht.

Viele Jahre später sollte Erich Betty in ungebrochener Wertschätzung folgendermaßen beschreiben: *Das runde Gesicht mit den runden Backen, den runden Augen und der wilden Frisur darüber glänzte, wie ein freundlicher Mond —* da war er längst ein berühmter Schriftsteller und lebte ebenso wie Betty im Exil.

Aus den Augenwinkeln sah ich, wie sich die Frau aus dem *Roxy*, eine Zigarette in der Hand, in Bewegung setzte. Nicht nur das, sie schien direkt auf mich zuzukommen.

»Verzeihung, haben Sie Feuer?« Ihre Stimme klang tief und rauchig.

»Ähem ... ich schau einmal nach.« Etwas zu hektisch klopfte ich meine Anzugtaschen nach einem Heftchen Streichhölzer ab, von dem ich sicher wusste, dass ich es nicht besaß.

Amüsiert beobachtete sie mich. »Bemühen Sie sich nicht. Ich weiß, Sie sind Nichtraucher. Ich habe Sie schon ein paarmal bei Heinz gesehen. Ohne Zigarette.«

»Tut mir leid, ich wollte Sie nicht enttäuschen«, sagte

ich. Aus den Augenwinkeln bemerkte ich, wie der Mann neben mir seiner Begleiterin Feuer gab. Ich bat ihn um sein Feuerzeug, ein schönes silbernes Stück, das ich vor meiner neuen Bekannten aufklappen ließ.

»Ich bin Lena«, sagte sie, neigte den Kopf und atmete tief ein, als die Flamme die Spitze ihrer *Salem Gold* erreichte.

Ich gab das Feuerzeug zurück und erwiderte: »Mein Name ist Julius. Ich bin zum ersten Mal hier. Ein Freund hat mich mitgebracht.«

»Und was machen Sie so, Julius? Sind Sie Schauspieler oder gar Tänzer?«

Ich lachte. »Tatsächlich könnte man an manchen Wochenenden denken, ich arbeite als Eintänzer; draußen am Hundekehlesee, im Clubhaus des Tennisvereins *Rot-Weiß*.«

Sie musterte mich fragend. »Tanzen und Tennisspielen, das klingt amüsant. Machen Sie sonst noch etwas?«

Ich wurde rot. »Nun«, sagte ich, »um ehrlich zu sein, stehe ich die meiste Zeit des Tages auf dem Tennisplatz. Renne von rechts nach links und von hinten nach vorn«, hilflos zuckte ich mit den Achseln, »manchmal auch umgekehrt. Ich fürchte, eine etwas seltsame Betätigung für einen erwachsenen Mann.«

»Vielleicht, vielleicht auch nicht; es war nicht meine Absicht, Sie in Verlegenheit zu bringen.« Sie zog an ihrer Zigarette. »Aber trösten Sie sich, bei mir ist es nicht besser. Es gibt Tage, da bereite ich mich stundenlang auf eine Szene in einem Theaterstück vor, in der ich nur einen einzigen Satz habe, und selbst der wird dann aus dem Skript gestrichen.«

Ihre Augen waren wie Scheinwerfer. Wie Scheinwerfer

auf einer Bühne, auf der ich noch nie gestanden hatte. Soviel zu meiner geistigen Verfassung. Andererseits nahm sie mir durch ihre lockere Art die Anspannung.

»Letzte Woche habe ich die Deutschen Studentenmeisterschaften im Tennis gewonnen«, sagte ich, »obwohl ich gar nicht mehr studiere.«

»Oh, Sie haben also nicht ganz tugendhaft gehandelt, Julius?« Sie verzog die rot geschminkten Lippen zu einem Lächeln.

Innerlich zuckte ich zusammen. Tatsächlich war mir der Moment der Siegerehrung für einen Moment peinlich gewesen. Alle studierten. Und ich war Meister.

»Machen Sie sich nichts daraus, das kommt vor.« Lena drehte den Kopf zur Seite und stieß eine Rauchwolke aus. »In meinem letzten Film habe ich ein Freudenmädchen gespielt. Meine erste größere Rolle. Ich habe ausgesehen wie eine Kartoffel mit Haaren.«

Ich starrte sie ungläubig an. »Wie heißt der Film?«

»*Café Elektric*.«

»Und worum geht es darin?«

»Es ist ein Stummfilm, folglich geht es für mich vor allem darum, mir das Gesicht zu schminken und ein Kostüm anzuziehen, bei dem man möglichst viel von meinen Beinen sieht.«

»Ähem … und wie sind die Reaktionen?«

Sie zeigte ihre blendend weißen Zähne. »Geteilt. Dem Publikum gefällt's. Die Berliner Zensur hingegen findet, man werde durch die Aufnahmen ›*in seinem sittlichen Empfinden abgestumpft, was einer entsittlichenden Wirkung gleichkomme*‹. Bislang durfte der Film bloß in Österreich gezeigt werden. Da sind die Sitten lockerer.«

»So schlimm?«

»Wieso schlimm?«, sagte sie, zwinkerte mir zu, drehte sich um und verschwand in der Menge.

Den Rest des Abends war ich zu nichts mehr zu gebrauchen. Unterhielt mich zwar hier und da, hörte aber nicht richtig zu. Sie war wie Julie. Etwas älter, reifer. Aber in jedem Fall schien Lena eine Frau zu sein, die sich nicht an die Regeln hielt.

Schließlich ging ich zur Garderobe und nahm meinen Mantel. Ich zog ihn an, als eine rauchige Stimme dicht an meinem Ohr sagte:

»Sie werden doch nicht schon nach Hause gehen? Gleich nebenan ist das *Eldorado*, Julius.«

- 16 -

Ich fuhr nach Hause. Zum zweiten Mal, seit ich in Berlin wohnte, fuhr ich über Weihnachten nach Hause. Das erste Mal zählte nicht. Jedenfalls nicht richtig.

Auch damals war ich schon in Berlin gewesen, aber irgendwie auch nicht. Hatte Vorlesungen besucht und Tennis gespielt, jedoch nicht das Gefühl gehabt, dort zu leben. Das Leben fand für mich immer noch bei meiner Familie auf der Alten Burg, bei Großvater, in unserem kleinen Städtchen statt – wenigstens in meinem Kopf, in meinem Herzen.

Etwas, das sich verändert hatte. Kolossal. Ich hatte mich verändert. Inzwischen *lebte* ich in Berlin. Dank Marita, Daniel, Alicia, Robert, Erich und Lena. War nicht nur weggegangen, sondern angekommen.

Vor dem Zugfenster flog die winterliche Landschaft vorbei. Raureif auf Äckern und Wiesen. Starr und scheinbar tot ragten die Äste der Bäume in den Himmel. Städte. Nebel. Dichter grauer Rauch, der aus zahllosen Kaminen aufstieg. Hannover, Göttingen, Kassel. In Mainz nahm mich der Rhein in Empfang. Und in Bingen unser Chauffeur. Bald darauf hielten wir vor dem Portal der Alten Burg.

»Julius!«

Mutter, in einen dichten Pelz gehüllt. Mütze, Schal und

Handschuhe. Warme Atemluft, die meine Wange streifte. Wahrscheinlich stand sie schon eine Zeit lang da und hatte auf mich gewartet.

»Endlich! Wir freuen uns so, dass du da bist.«

Erinnerung funktioniert auf vielfältige Weise. Bei mir ist es die Nase. Mutters besonderer Duft nach Seife, Lavendel. Ihre Creme, ihr Parfüm. Ich liebte sie mit Haut und Haar.

»Sohn!« Vaters fester Händedruck. Zigarrenrauch. Rasierwasser. Ein kräftiges Schulterklopfen. »Willkommen.«

Und schließlich Almuth und Viktoria, die mich mit gespielter Überraschung musterten.

»Das kann nicht sein«, sagte Almuth, »du bist noch größer geworden, Julius.«

»Niemand wächst mit zwanzig weiter, Brüderchen, außer dir«, pflichtete Viktoria ihr bei.

Ich beugte mich zu ihnen hinunter. Der Geruch meiner Kindheit. Wir drei in einem Bett. Bilderbücher. Schlafanzüge. Kissenschlachten.

»Dafür seid ihr noch hübscher geworden«, entgegnete ich und nahm sie in den Arm.

Es stimmte. Meine Schwestern wären auch in Berlin ein Blickfang gewesen. Vor einem halben Jahr hatten sie sich verlobt. Gleichzeitig. Mit zwei Brüdern. Ernst und Alfred von Bodenburg. Alter niedersächsischer Adel. Aus meiner Sicht echte Glückspilze. Ich würde sie am zweiten Weihnachtstag kennenlernen, wenn sie zu Besuch auf die Burg kamen.

Doch zuvor galt es, etwas zu erledigen. Eine Beichte abzulegen. Nicht in der Kirche. Dennoch mit spirituellem Beistand durch einen weisen Mann – wenigstens hoffte ich darauf.

*

Manchmal ist es hilfreich, die Dinge von hinten aufzurollen. Die Reihenfolge der Ereignisse von ihrem – vorläufigen – Endpunkt aus zu betrachten. Um rückblickend zu erkennen, ob man irgendetwas hätte anders machen können.

Erschrocken hatte Mutter die Hand vor den Mund geschlagen und ausgerufen: »Du hast was?«, bevor sich eine andächtige Stille in Großvaters guter Stube ausgebreitet und nachdem ich sie, Vater und Großvater mit einem entschuldigenden Blick bedacht und gesagt hatte: »Ich habe mein Studium abgebrochen und spiele nur noch Tennis.«

Besorgt musterte ich jetzt die Gesichter vor mir, in denen sich je nachdem Ärger, Fassungslosigkeit und eine schwer zu deutende Unbestimmtheit spiegelten, und kam zu dem Schluss: Mein Experiment war gescheitert. Egal, wie ich es drehte oder wendete – manche Dinge sehen von hinten wie von vorn gleich aus. Tennisbälle beispielsweise. Oder Studienabbrüche. Allerdings fühlten sie sich nicht gleich rund an.

»Genau genommen bin ich zwar noch eingeschrieben, aber ich gehe nicht mehr hin«, erklärte ich.

»Wieso hast du uns das bis jetzt vorenthalten?« Vater sprach noch leiser als sonst.

»Nun ja, ich wollte es euch nicht schreiben oder am Telefon sagen, sondern lieber persönlich, im Gespräch.«

»Und was macht das für einen Unterschied?«

Erneut legte sich Schweigen über uns. Wahrscheinlich keinen, beantwortete ich die Frage im Stillen. Denn auch wenn ich hier war, um Absolution zu erhalten – ich war kein aufrichtiger Büßer; ich wollte ein erfolgreicher Tennisspieler werden, das schon, verhielt mich aber nicht so. Ich trank Alkohol, war fast jeden Abend in einer Bar oder einem Club unterwegs und hatte durch Lena Bekanntschaft mit einer Seite des Berliner Nachtlebens geschlossen, die mir neu war. Neu und aufregend.

Aber das behielt ich für mich.

Wie ein rostiger Pflug grub sich Großvaters Stimme in das Schweigen. »Eigentlich geht er die Sache nicht anders an als du, Karl«, sagte er langsam.

»Was meinst du damit?«, fragte Vater.

Großvater kratzte sich am Kopf. Er konnte sein Gegenüber nicht mehr erkennen, fixierte es aber weiter im Gespräch. »Du hast Jura studiert, schön und gut, doch hast du dir nicht auch einen Traum erfüllt, indem du in Oxford warst?«

»Gewiss, aber ...«

»Sieh nur, wo du heute stehst, wer du heute bist. Was hast du aus deinem Studium gemacht?«

Es schien, als geriete Vater ein wenig aus dem Tritt. »Ich habe Verantwortung übernommen. Bin einer langen Tradition gefolgt und in die Fußstapfen meines Vaters getreten. Ich habe den Familienbesitz mehr als konsolidiert und verwalte inzwischen auch dein Eigentum.«

»Wofür ich dir dankbar bin«, sagte Großvater ruhig, »aber eben das ist auch der Punkt. Du hast erfolgreich einen Abschluss gemacht, doch nie in dem Bereich gearbeitet. Stattdessen kümmerst du dich um unser aller Wohl und Wohlstand.« Für einen Moment saß er da, die schwieligen Hände untätig im Schoß. »Anna ist meine einzige Tochter. Sie wird erben, was ich habe. Alles. Das wiederum kommt eines Tages euren Kindern zugute.«

Er räusperte sich. »Almuth und Viktoria sind drauf und dran, gute Partien einzugehen, aber wenn nicht, wäre es auch nicht schlimm. Sie werden immer abgesichert sein. So wie Julius, der als Stammhalter die Alte Burg übernimmt. Egal, was sie tun – sie werden sich nie um ihren Lebensunterhalt sorgen müssen.«

Und da war er, der spirituelle Beistand eines weisen Mannes. Ich atmete tief ein und schaute zu Vater. Jetzt fehlte nur noch die Absolution.

*

Das Weihnachtsfest. Ein Fest der Traditionen. Am Heiligen Abend besuchten wir die Christmette. Die von Bergs hatten ganz vorn, seitlich des Altars, eine eigene Bank, in deren dickes Eichenholz die Initialen der Familie geschnitzt waren. Wir gingen zu Fuß ins Dorf, auch das Tradition. Almuth und Viktoria hatten sich links und rechts bei mir eingehakt.

»Wie gefällt es dir denn so in Berlin?«, fragte Viktoria.

»Gut«, erwiderte ich, »inzwischen habe ich ein paar wirklich nette Leute kennengelernt.«

»Nette Leute, wie schön.« Ich hörte die unausgesprochene Frage in ihren Worten.

»Ja, nette Leute.«

»Auch Frauen?« Umschweife waren noch nie Almuths Sache gewesen. Mir fiel ihr früheres fußballerisches Motto ein: *Beim nächsten Mal gehst du drauf!*

»Ja«, antwortete ich einsilbig und dachte, wie häufig in letzter Zeit, an Julie.

Viktoria drückte meinen Arm. »Nun sag schon, ist da jemand, von dem wir wissen sollten?«

Ich sah über die froststarren Rebhänge in den Nachthimmel über dem Rhein, wo ein halber Mond sein silbernes Licht verströmte.

»Nein«, seufzte ich mit einem Anflug von schlechtem Gewissen bei dem Gedanken an Marita, »ich fürchte, nein. Aber erzählt doch ein wenig von euch. Von euren Verlobten. Was machen die beiden so?«

»Nun«, erklärte Almuth, »wie alle männlichen Mitglieder der Familie haben sie zunächst die Offizierslaufbahn eingeschlagen …«

Ich folgte ihrem Bericht nur mit halbem Ohr. Hinter uns knirschten Vaters und Mutters Stiefel im Schnee, ich vernahm das leise Murmeln ihrer Stimmen. Unterhielten sie sich über mich und meine Zukunft? Oder – naheliegender – über meine Gegenwart als … Tennisspieler? Seit dem Treffen bei Großvater hatte es noch keine Gelegenheit gegeben, in Ruhe miteinander zu sprechen.

Derweil erzählte Almuth munter, wie Ernst und Alfred nach dem verlorenen Krieg ihren Abschied nehmen mussten und der eine sich seitdem erfolgreich als Kaufmann betätigte, während der andere …

»… sich um das familieneigene Gestüt kümmert«, fiel ihr Viktoria ins Wort. »Stell dir vor, Julius, die von Bodenburgs züchten nicht nur Pferde, sondern sind auch im Rennsport aktiv. Ernst und Alfreds Vater ist Präsident des angesehenen Hannoverschen Rennvereins.«

Für eine Sekunde überlegte ich, ob es wirklich die beiden Männer waren, für die meine Schwestern sich interessierten, oder vielmehr die Aussicht, sich zukünftig noch intensiver ihrem Hobby, dem Reiten, widmen zu können. Aber, um ehrlich zu sein: Was machte ich anderes – außer heiraten?

Im Dorf war der Schnee an den Seiten zu großen Haufen aufgetürmt; Gassen und Straßen lagen frei vor uns. Auch der Eingang zur Kirche war geräumt, aus den hohen farbigen Fenstern fiel Licht ins Dunkel. Wie immer waren die Reihen dicht gefüllt. Wir gingen zu unserer Bank und setzten uns.

Ich mochte den Messritus, die lateinischen Gesänge. Das Dröhnen der Orgel und den Weihrauch, der wie ein mystischer Nebel durch das Kirchenschiff waberte. Inbrünstig sangen wir die altvertrauten Weihnachtslieder, die schon Generationen vor uns gesungen hatten und die noch Generationen nach uns singen würden. Der Pfarrer zitierte in seiner Predigt den Engel der Verkündigung, sprach von *Frieden auf Erden* und davon, seinen Nächsten zu lieben wie sich selbst. Mein Blick streifte über die voll besetzten Bänke, über junge und alte Gesichter, Häupter mit langen und kurzen Haaren, über das gedeckte Grau, Schwarz und Braun von Mänteln, Schals und Umhängetüchern. An einigen Stellen blitzte ein helleres Braun hervor, zeigte sich eine Armbinde mit einem kreuzartigen Symbol, das, wie ich wusste, nichts mit dem Christentum zu tun hatte. Auch in Berlin sah man immer häufiger jene sogenannten *Braunhemden*, die selten allein, dafür meist zu mehreren durch die Straßen zogen. Bislang war mir vor allem ihr vollkommen humorloses Auftreten im Gedächtnis geblieben. Sie wirkten wie verbissene erwachsene Pfadfinder auf der Suche nach der nicht immer guten Tat. Es gab Gerüchte, dass sie Schlägereien provozierten, mit Sozialdemokraten, Kommunisten und Juden. Ich selbst war bislang nicht Zeuge eines solchen Geschehens geworden und froh darum.

Zum Abschluss der Messe stimmten wir *O du fröhliche, o*

du selige an und strömten nach draußen. Kleine Gruppen bildeten sich, die Menschen wünschten einander *Frohe Weihnacht*. Ich sah viele vertraute Gesichter, mich ergriff ein sanftes Gefühl der Wehmut.

Am Ausgang des Kirchplatzes warteten zwei Männer. Ich erkannte sie erst im letzten Moment: Kurt und einer seiner älteren Brüder, beide in SA-Uniformen. Sie ignorierten Großvater, meine Eltern und meine Schwestern und wandten sich direkt an mich.

»Ich habe gehört, du bist jetzt in Berlin, Julius«, sagte Kurt.

»Das ist richtig«, bestätigte ich.

»Wir kommen auch bald dorthin.«

»Wie schön.«

Scheinbar war die Ironie in meiner Stimme nicht so subtil gewesen, wie von mir beabsichtigt, denn Kurts Bruder mischte sich ein. »Du denkst vielleicht, du bist etwas Besseres, von Berg, aber du wirst schon sehen – bald haben wir das Sagen, und dann wird alles anders.«

»Anders oder schlechter?«, erkundigte ich mich, verärgert über das dreiste Auftreten der beiden.

»Pass bloß auf«, zischte Kurt leise, sodass der Rest meiner Familie es nicht hören konnte, »wir werden dich und deinesgleichen schon von eurem hohen Ross herunterholen. Heil Hitler«, fügte er laut hinzu.

»Auch euch ein frohes Weihnachtsfest«, sagte ich und ließ sie stehen, ein weiteres Mal in meiner Auffassung bestätigt, dass Politik ein eher ungutes Geschäft für eher ungute Menschen ist.

*

Drei Tannenbäume in absteigender Linie, der Schattenriss gezackt wie das umgedrehte Blatt einer Säge. Mitsamt Ballen in einem unserer Wälder ausgegraben und in die großen, mit Weihnachtspapier ummantelten und mit Erde aufgefüllten Holzbottiche eingesetzt, verströmten die Weihnachtsbäume einen intensiven Duft. Mutter, Almuth und Viktoria hatten die Zweige mit glänzenden roten Kugeln und Lametta geschmückt. Nach dem Dreikönigsfest würden die Bäume wieder ausgepflanzt werden. *Back to the roots* lautete einer der ersten Sätze, die das Fräulein Beckmesser uns beigebracht hatte.

Es gibt alte Fotos von meinen Schwestern und mir, auf denen jeder von uns vor *seinem* Baum steht; das Gesicht in feierlichem Ernst erstarrt, ein in Geschenkpapier eingewickeltes Päckchen in der Hand; Kind und Konifere im perfekten Größenverhältnis. Mutter und Vater legten Wert darauf, uns gleich zu behandeln – jedenfalls da, wo es ging.

Diesmal posierten wir nicht vor den Christbäumen, auch wenn es immer noch drei waren. Ebenso wenig hielten wir Geschenke in der Hand, stattdessen standen Almuth und Viktoria neben Alfred und Erich.

Neben mir stand niemand.

Wie in jedem Jahr wurden am Morgen des zweiten Weihnachtstages die Bediensteten und ihre Kinder beschert. Und wie in jedem Jahr waren alle gekommen, in ihren besten Kleidern, festlich gestimmt; die Eingangshalle war voll von Menschen mit einem Punschglas oder einer Limonade in der Hand.

»Ich freue mich sehr, dass Sie und die Ihren unserer Einladung gefolgt sind, und darf mich für Ihre gewissenhafte Arbeit im Dienste der Familie von Berg bedanken.«

Vater, das Familienoberhaupt. »Es sind keine einfachen Zeiten. Immer noch ist unsere Heimat von den Alliierten besetzt. Im Gegensatz dazu wechseln die Regierungskoalitionen in Berlin nahezu täglich; wenigstens kann man diesen Eindruck gewinnen.« Er räusperte sich. »Doch wann sind die Zeiten je einfach gewesen?«

Sein Blick ging zur Seite, zielte hoffentlich auf Almuth und Viktoria und deren Verlobten und nicht auf mich.

»Erstmals dürfen wir in diesem Jahr die Barone Ernst und Alfred von Bodenburg hier bei uns auf der Alten Burg begrüßen.« Er hob sein Glas. »Auf meine Töchter und ihre zukünftigen Ehemänner. Ihnen und allen anderen ein frohes Weihnachtsfest und einen guten Übergang in das Jahr 1928!«

Wir applaudierten und stießen an. Nachdem ein weiteres Weihnachtslied gesungen worden war, stellten Mutter und Vater sich neben den großen Gabentisch, vor dem nacheinander die Angestellten und ihre Familien antraten, um ihre Geschenke in Empfang zu nehmen. Almuth und Viktoria gingen ebenfalls in Stellung, um zu assistieren.

»Ich mag es, wie Ihre Familie die Dinge handhabt, Julius«, sagte Ernst von Bodenburg. »Tradition ist wichtig.«

Ich nickte. »Das finde ich auch.«

Tatsächlich empfand ich dieses Jahr, in dem ich zum zweiten Mal »von außen« dazustieß, die Geschlossenheit sowie die Verbundenheit jener kleinen Welt besonders stark.

Sein Bruder Alfred sagte: »Almuth hat mir erzählt, Sie haben Ihr Studium unterbrochen, um sich ganz aufs Tennisspielen zu konzentrieren?« Er blickte mich fragend an.

»Wie immer nehmen meine Schwestern mich in

Schutz«, erwiderte ich. »Ich bin mir ziemlich sicher, es handelt sich nicht um eine Unterbrechung, sondern um einen endgültigen Entschluss. Die Jurisprudenz wird mich nicht wiedersehen.«

»Wie wollen Sie es angehen mit Ihrer Tenniskarriere?«, erkundigte sich mein Gegenüber interessiert. Aber noch bevor ich antworten konnte, stießen Almuth, Viktoria, Vater und Mutter zu unserer kleinen Gruppe. Die Geschenke schienen verteilt.

»Puh«, stöhnte Viktoria, »ich habe bestimmt zehn Kindern Päckchen mit Ziegelsteinen überreicht.«

»Nicht ganz«, sagte Vater, »es waren Bauklötze darin. Eure Mutter hat darauf bestanden, es dürften nicht zu wenige sein, sonst hätten die Kinder keinen Spaß. Doch wir haben euch unterbrochen«, wandte er sich an Ernst, Alfred und mich.

»Nun, ich hatte mich gerade nach Julius' sportlichen Plänen für das neue Jahr erkundigt«, sagte Alfred.

»Tatsächlich?« Vater verzog keine Miene.

Aufmunternd lächelte Mutter mich an und hakte sich bei ihm ein. »Aber das klingt doch recht spannend, nicht wahr, Karl?«

»Ähem … gewiss«, bestätigte Vater.

Aller Augen richteten sich auf mich. »Es ist so«, begann ich, »mein Freund und Teamkollege Daniel und ich werden uns gleich im neuen Jahr in Bremerhaven einschiffen. Wir reisen nach Alexandria, um an den Internationalen Ägyptischen Meisterschaften teilzunehmen.«

»Ägypten«, rief Mutter, »Vater und ich haben dort unsere Flitterwochen verbracht. Ein wundervolles Land!« Sie musterte Vater auffordernd.

»In der Tat. Wie schön, dass du es demnächst ebenfalls

kennenlernen wirst, Julius.« Er hüstelte. »Deine Mutter und ich sind nämlich zu der Auffassung gelangt, es ist vielleicht gar nicht verkehrt, wenn du dir etwas Zeit nimmst, die Welt anschaust und herausfindest, wie weit du es in deinem … deinem Spiel bringen kannst. So ist es doch, Anna?«

»Richtig«, bestätigte Mutter augenzwinkernd, »du wärst also – wenigstens erst einmal – auf einem anderen als dem diplomatischen Parkett als Botschafter tätig.«

Ich war gerührt und erleichtert zugleich. Offenbar waren doch noch nicht alle Geschenke verteilt gewesen.

»Danke«, erwiderte ich und legte alles in dieses eine Wort.

Das Licht zahlloser Kerzen erhellte die festlich geschmückte Eingangshalle. Außer den Angestellten waren Freunde und Nachbarn eingeladen. Ich sah Männer, Frauen und Kinder; schaute auf meine Familie, auf Vater, Mutter, meine Schwestern und ihre Verlobten, die im Halbkreis vor mir standen. Es war nicht nur der Geist der Weihnacht. Es war etwas weit darüber Hinausreichendes, etwas enorm Beständiges, das sich mir hier zeigte. Und im Gedenken an das Fräulein Beckmesser und seine Englischlektionen hob ich mein Glas und sagte:

»Auf unsere Wurzeln!«

*

Vier Wochen später wurde ich Internationaler Ägyptischer Meister im Herreneinzel. Zu unserer großen Freude gewannen Daniel und ich ebenso den Doppelwettbewerb.

Im Frühjahr erreichte ich in Paris bei den Internationalen Französischen Meisterschaften die vierte Runde des

Hauptfeldes, bevor ich mich dem Amerikaner Lott geschlagen geben musste.

Auch in Wimbledon zog ich in die vierte Runde ein und schied erst gegen den unvergleichlichen Fred Perry aus. Selten habe ich eine Niederlage so genossen.

Ende des Jahres stand ich auf Platz zwei der deutschen Herrentennisrangliste und wurde erstmals ins Davis-Cup-Team berufen – so wie ich erstmals auf dem Titelblatt von *Sport im Bild* erschien. Zur Feier des Tages schickte mir Erich eine Flasche Cognac, der ein Kärtchen beilag.

Denk an meine Worte, war darauf zu lesen.

1938, Berlin, Gefängnis Tegel

Ich atme die Stille, das Schweigen. Die dröhnende Abwesenheit allen Lebens sowie den trügerischen Frieden der Wände. Der Wände, denen ich meine Geschichte erzähle – um nicht wahnsinnig zu werden.

Ich bin mir einzige Gesellschaft, bin Zuhörer und Erzähler zugleich.

Aber was ist, wenn alles gesagt, wenn alles berichtet ist? Was kommt dann?

Werden sie mich abholen, an die Wand stellen und erschießen?

Oder sollte ich, wider jede Wahrscheinlichkeit, auf ein Wunder hoffen?

- 17 -

Hallo, Jungens«, sagte Lena und lächelte.

Die beiden Garderobenfräuleins grinsten zurück. »Hallo, Lena! 'n Abend, Julius!«

Bei unserem ersten Besuch im *Eldorado*, vor über einem Jahr, als wir uns bei Betty kennengelernt hatten, war ich erstaunt, dass Lena die beiden Frauen mit »Jungens« begrüßte. Mittlerweile wusste ich, Jürgen war Polizist und Walter arbeitete als Verkäufer in einem Geschäft für Herrenoberbekleidung. Beide ehrbare Mitglieder der Gesellschaft und ihr abendliches Tun eine Nebentätigkeit. Eine Neigungsnebentätigkeit.

Es hatte sich um den ersten in einer Reihe zahlreicher unterhaltsamer Abende gehandelt.

Zu meiner Überraschung lud mich Lena zwei Tage später in ihre Wohnung in der Kaiserallee ein. Sie stellte mir ihren Mann und ihre kleine Tochter vor. Außerdem Tamara, das Kindermädchen.

»Sie ist seine Geliebte«, sagte Lena hinterher.

Ich errötete und fragte: »Aber macht dir das nichts aus?«

»Sollte es das?«, erwiderte sie, »er liebt mich, und ich liebe ihn, so einfach ist das.«

In der darauffolgenden Woche stattete sie mir einen Gegenbesuch ab, quetschte sich neben mich auf das zweisitzige Kanapee, und wir tranken Cognac.

Tagsüber. Erichs Cognac. Sehr verrucht.

»Oje«, sagte Lena, »bitte schmachte mich nicht so an.«

Ertappt senkte ich den Kopf.

»Du sollst keine männliche Tamara werden. Ich möchte, dass du mein Freund bist. Verstanden?«

Ich nickte. Lena war niemand, dem man widersprach. Insgeheim war ich erleichtert. Ich war ausgeschieden. Ausgeschieden aus der Herrenkonkurrenz, die schon allein aus sportlichen Gründen verlangt, man müsse jede Gelegenheit nutzen, sich als Mann zu beweisen – insbesondere, wenn einen eine schöne Frau besucht. Aber Lena war anders. Ich war anders. Und damit waren die Fronten geklärt. Ein für alle Mal.

Wir wurden Freunde. Und gingen miteinander aus. Dank Lena lernte ich den Teil des Berliner Nachtlebens kennen, den ich mit Marita und den anderen nicht kennenlernte.

Hier ist's richtig! stand über dem Eingang des *Eldorado* an der Lutherstraße in großen Buchstaben.

Männer und Frauen. Frauen und Frauen. Und Männer und Männer. Einige in Herrenkleidung, andere in eleganter Damengarderobe. Gesittet drehten sie sich zur Musik von Gabriel Formiggini und seinem Orchester auf der Tanzfläche; ein jeder die und der, die er war und der sie nicht war. Nicht nur grammatikalisch verwirrend, sondern ein krasser Widerspruch zu dem, was ich auf dem Tennisplatz suchte und fand, wo alles geordnet und eindeutig war und nach klaren Regeln verlief. Rückblickend weiß ich, es war jener Aspekt der *Unbestimmtheit*, der mich anzog, der mich faszinierte. Am *Eldorado*, seinen Besuchern und an Lena selbst.

Manchmal kam sie überraschend vorbei und kochte aus

meinen kümmerlichen Vorräten einen Eintopf für uns. Sie mochte Eintöpfe jeder Art.

Wir setzten uns an den kleinen Holztisch, beide einen dampfenden Teller vor uns. »Was macht einen großen Tennisspieler aus?«, fragte sie und blies auf ihren Löffel.

»Einen sehr guten oder tatsächlich einen großen?«, erkundigte ich mich.

»Einen großen.«

Ich dachte an Big Bill Tilden und erzählte ihr von dem Training und dem abschließenden Match, das wir auf der Alten Burg absolviert hatten, bevor er mir vorschlug, mit ihm nach Berlin zu gehen.

»Auch wenn er das Spiel so viel besser beherrscht als du, lässt er es dich nicht merken«, sagte ich, »im Gegenteil, die ganze Zeit gibt er dir das Gefühl, nah dran zu sein, und so scheint es bloß ein Versehen, dass er und nicht du den letzten Punkt im Match macht.«

»Willst du ein großer Spieler werden?«

Ich lächelte. »Natürlich hätte ich nichts dagegen, eine Menge Turniere zu gewinnen und ein paar internationale Titel. Aber schon als Kind habe ich gelernt, Haltung und Respekt vor dem Gegner sind wichtiger. Nach genau dieser Devise hat Big Bill gehandelt, als er mir den Eindruck vermittelte, in Reichweite zu sein, obwohl er gleichzeitig unerreichbar war.« Ich überlegte. »In diesem Sinne will ich in jedem Fall ein großer Spieler werden.«

»In Reichweite und gleichzeitig unerreichbar sein; das klingt spannend«, wiederholte Lena und führte den Löffel zum Mund.

Einige Wochen später stand ich im *Eldorado* an der Theke und unterhielt mich mit einer hinreißend aussehenden Frau namens Bob. Mit Blick auf Lena, die ein paar Meter entfernt von einer Schar Bewunderer umgeben war, sagte Bob:

»Unsere gemeinsame Freundin hat ganz bestimmt ein Geschlecht, aber nicht so etwas Langweiliges wie eine festgelegte Geschlechtlichkeit. Sie lässt uns alle glauben, sie sei für uns bestimmt, für jeden genau das Richtige. Weißt du, was ich meine?«

Ich wusste definitiv, was er meinte.

Lena bildete das verbindende Element zwischen Männern und Frauen und jenen geheimnisvollen Wesen, die hier Transvestiten genannt wurden. Ihr gesamtes Verhalten und Erscheinen ließ darauf schließen. Es war, als bewegte sie sich in einem Zwischenbereich, einer Art Transitzone, in der sich keiner um das Gepäck schert.

Auch an diesem Abend zog sie wieder eine Menge Blicke auf sich: Frack, Zylinder, ein Monokel ins Auge geklemmt. Es ging auf Mitternacht zu, auf der kleinen Bühne am Ende des Saals führte ein Wesen aus Tausendundeiner Nacht eine Art Ausdruckstanz auf. Immer mehr Schleier glitten zu Boden, während das Publikum auf das Geschlecht Scheherazades – so ihr Künstlername – wettete. Lag die Mehrheit mit ihrem Tipp richtig, gab es Champagner für alle, andernfalls wanderte der Topf auf die Bühne.

Als die Auflösung nahte und nur noch ein zarter Schamgurt zwischen Wunsch und Wirklichkeit stand, drehte ich mich um und ging ins Untergeschoss, wo die Toiletten waren. Ich mochte diese Art der Darbietung nicht, fand, es gab einen Unterschied zwischen Offenheit und Voyeurismus.

Als ich aus den Waschräumen trat, stand Lena vor dem großen Wandspiegel und zupfte sich die Frackfliege zurecht. Der Flur war nur spärlich beleuchtet, ihr Gesicht im Schatten der Zylinderkrempe nicht zu erkennen.

Ich trat hinter sie. »Auch mit schief sitzender Fliege werden heute Nacht alle von dir träumen.«

Für einen Moment war es still. Dann drehte sie sich um.

»Du auch, Julius?«, sagte eine wohlvertraute Stimme. Im selben Augenblick erkannte ich Julies mädchenhafte Züge und begann zu weinen.

*

Ein Jahr zuvor, an der Riviera, war Daniels Mixedpartnerin, Lilí Álvarez, nach einem hart umkämpften Match in Tränen ausgebrochen, sie hatte sich kaum zu halten gewusst; wahre Sturzbäche liefen ihre Wangen hinab.

»*Purificación*«, hatte sie hinterher achselzuckend erklärt.

Ich musste um keine Übersetzung bitten, kannte das Wort aus dem Englischen und Französischen. Es bedeutete dort das Gleiche wie im Spanischen.

Reinigung, Klärung, Läuterung.

»Julius, *mon cher*, freust du dich nicht, mich zu sehen?«, fragte Julie besorgt.

Ein Zentnergewicht lastete auf meiner Brust, ich brachte kein Wort heraus.

Sie versuchte es mit einem Lächeln. »Was für eine Überraschung, dir ausgerechnet hier zu begegnen.«

Ich weinte heftiger.

»Nun komm schon, ich bin ja da.« Und sie zog meinen Kopf an ihre Schulter und hielt mich fest.

Ganz fest.

*

Vier Gestalten. An der Bar. Im Frack. Die Damen trugen Zylinder.

»Darf ich vorstellen: Julie, eine gute Freundin aus alten Zeiten.«

Ich war noch einmal in die Toilettenräume zurückgekehrt, hatte mir das Gesicht mit kaltem Wasser gewaschen und mich wieder einigermaßen gefasst. »Julie, das ist Lena. Wir, ähem ... gehen miteinander aus.«

Die beiden Frauen musterten sich. Dann lächelten sie gleichzeitig und gaben sich die Hand. Mich beschlich das merkwürdige Gefühl, etwas nicht mitbekommen zu haben.

»Sehr erfreut«, sagte Lena.

»Gleichfalls«, antwortete Julie. Sie deutete auf ihren Begleiter. »Das ist Moses. Moses Sommer. Wir kennen uns noch nicht lange.«

Der Mann neben ihr nickte höflich. »Angenehm. Julie ist erst seit Kurzem zu Besuch in Berlin. Sie bat mich, ihr ein wenig vom Berliner Nachtleben zu zeigen. Meine Patienten sprechen oft vom *Eldorado*, darum dachten wir, wir probieren es einmal aus.«

Er besaß eine leise, melodiöse Stimme. Ein schmaler dunkelhaariger Mann, etwas kleiner und wenige Jahre älter als ich.

»Sie sind Arzt?«, erkundigte ich mich.

Er nickte. »Psychiater und mittlerweile Psychoanalytiker. Ich arbeite am Institut von Magnus Hirschfeld, führe dort Redekuren durch. Ich weiß nicht, ob Sie schon von ihm gehört haben?«

Ich schüttelte den Kopf.

Er lächelte. »Nicht schlimm. Aber seien Sie unbesorgt. Julie ist keine Patientin von mir. Wie Sie und Ihre Begleiterin gehen wir miteinander aus.«

Die beiden letzten Worte kamen minimal verzögert aus seinem Mund, sodass sie etwas sanft Ironisches hatten. Aber Ironie kümmerte mich in dem Moment nicht. Vielmehr interessierte mich, ob das »Miteinanderausgehen« der beiden das Gleiche bedeutete – oder besser gesagt nicht bedeutete – wie bei Lena und mir.

»Ihr Chef Magnus Hirschfeld ist Stammgast im *Eldorado*«, sagte Lena. »Wir nennen ihn hier *Tante Magnesia*.«

»Ich weiß«, antwortete Moses.

»*Tante Magnesia?*«, fragte ich. »Wieso das?«

»Sagen Sie es ihm«, forderte Lena Moses auf.

»Nun«, sagte er, »schauen Sie sich doch einmal um, Julius. Alle hier verfügen über bestimmte tief verwurzelte Anlagen unterschiedlicher Natur. Sie, ich, Ihre Begleiterin und Julie nicht ausgenommen.«

Ich sah zur Seite, und mein Blick fiel auf zwei tanzende Männer, von denen nur einer ein Mann war. Neben ihnen drehten sich zwei Frauen im Takt der Musik. Eine von ihnen trug eine venezianische Maske, wie beim Karneval.

Ich hörte Moses' Stimme, die sagte: »Anlagen, die man für gewöhnlich nicht an die große Glocke hängt; wir wissen alle, warum. Stattdessen gibt man sich lieber eine zweite Identität, wobei man nie weiß, ob die Verkleidung nicht die Wirklichkeit ist. Das *Eldorado* ist der perfekte Ort für solch ein Rätselspiel unter Erwachsenen. Sie haben es sicher beim Hereinkommen gelesen: *Hier ist's richtig!*«

Weiter hinten im Raum fiel laut klirrend ein Tablett mit Gläsern zu Boden.

»Stell dich bloß nicht so an, nur weil dir jemand zwi-

schen deine Froschschenkel fasst!«, brüllte ein hünen-
hafter Kerl mit kirschroten Lippen. Er war sichtlich angetrunken, und das Opfer seiner Beschimpfung wand
sich vor Verlegenheit – ein blutjunger, vielleicht gerade
einmal siebzehnjähriger Kellner. Obwohl sein Angreifer
die Statur eines Möbelpackers hatte, zeigte dessen Gesicht
groteskerweise unschuldige, beinah mädchenhafte Züge.
Erneut grapschte der Betrunkene nach dem Kellner.

»Was für ein unverschämter Bursche!« Ich setzte mich
in Bewegung, um dem Jungen beizustehen.

»Warte.« Lena hielt mich sanft an der Schulter. »Tu's
nicht. Das ist Heines, ein SA-Mann und ein ganz übler
Patron. Es geht das Gerücht, er habe im Auftrag der
Schwarzen Reichswehr mehrere Menschen ermordet.«

Erstaunt betrachtete ich den Muskelprotz. Inzwischen
hatten ein paar Angestellte des *Eldorado* ihren Kollegen in
Sicherheit gebracht. Einer Truppe, die so jemanden in ihren Reihen duldete, hatten sich Kurt und sein Bruder angeschlossen? Und dieser Widerling und seine Kameraden
waren Repräsentanten der nationalsozialistischen Partei?
Wie konnte das sein? Wer würde jemals eine politische
Gruppierung wählen, die sich solcher Männer bediente?

»Offenbar gibt es Menschen, die glauben, sie stünden
über dem Gesetz und bräuchten darum mit ihrer Gesinnung nicht hinter dem Berg halten«, sagte Moses leise.

Ich wusste nicht, ob er damit die politische oder die se-
xuelle »Gesinnung« von Heines meinte. Er und Lena be-
gannen eine Unterhaltung über den Paragrafen 175, für
dessen Abschaffung Moses' Chef Hirschfeld offenbar seit
Jahren kämpfte.

In gedämpftem Ton fragte ich Julie: »Bleibst du länger
in Berlin?«

Und wie früher antwortete sie in typischer Julie-Manier:

»Kommt ganz darauf an, ob ich Lust dazu habe.«

*

Die kommenden Wochen vergingen wie im Flug. Tagsüber spielte ich Tennis. Mit meinen Mannschaftskameraden und – mit Julie. Es war wie früher. Sie hatte sich in der Zwischenzeit noch einmal deutlich verbessert und hätte problemlos in der Ersten Damenmannschaft der *Rot-Weißen* mithalten können. Abends gingen sie, Moses, Lena und ich miteinander aus – was immer das bedeuten mochte. Julie war wieder in mein Leben getreten; was immer *das* bedeuten mochte.

Rudi, Lenas Mann, hielt weiter gemeinsam mit dem Kindermädchen zu Hause die Stellung, und Marita hatte sich dazu entschieden, die Angelegenheit sportlich zu sehen – meistens jedenfalls.

»Eine Schauspielerin und eine Französin? Gegen zwei solche Frauen kommt eine kleine Berliner Tennisspielerin natürlich nicht an«, bemerkte sie spitz.

Auch heute waren wir wieder zu viert verabredet. Die *Scala*, ein beliebtes Varietétheater, lag gleich gegenüber vom *Eldorado* auf der anderen Straßenseite. Wir saßen nah an der Bühne und hatten wegen der Lautstärke die Köpfe dicht zusammengesteckt; Julie und Lena auf der einen, Moses und ich auf der anderen Seite des kleinen runden Tisches.

»Julie hat mir erzählt, Sie haben sich in ihrer Jugend kennengelernt«, sagte Moses.

»Ja«, bestätigte ich und erzählte ihm von unserem

Tennisplatz, von der Besetzung des Rheinlandes und von Pierre Velard, Julies Vater.

»Das klingt wie die Handlung eines romantischen Romans«, sagte Moses, »ein junger Adeliger, eine unkonventionelle junge Frau und eine Burg hoch über dem Rhein ...«

»Tatsächlich haben wir uns sogar geküsst. Dreimal ...« Ich brach ab und horchte in mich hinein. Noch nie hatte ich jemand davon erzählt. Ob es mit Moses' Beruf zusammenhing, bei dem, wenn ich es richtig verstanden hatte, Reden und Nichtreden anscheinend nicht im Widerspruch standen?

Er lachte. »Sie haben mitgezählt?«

»Nun ja, irgendwie schon«, sagte ich.

»Das heißt, sie beide waren damals ein Paar?«

Ich schüttelte den Kopf. »Nein, jedenfalls nicht richtig. Oder wenigstens nicht für die Öffentlichkeit.«

»Und für sie selbst?«

»Ich weiß es nicht«, antwortete ich, »ich weiß nur, dass sie plötzlich weg war.«

Moses zog die Augenbrauen hoch. »Das tut mir leid. Umso schöner, dass sie jetzt wieder vereint sind.«

Ich nahm all meinen Mut zusammen und fragte: »Sind wir das denn? Was ist mit Ihnen?«

»Mit mir?«

»Na ja, mit Ihnen und Julie.«

»Oh, ich verstehe.« Er machte eine entschuldigende Geste. »Ob Sie's glauben oder nicht, Julie hat mich auf der Straße angesprochen. Einfach so. Sie sei fremd hier, wohne für ein paar Wochen bei ihrer Tante und suche einen Führer für das Berliner Nachtleben. Ich besäße ein vertrauenerweckendes Äußeres.«

»Unglaublich«, sagte ich, »typisch Julie.«

»Ja«, bekräftigte Moses, »und dabei ist es geblieben. Ich bin der Reiseführer. Mehr nicht.«

Mittlerweile tanzten auf der Bühne Männer und Frauen, unabhängig vom Programm, wild durcheinander. Jede Ordnung schien aufgehoben, es herrschte weiter ein ohrenbetäubender Lärm. Wir drehten uns zur Seite und schauten zu Julie. Sie und Lena waren ebenfalls in ein Gespräch vertieft.

»Julie, Lena«, rief Moses und hob sein Glas. Sie reagierten nicht, erst als er es nochmals versuchte, diesmal lauter, schauten sie auf. Als sie sahen, dass er sein Glas hochhielt, griffen sie nach ihren Champagnerkelchen.

»Worauf stoßen wir an?«, schrie Lena im Versuch, die Geräuschkulisse zu übertönen.

»Auf eine gute Reise«, brüllte ich.

Fragend runzelte sie die Stirn.

»Unbedingt«, rief Julie aus, die mich verstanden hatte, »*bon voyage*«, und unsere Gläser trafen sich exakt in der Mitte.

*

Wie immer hatte ich vormittags hart trainiert und danach im Clubhaus geduscht, abwechselnd heiß und kalt. Den Scheitel noch feucht und in frischer Kleidung stieg ich in die Mietkraftdroschke, die mich täglich um diese Zeit zurück in meine Wohnung brachte. Ich war kein großer Koch, aber für eine kalte Mahlzeit reichte es: Zwei Schnitten Brot mit Quark, gehackter Schnittlauch und ein paar Radieschen. Ein Sportleressen, mit dem ich erst zur Hälfte fertig war, als es an der Tür klopfte. Ich ging hin und öffnete. Vor mir stand Julie.

»Überraschung! Bist du beschäftigt?«

»Nein, komm rein. Schön, dich zu sehen. Woher weißt du, wo ich wohne?«

»Lena hat es mir erzählt. Weißt du, ich war zufällig in der Gegend und dachte, du würdest dich über einen Besuch freuen.«

Es stimmte. Ich freute mich. Sehr sogar.

Ich half ihr aus dem leichten Staubmantel. Sie wandte den Kopf und sah sich um. »Hübsch hast du es hier.«

Schwer zu sagen, ob sie es ernst meinte. Tatsächlich hatte ich die Wohnung möbliert angemietet und kaum etwas verändert. Es gab einen Schlafraum und das Zimmer, in dem wir uns befanden; vor dem Fenster mein Schreibtisch, hinter uns die kleine Küchenanrichte und ein Tisch mit zwei Stühlen. Ziemlich in die Ecke gequetscht das grün bezogene Kanapee. Das war's.

Julies Blick fiel auf das noch unangerührte zweite Quarkbrot. »Darf ich?«

Sie wartete meine Antwort nicht ab und biss herzhaft hinein. »Hm, lecker«, sagte sie und legte es zurück auf das Holzbrett.

Dann stellte sie sich vor mich hin. »Freust du dich wirklich, mich zu sehen?«

»Ähem … du hast da was im Gesicht.« Ich deutete mit dem Kinn darauf.

Sie lächelte. »Mund, Augen, Nase?«

Ich lächelte ebenfalls. »Alles drei. Aber vor allem Quark, im Mundwinkel.«

»Magst du es wegmachen?«

Behutsam führte ich die Spitze meines kleinen Fingers an ihren Mund. Sie öffnete ihn leicht und umschloss mit ihren Lippen meine Fingerkuppe. Ich spürte ihre warme

246

Zunge. Im nächsten Moment küssten wir uns, und als hätte die Zeit nur darauf gewartet, schrumpften die zurückliegenden Jahre zu einem einzigen Moment.

»Weißt du, es passiert nur bei dir«, sagte ich, als wir uns wieder voneinander lösten.

»Was?«

»Das Zittern.«

»Du meinst, du hast es ausprobiert?« Ihre Stimme klang amüsiert.

Ich dachte an Marita, Alicia und die wenigen anderen Male, die es in einer Bar oder einem Tanzcafé zu einer Umarmung, der zufälligen Begegnung zweier Lippenpaare und dem Genuss des Augenblicks gekommen war. Ich dachte auch an Sonja. Wir hatten uns ebenfalls geküsst und mehr als das.

Aber gezittert hatte ich nicht.

»Das brauchte ich nicht«, antwortete ich, »es war mir immer klar, dass du die Einzige bist.«

Sie musterte mich aus ihren dunklen Julie-Augen.

»Ich hatte vergessen, wie halsbrecherisch ehrlich du bist, Julius. Ich will ebenfalls mit offenen Karten spielen. Ich bin nicht zufällig vorbeigekommen, sondern«, es schien, als nähme sie Anlauf, »sondern um dir etwas mitzuteilen.«

Ebenso gut hätte sie mich in die Magengrube boxen können, der Effekt wäre der Gleiche gewesen. Schlagartig bekam ich keine Luft mehr und wusste, es war vorbei. Sie würde abreisen, mich verlassen, so wie sie schon einmal abgereist war und mich verlassen hatte. Mit dem Unterschied, dass sie sich diesmal verabschiedete. Ein Fortschritt, aber kein Trost.

»Sprich«, brachte ich mühsam hervor.

Sie blickte mich an. »Ich werde bei dir einziehen, Julius.«

Zweifellos hatte ich mich verhört. »Verzeihung, was hast du gesagt?«

»Ich werde bei dir einziehen. Du hast doch bestimmt nichts dagegen, oder?«

Offenbar hatte ich sie schon beim ersten Mal richtig verstanden. Trotzdem traute ich meinen Ohren nicht.

»Julie«, stammelte ich, »du bist eine Frau, und ich bin ein Mann.«

»Es beruhigt mich, das zu hören.«

»Hör auf«, sagte ich, »du weißt, wie ich es meine.«

»Wie meinst du es denn?«

Und als müsste ich einem begriffsstutzigen Schulkind erklären, dass eins und eins zwei ergibt, sagte ich in möglichst ruhigem Ton: »Du kannst nicht bei mir einziehen. Was würden deine Eltern dazu sagen? Mein Vater. Meine Mutter. Überhaupt, Gott und die Welt würden sich das Maul zerreißen. Ich machte aus dir eine unehrenhafte Frau.«

»Du machtest? Hörst du dir eigentlich zu, Julius? Was für eine typisch männliche Arroganz! Was ist mit mir? Ich schätze, ich habe da durchaus ein Wörtchen mitzureden – bei *meinem* Einzug, aber auch bei *meiner* Ehre. Verlass dich darauf!«

Wütend, die Hände in die Hüften gestemmt, stand sie vor mir und blies sich eine Haarsträhne aus der Stirn. Falls es so etwas wie ein gallisches Temperament gibt, begegnete es mir hier in Reinform.

Ich dachte an das Weinfest, damals, als wir bei Großvater im Hof gesessen und angestoßen hatten.

Lebendig. Frisch. Elegant.

Als Julie mich fragte: *Und was denkst du, wie ich schmecke?*

Keine Frau, die ich kannte, würde so etwas sagen. Außer ihr. Und keine Frau auf diesem Planeten käme einfach in meine Wohnung marschiert, um mir mitzuteilen, sie werde bei mir einziehen.

Julie war einzigartig. In jeder Beziehung. Ich wollte sie nicht verlieren. Nicht noch einmal. Ich hob die Hand.

»Stopp«, rief ich, »genug!«, und wusste nicht, wen ich mehr verblüffte, sie oder mich, als ich fragte:

»Willst du mich heiraten?«

- 18 -

Nicht umsonst heißt Kaiser Karl der Große Karl der
Große. Zu Beginn des neunten Jahrhunderts nach Chris-
tus erstreckte sich sein Herrschaftsgebiet über ganz Mit-
tel- und Westeuropa. Doch seine Neigungen reichten
über das Erobern und Verwalten immer neuer Territorien
hinaus. Weit hinaus. Nicht zuletzt interessierte er sich
für die deutsche Sprache, was naheliegt, die heute Alt-
hochdeutsch heißt, damals aber brandneu war. So hatte
er es sich in den kaiserlichen Kopf gesetzt, die einzelnen
Monate des Jahres umzubenennen, deren römische durch
deutsche Namen zu ersetzen. Althochdeutsche. Zu diesem Zweck fertigte er eine Liste an. Der Januar beispielsweise sollte künftig *Hartung* heißen, der März hingegen
Lenzing.

Viele Menschen heiraten im Wonnemonat Mai. Auch
das geht auf Karls Liste zurück. Nicht das Heiraten. Der
Wonnemonat. Allerdings handelt es sich um eine Ver-
ballhornung, denn auf Karls Liste hieß es *Wunnimanoth*,
nicht *Wonnemanoth*. *Wunni* bedeutet *Weideplatz*. Im Mai
werden die Tiere zum ersten Mal wieder hinaus auf die
Weide getrieben. Der Winter ist vorüber, der Frühling
beginnt. Es ist warm, die Menschen freuen sich, und so
machte der Volksmund aus *Wunni* Wonne.

Laut Karls Liste heirateten wir im *Hornung*, im Febru-

251

ar. Der Grund? Es gab keine Turniere, wenigstens nicht in Deutschland. Die Tennisplätze waren geschlossen, und die Rivierasaison startete erst Ende des Monats. Folglich hatten alle Zeit: Otto, Daniel, Roman. Robert und Heinrich. Marita und Alicia. Eine wahre Völkerwanderung setzte ein. Ihr Ziel? Das Rheinland. Die Alte Burg über dem Strom. Dort hatte alles begonnen, dort sollte sich der Kreis schließen.

»Bist du einverstanden?«, hatte ich Julie gefragt.

»Ja«, lautete ihre Antwort.

Das mit der Alten Burg war mir erst später eingefallen, ein oder zwei Wochen, nachdem sie meinen Heiratsantrag angenommen hatte. Sicherheitshalber ging ich die Planung noch einmal mit ihr durch – schließlich war sie Julie.

»Wirklich? Du bist mit beidem einverstanden?«

»Nun tu nicht so«, sagte sie, »natürlich bin ich das. Heiraten unten in der Kirche und die Hochzeitsfeier oben auf der Alten Burg. Ich habe große Lust dazu.«

Ein Nachsatz, der mich beruhigte.

Tatsächlich machte der *Hartung* seinem Namen alle Ehre; seit Anfang Januar hatte ein eisenharter Winter das Land im Griff. Auch sechs Wochen später gab es noch keine Entwarnung. Klirrender Frost, von Norden bis Süden, im Westen wie im Osten. Das ganze Land lag unter einer dicken Schneedecke und hielt Winterschlaf.

»Julius. Julie. Vielen Dank für die Einladung!« Bibbernd umarmte uns Lena. Der Chauffeur hatte sie vom Bahnhof abgeholt. Neben ihr stand Rudi, ihr Ehemann. Und daneben ein kleiner Hund. Oder Wolf. Töchterchen Maria, von der Mütze bis zu den Fellstiefeln in einen dichten Pelz gehüllt.

»Lena, Rudi! Hallo, kleiner Hund oder Wolf. Wir freuen uns, dass ihr da seid!« Julie hauchte zarte Wangenküsse in die kalte, klare Luft, die sofort zu weißen Wölkchen kondensierten.

Lena blickte hoch und musterte die hinter uns aufragende Fassade der Alten Burg. »Seid ihr sicher, dass das hier nicht Babelsberg ist?«

Ich zuckte mit den Achseln. »Frag Vater, er und ein Dutzend weiterer von Bergs sind für die Kulisse verantwortlich.«

Als Nächstes traf Julies Familie ein.

»Papa brauche ich dir ja nicht vorstellen. Julius, das sind meine Mutter und Hélène, meine kleine Schwester.«

»Madame Velard, Hélène. Es ist mir eine Ehre, Sie endlich kennenzulernen«, sagte ich.

»Das Vergnügen liegt ganz auf unserer Seite, Monsieur de Berg.« Madame Velard neigte den Kopf. Eine elegante dunkelhaarige Mittvierzigerin mit hohen Wangenknochen, unverkennbar Julies Mutter, so wie Hélène unverkennbar ihre Schwester war. Eine Schwester, die ihrerseits über ein hinreißendes Äußeres verfügte und der die Pariser Männerherzen wahrscheinlich nur so zuflogen.

»Wir haben schon viel von Ihnen gehört, Julius«, sagte sie und fügte lächelnd hinzu: »Selbstverständlich nur Gutes.«

Ich wandte den Kopf und gab dem Mann, der mein erster ernst zu nehmender Trainer gewesen war, die Hand. Wie immer war er tadellos gekleidet.

»Monsieur Velard.«

»Wer hätte das gedacht, Julius? Es kommt mir vor, als wäre es erst gestern gewesen«, sagte er.

Eine typische Politikerfloskel, schoss es mir durch den

Kopf. Unverbindlich und wenig präzise. Bezog sie sich auf den Zeitpunkt unseres Kennenlernens? Auf unsere gemeinsamen Tennispartien? Oder hatte Velard, vielleicht in einem Anflug schlechten Gewissens, den Aufstand der Sonderbündler im Sinn? Ich dachte an Großvater. An die Umstände, unter denen er sein Augenlicht verloren hatte. Man sagt, die Zeit heile alle Wunden – eine optimistische Annahme. Träfe sie zu, wäre es klüger, nach vorn und nicht zurückzublicken. Allerdings behielt ich diese Weisheit für mich. Ich wollte keinen Streit, schließlich war Pierre Velard mein zukünftiger Schwiegervater.

Hinter den Velards, in der Auffahrt, parkte die schwarz glänzende Limousine, in der sie vorgefahren waren. Eine vertraute Gestalt lud die Koffer aus. Zögernd hob ich die Hand. Jean Ravanana hielt inne und zog grüßend die Chauffeurmütze. Im nächsten Moment öffnete sich die hintere Wagentür.

Man sagt, das Leben bestehe vor allem aus Wiederholungen, und zweifellos hatte sich die Szene damals, bei Pierre Velards allererstem Besuch, als er sich vorgestellt und Julie auf dem Rücksitz gewartet hatte, genauso abgespielt. Gleichzeitig erfindet sich das Leben immer wieder neu. Ein Mann stieg aus dem Fond. Ein großer Mann. Er kam auf uns zu.

»Julius, ich war gerade zu Besuch in Berlin, als ich von Ihrer bevorstehenden Hochzeit hörte. Selbstverständlich fühlte ich mich verpflichtet, bei einer so wichtigen Partie an Ihrer Seite zu sein – schließlich bin ich Ihr ehemaliger Doppelpartner. Ich hoffe, ich komme nicht allzu ungelegen?«

Auch wenn Mr Gs Brillengläser in der Kälte sofort beschlagen waren, sah ich seine klugen grauen Augen vor mir. Seine Stimme klang ruhig, die Kälte schien ihm nichts auszumachen; ein Wikinger, durch und durch.

»Sein Wagen stand am Straßenrand«, erklärte Velard. »Offenbar hatte die Kälte dem Motor den Garaus gemacht. Wenigstens meinte das der Chauffeur, der uns entgegenkam, um Hilfe zu holen. Dann sagte er, sein Dienstherr habe beschlossen, die letzten paar Kilometer zu Fuß zu gehen.« Ungläubig schüttelte er den Kopf. »Ein Stück weiter sahen wir ihn dann, wie er mit einem kleinen Koffer in der Hand den Berg raufging. Natürlich haben wir bei der Kälte nicht gezögert und ihn mitgenommen.«

»Was für eine wundervolle Überraschung, Mr G«, sagte ich, »ich fühle mich über alle Maßen geehrt.«

Erleichtert nahm ich zur Kenntnis, dass er mir meinen unrühmlichen Abgang damals in Cannes nicht übel genommen zu haben schien. Wir hatten uns in der Zwischenzeit zwar auf zwei, drei Turnieren gesehen, aber jedes Mal nur aus der Ferne. Auf den Spieltableaus war er nicht aufgeführt gewesen, sodass ich vermutete, er war in offizieller Mission unterwegs, denn als ich vom Platz kam, war er jeweils schon wieder verschwunden.

»Julie, das ist Seine M...« G hüstelte. »Das ist mein Doppelpartner Mr G. Wir haben uns in meiner ersten Saison an der Côte d'Azur kennengelernt.«

»Willkommen«, sagte Julie. »Julius' Freunde sind auch meine Freunde, Mr ... ähem, G!«

Und wie schon Lena vor ihm legte G den Kopf in den Nacken und blickte an der Fassade der Alten Burg empor.

»Vielen Dank, meine Liebe, ob Sie's glauben oder nicht – ich fühle mich fast wie zu Hause.«

*

In der Nacht vor unserer Hochzeit fiel das Thermometer auf unfassbare dreißig Grad minus. Ich lag in meinem Bett, eine Wärmflasche am Fußende, als sich die Tür zu meinem Zimmer leise öffnete und wieder schloss.

»Julius«, wisperte eine vertraute Stimme, »schläfst du schon?«

»Herrgott, Julie, was machst du hier?«

»Mir war so kalt, außerdem konnte ich ohne dich nicht einschlafen. Darf ich unter deine Decke?«

Ich zögerte, hin- und hergerissen zwischen dem Wunsch, Julie in die Arme zu schließen, und der Angst vor Entdeckung. Bislang war alles gut gegangen. Niemand wusste, dass Julie und ich seit Monaten zusammenlebten. Zusammenleben hieß auch zusammen schlafen, bedeutete aber nicht miteinander schlafen. Das war meine Bedingung für ihren Einzug gewesen.

Julie mochte in ihren Ansichten und Überzeugungen noch so frei sein, aber auch ich war der, der ich war. Nicht zuletzt mein Erlebnis mit Sonja hatte mir gezeigt, was ich nicht wollte: berauscht sein, hemmungslos über die Stränge schlagen und dabei die Kontrolle über mich und die Situation verlieren. Unter keinen Umständen würde ich mich ein weiteres Mal unehrenhaft verhalten.

Natürlich lebten wir in Berlin, der modernsten und wahrscheinlich liberalsten Stadt der Welt. Alles war erlaubt, nichts verboten. Wo man hinschaute, pure Lebenslust.

Aber manche Dinge unterliegen nun einmal nicht der Mode oder einem Zeitenwandel. Würde, Anstand und Respekt kennen kein Verfallsdatum, und Verantwortung trägt man jederzeit – für sich und den anderen.

So weit die Theorie. In der Praxis stand Julie vor Kälte zitternd vor mir.

»Komm schon«, sagte ich und schlug die Decke zur Seite, »aber sei um Himmels willen leise. Morgen gehst du in aller Früh in dein Zimmer zurück, damit niemand merkt, dass du hier gewesen bist. Einverstanden?«

»Zu Befehl, *mon général*«, flüsterte sie und schlüpfte neben mich. Ein zarter Duft von Rosen und Vanille stieg mir in die Nase.

»Ich glaube, ich spüre meine Füße nicht mehr«, sagte sie.

»Ich schon«, antwortete ich.

Tatsächlich war sie völlig ausgekühlt, und ich drückte sie fest an mich, um sie zu wärmen, so gut es ging.

Bevor ich zu Bett gegangen war, hatte ich die Vorhänge bloß zur Hälfte zugezogen, fasziniert von dem hellen Schimmer, der von draußen in mein Zimmer fiel. Es war, als leuchtete der Schnee selbst, als hätte jemand tief unter dem makellosen Weiß eine Fackel entzündet, deren Schein die Nacht in ein geheimnisvolles Licht tauchte. Mir kam das grimmsche Märchen in den Sinn, wo mithilfe der blauen Flamme Wünsche wahr werden.

»Stell dir vor, Julius, das ist unsere Hochzeitsnacht«, sagte Julie leise.

»Nein«, antwortete ich, »damit ist die Nacht nach der Hochzeit gemeint, nicht die davor.«

»Bist du sicher?«

Sanft streichelten ihre Finger meine Hüfte.

»Julie ...«, bat ich.

»Psst ...«

*

Später, sehr viel später, der Mond stand längst hoch am Himmel, an dem Millionen Sterne funkelten, atmete ich schläfrig in Julies Nacken; das Gesicht tief in ihrem seidigen Haar vergraben.

Die Seele war mir schier aus der Brust gesprungen, und Julie hatte sie aufgefangen. Nachdem sie sie zuvor unendlich zart gestreichelt und ich irgendwann aufgeschrien und mich ergeben hatte.

»*Le petit mort*«. Wie ein Windhauch waren ihre Worte im Zimmer verklungen.

Für einen Moment fragte ich mich, weshalb ich etwas so unvergleichlich Schönes nicht schon viel früher zugelassen hatte. Manchmal, so kam es mir vor, hatte Tugend einen hohen Preis.

In jener Nacht träumte ich, dass sich tief unter uns, am Fuß des Felsens, auf dem die Alte Burg thronte, im Rhein selbst, Unerhörtes tat. Schwebeteilchen, Pflanzenreste, Sedimente. Winzige Strukturen, die sich in der Strömung festbissen, erst ganz sanft und dann die Kiefer anspannten, den Druck erhöhten. Unbemerkt von der schlafenden Welt setzte sich der mächtige Strom zur Wehr, aber mit zunehmender Dauer ließen seine Kräfte nach, er verlor an Geschwindigkeit. Glitzernde Hohlräume schlossen sein Wasser ein und bildeten ein glaziales Netz, in dessen Maschen sich immer mehr Kristalle verfingen. Er wurde langsamer, noch langsamer, bis seine Fluten schließlich zum Erliegen kamen. Eine widersprüchliche Masse, in der sich Chaos und Ordnung, flüssig und fest vereinten. Wie durch eine dicke Glasscherbe erkannte ich die erstarrte Bewegung in der Tiefe, ihr plötzliches Innehalten in einer Illusion von Ewigkeit.

*

Am Hochzeitstag selbst zeigte die Quecksilbersäule immer noch beeindruckende zwanzig Grad minus an – um elf Uhr vormittags. Die Trauung sollte um zwölf stattfinden, unten, im Dorf.

Ich stand am Fenster und sah auf die Einfahrt hinab, in der jeden Moment unser Chauffeur erscheinen würde, um mich pünktlich zu meiner eigenen Hochzeit zu bringen. Alle anderen waren bereits vorausgefahren; meine Familie zur Kirche und Julie und die Brautjungfern zu Großvater, wo sie im Warmen auf ihren Auftritt warteten. In Gedanken stellte ich mir vor, wie gerade letzte Hand an den Schleier gelegt wurde, an das Brautkleid oder den Kranz, den Hélène ihrer Schwester geflochten hatte.

»Glaubst du, nach heute Nacht darf ich immer noch Weiß tragen?«, hatte Julie mich, den Kopf auf den Ellenbogen gestützt, gefragt, nachdem ich sie frühmorgens geweckt und sie sich träge auf die Seite gedreht hatte.

»Natürlich«, hatte ich geantwortet, »nicht umsonst heißt es *der weiße Sport*, oder etwa nicht?«, und sie hatte gelacht und mich zärtlich geküsst.

Ich blickte auf den Schnee, dessen unberührte Fläche wie tausend Diamanten funkelte, und überlegte, wie es sich anfühlen würde, verheiratet, bereits mit zweiundzwanzig den Bund fürs Leben eingegangen zu sein. War es nicht zu früh, wusste ich wirklich, was ich tat?

Wenigstens die Geheimniskrämerei hätte ein Ende. Seinerzeit war ich mit Julie zu ihrer Tante gefahren, um ihr Gepäck abzuholen. Sie hatte ihr erzählt, sie würde zu Lena, einer guten Freundin, ziehen. Die Tante, eine mürrisch wirkende Witwe, hatte sich nicht dazu geäußert. Letztlich wirkte sie nicht unfroh, Julie wieder los zu sein.

Im Gegensatz dazu hatte Lena vergnügt »*Wenn die bes-*

te Freundin mit der besten Freundin ... « geträllert, als wir sie – als Einzige – in unser Vorhaben einweihten, damit Julie ihre Adresse als Postanschrift nutzen konnte. Als Julie sich bei ihr bedanken wollte, unterbrach Lena ihren Gesang und lächelte ironisch: »Schon gut, Liebes. Wir wissen beide, eine Frau ist nur interessant, wenn sie ein Geheimnis hat. Ich werde schweigen wie ein Grab.«

Unten, in der Einfahrt, fuhr Vaters *Horch* vor. Ich verließ meinen Beobachtungsposten und ging hinunter, nahm meinen Mantel aus dem Garderobenschrank und zog ihn über meinen Frack. Dann öffnete ich die Eingangstür und trat hinaus, trat zum letzten Mal hinaus in mein altes Leben.

*

Als ich die Kirche betrat, wandten alle Anwesenden den Kopf. Mit steifen Beinen ging ich den Mittelgang entlang. Vorn, vor dem Altar, warteten zwei blumengeschmückte, mit rotem Samt gepolsterte Holzschemel. Aus den Augenwinkeln bemerkte ich viele bekannte Gesichter, das halbe Dorf war gekommen, um dem großen Ereignis beizuwohnen: *Der Sohn des Grafen heiratet!* Dazu die geladenen Gäste aus Berlin und – ich lächelte – ein ungeladener, aber umso willkommenerer Gast aus dem hohen Norden. Mutter und Vater saßen neben Julies Eltern in der ersten Reihe. Ich nahm meinen Platz ein und spürte hinter mir die gespannte Erwartung, hörte das aufgeregte Tuscheln und das Scharren der Füße in den Bänken; alles Dinge, die zu einer Hochzeit gehören, wie Braut und Bräutigam. Wieder öffnete sich ein Flügel des Eingangsportals, und auf ein unsichtbares Zeichen hin setzte die Orgel ein. Ich stand auf und drehte mich um. Eskortiert von Hélène, Almuth und Viktoria, den Brautjungfern, schritt Julie den Gang hinab. Zwei Mädchen aus dem Dorf hielten die Schleppe ihres Kleides, zwei weitere streuten Blumen aus einem Weidenkorb.

Bei Julies Anblick schlug mir das Herz bis zum Hals, ich spürte einen Kloß in der Kehle und befürchtete, jeden Moment in Tränen auszubrechen. Gleichzeitig tauchte wie aus dem Nichts die Vorstellung auf, ich könnte ausgerechnet jetzt einen dieser rätselhaften Anfälle erleiden, die mich in der Vergangenheit heimgesucht hatten; in ebendiesen Minuten, in denen sich alles verdichtete, erfüllte und entschied, was ich mir erhofft und ersehnt hatte; in denen ein einziges *Ja* oder *Nein* über mein weiteres Leben und Schicksal bestimmen würde.

Julie trat vor mich, keine Unsicherheit und kein Zögern im Blick, und ich verfluchte mich innerlich wegen meiner abstrusen und abwegigen Gedanken. Ich reichte ihr die Hand und führte sie um den Schemel herum; wir setzten uns hin.

Die Worte des Pfarrers, die Zeremonie selbst – ich war dabei und nicht dabei. Wie in einem Theaterstück fühlte ich mich als Schauspieler und Zuschauer zugleich. Endlich hob die Orgel zu einem mächtigen Akkord an, und Julie und ich schritten langsam zu den Klängen von Mendelssohn Bartholdys Hochzeitsmarsch den Mittelgang hinab, Richtung Ausgang.

Draußen empfing uns ein Reisregen, wir schüttelten Hände und umarmten Familienmitglieder und Freunde. Irgendwer brachte einen Sägebock herbei, und wir bewiesen, dass wir gemeinsam kommenden Aufgaben gewachsen sein würden. Kaum waren die beiden Baumhälften zu Boden gepoltert, tauchte plötzlich ein kleiner Junge am Eingang des Kirchplatzes auf und rief mit sich überschlagender Stimme:

»Er ist zu, ganz zu! Man kann rübergehen!«

Julie und ich, Vater und Mutter, sämtliche Gäste schauten sich fragend an. Im nächsten Moment gab es kein Halten mehr. Alles, was sich bewegen konnte, rannte los, nahm die Beine in die Hand. Im Nu war Julies Schleppe zusammengerollt und zu einem Bündel unter ihrem Arm geworden; sie juchzte und setzte den anderen hinterher. Ich sah, wie Almuth und Viktoria sich um Großvater kümmerten. Dann lief auch ich los.

Wie soll man es beschreiben? Worte finden für etwas, das man noch nie gesehen hat und wahrscheinlich nie wieder sehen würde?

Erich, neben mir, flüsterte ergriffen: »Das wird mein letzter Artikel werden. Ein Geschenk an Julie und dich.«

Er war erst am Morgen angereist. Seit zwei Wochen zuvor sein Buch, ein Antikriegsroman, beim Berliner Ullstein Verlag herausgekommen war, hatte er viel zu tun; eine Interviewanfrage jagte die andere. Doch jetzt stand er an meiner Seite und war Zeuge eines einzigartigen Naturschauspiels.

Bereits vergangene Woche hatten sich an der Loreley Eisschollen gestaut, fürs Erste aber wieder gelöst. Doch seitdem war es noch kälter geworden, und letzte Nacht musste es passiert sein: Der Rhein war zugefroren!

Unter einem stählern blauen Himmel erstreckte sich eine einzige durchgehende Eisfläche; glitzernd und rau. Die ersten Wagemutigen hatten sie betreten und bewegten sich vorsichtig ans gegenüberliegende Ufer. Paare fassten sich an den Händen und versuchten mit blanken Sohlen Schlittschuhschritte. Kinder warfen Schneebälle, Hunde bellten; am Ufer erschien ein Mann und blies mit seiner Trompete eine Fanfare.

Mutter reagierte als Erste: »Schnell«, befahl sie den Bediensteten, die mit uns hinunter zur Kirche gekommen waren und nach der Hochzeitsmesse auf dem Kirchplatz Sekt gereicht hatten, nun aber ebenfalls am Rhein standen, »holt die restlichen Gläser und Getränke; das dürfen wir uns nicht entgehen lassen!«

Ich weiß nicht, ob es Menschen gibt, die die Ereignisse an ihrem Hochzeitstag in Gänze abspeichern. Ich gehöre nicht dazu. Vieles ist später im Nebel der Zeit verschwunden. Aber eines würde ich nie vergessen, hat sich mir unauslöschlich eingeprägt: Der Moment, in dem Julie und ich und sämtliche Gäste bei eisiger Kälte und einer Luft wie aus Glas, in dicke Mäntel und Pelze gehüllt, auf dem blaugrauen Bett des Rheins standen und miteinander anstießen. In dem Vater in seltenem Überschwang rief: »Auf das frisch getraute Brautpaar!«, und in dem Mutter und meine Schwestern einige wenige Tränen vergossen, mein Freund Daniel aber wahre Sturzbäche weinte. Wie in so vielen Menschen, die gerne Witze machen, steckte auch in ihm ein weicher Kern. Später hörte ich, wie er Hélène – erwartungsgemäß hatte er sich zu ihr gesellt – versicherte, es müsse ihm etwas ins Auge geflogen sein, etwas durchaus Großes, vielleicht sei es aber auch ihre Schönheit, die ihn zu Tränen rühre, fügte er galant hinzu.

Moses trat zu uns, hob sein Glas und sagte: »Jetzt bin ich der Einzige in unserer trauten Viererrunde, der nicht verheiratet ist.«

Inzwischen duzten wir uns, er war zu einem engen

Freund geworden. In einer stillen Stunde hatte ich ihm sogar von meinen beiden merkwürdigen Anfällen erzählt, damals auf dem Weinfest und später an der Côte d'Azur. Nachdenklich hatte er mich gemustert.

»Weißt du, Julius, die Psychoanalyse sagt, im Unbewussten sind manchmal widersprüchliche Kräfte am Werk; stehen sich zuweilen unvereinbare Wünsche und Triebe gegenüber, wodurch der innerseelische Druck steigt. Ein Vorgang, der der Seele Angst macht. Angst, die in den Körper verschoben und dadurch ventiliert wird.«

»Widersprüchliche Kräfte? Unvereinbare Wünsche und Triebe? Aber was sollte das sein?«

Er hatte den Kopf geschüttelt und gemeint: »Gib mir Bescheid, falls du noch einmal in einen solchen Zustand geraten solltest. Dann sehen wir weiter.«

Doch gerade war alles gut, denkbar gut, und so prostete ich ihm lächelnd zu. »Sei nicht traurig, ganz sicher gibt es da draußen einen passenden Menschen für dich. Wir müssen ihn nur finden.«

Währenddessen schoss Erich Fotos für seinen Artikel, später würden sie ein ganzes Album füllen. Eine der Aufnahmen zeigte Julie und mich leicht versetzt im Profil. Bei der Rennerei zum Rheinufer hatten sich Kranz und Schleier gelöst, sodass auf dem Foto Julies bloßes dunkles Haar mit meinem blonden kontrastierte. Erich nutzte das Bild als schwarz-weißen Titel. Es war das zweite Mal, dass ich auf dem Umschlag von *Sport im Bild* erschien. Tatsächlich hätte man uns für Zwillinge halten können — der eine des anderen helles beziehungsweise dunkles Ich. Erichs Beitrag endete mit den Worten:

*(...) und so bildete sich an diesem 12. Februar 1929 im
Kleinen das Große ab, als sich das lebendige Temperament
einer klugen Französin und der ausgeglichene Charakter
eines deutschen Sportsmannes vermählten.*

*Denn wächst das Beste aus zwei Welten zusammen,
dann besteht Hoffnung auf eine neue Welt. Hoffnung auf
ein vereintes Europa und Hoffnung auf nie wieder Krieg.*

*Da wo selbst der Rhein das scheinbar Unmögliche
möglich macht, den festen Brückenschlag zwischen zwei
Nationen, sollten auch wir uns bestärkt fühlen, den Weg
in eine gemeinsame Zukunft zu gehen.*

Erichs Artikel schlug hohe Wellen. Tatsächlich bildete er
den Auftakt zu einer Form von Öffentlichkeit, die Julie
und ich weder gesucht noch angestrebt hatten. Eine un-
ersättliche Öffentlichkeit, für die das Leben der anderen
interessanter schien als das eigene. Die den Bericht über
unseren wunderbaren Aufstieg mit der gleichen gefräßi-
gen Sehnsucht konsumierte, wie sie später den über unseren – in ihren Augen – nicht weniger wunderbaren Fall
verschlingen würde.

Über Nacht wurden wir zu einem sogenannten Glamour-
Paar und tauchten unabhängig von meinen Tenniserfolgen
immer häufiger in den Gesellschaftsteilen zahlloser Illustrierten und Zeitschriften auf. Blitzlichter, Journalisten,
Schaulustige; Autogrammwünsche, wohin wir kamen. Sogar Briefe und kleine Geschenke wurden uns in die Hand
gedrückt. Doch damit nicht genug: auch Berichte über unseren privaten, häuslichen Bereich wurden angefragt, die
wir konsequent ablehnten. Trotzdem avancierten wir in
den kommenden Jahren zu einem der meistfotografierten
Paare in der deutschen Presselandschaft.

Aber Erichs Beitrag bewirkte noch mehr. Ungewollt, unbeabsichtigt.

Er machte uns zu Symbolen.

Zu Symbolen für eine bestimmte Form von Pazifismus im Herzen Europas. Präzise – für ein geeintes Europa. Und damit zur Zielscheibe für die erstarkenden Nationalsozialisten.

- 19 -

Die Flitterwochen führten uns an die Côte d'Azur, wo wir weiter an unserem Zusammenspiel arbeiteten. Ein freudvolles Unterfangen, das Früchte trug – nicht zuletzt errangen wir mehrere Titel im gemischten Doppel. Auch die internationale Presse wurde auf uns aufmerksam.

Gegen Ende der Rivierasaison unternahmen wir einen Abstecher nach Athen und stießen völlig unerwartet bis ins Halbfinale der Internationalen Meisterschaften der Mittelmeerländer vor. Fotos des Turniers fanden ihren Weg bis nach Deutschland, und Erich telegrafierte: *Weiter so!*

Inzwischen war sein Roman zu *der* literarischen Sensation schlechthin geworden; allein in den ersten drei Monaten nach Veröffentlichung verkaufte er sich fast eine halbe Million Mal. Neben Lob und Zustimmung gab es ebenso gegenteilige Reaktionen: Rechtskonservative Kreise beschimpften ihn als »Nestbeschmutzer«, die Nazis diffamierten sein Buch mit Bezug auf den Ullstein Verlag als »jüdische Propaganda zum Zwecke der Aushöhlung der deutschen Volksseele«.

Bei den Einzelwettbewerben in Paris und Wimbledon schnitt ich weniger erfolgreich ab als im Jahr zuvor. Zu meiner Enttäuschung schied ich jeweils in der zweiten Runde aus. Ein Rückschlag, den Robert mit den Worten kommentierte:

»Kein Match wird im ersten Satz entschieden.«

Auf meine Bitte hin intensivierten wir das Training.

So vergingen Frühling und Sommer wie im Flug. Nach unserer Rückkehr nach Berlin zogen Julie und ich gemeinsam in eine größere Wohnung – diesmal offiziell. Unser neues Domizil befand sich im zweiten Stock eines gepflegten Sandsteinbaus in der Dernburgstraße, auf der Grenze zwischen Charlottenburg und Halensee, und lag damit deutlich näher an *Rot-Weiß* als unser vorheriges Zuhause.

Ich hatte mich in Julies mürrischer Tante getäuscht: Wir erhielten von ihr eine ebenso großzügige monatliche Apanage wie von Großvater, Mutter und Vater und von Julies Eltern. Es war ein Leben in einer exklusiven Wirklichkeit, das wir, jung, wie wir waren, als selbstverständlich hinnahmen.

Und als immerwährend.

∗

»Weg da!«

Die meisten Frauen machen ihren männlichen Partnern bereitwillig Platz, wenn im gemischten Doppel ein Passierball mit einer schnellen Vorhand oder ein Schmetterball mit viel Kraft ins gegnerische Feld gespielt werden soll. Böse Zungen sprechen sogar von »Herreneinzel mit Damenbeteiligung«. Nicht so bei Julie. Sie bestand auf ihrem Recht teilzuhaben. Gleichberechtigt teilzuhaben. Von daher trat *ich* beiseite, vorsichtshalber, eine Kopfplatzwunde immer nur eine Schlägerlänge weit entfernt.

Wie nicht anders erwartet, hatte sie bereits ausgeholt und zog den Schlag mit der freundlichen Effizienz einer Henkerin durch. Auf der gegenüberliegenden Seite schrie

Marita überrascht auf. Sie und Daniel waren ans Netz vorgerückt, wo es ihr gerade noch gelang, den Schläger zwischen sich und den Ball zu bringen, andernfalls hätte Julie sie getroffen. Eine reine Abwehrbewegung, weit entfernt von einem platzierten Schlag. Mitleidig stöhnte das Publikum auf. Der Punkt ging an Julie und mich.

»Bist du verrückt geworden?«, zischte Marita wütend. »Wie kannst du es wagen, auf meinen Körper zu zielen?«

»*Pardon*, meine Liebe. Ich wusste nicht, dass du zum Blümchenpflücken da vorne bist«, konterte Julie.

Eigentlich, hatte ich gedacht, stünde sie bereits aufrecht, aber jetzt schien sie, ohne ihre Haltung kaum merklich zu verändern, noch ein, zwei Zentimeter zu wachsen. Hoch erhobenen Hauptes drehte sie sich um und nahm in Erwartung des nächsten Aufschlages ihren Platz an der Grundlinie ein. Innerlich verdrehte ich die Augen und schaute entschuldigend zu Daniel rüber, der sich nur schwer ein Lachen verkneifen konnte. Im Gegensatz zu Marita hatte er schon des Öfteren gegen Julie und mich gespielt und wusste, sie machte keine Kompromisse. Wie für mich war Tennis für sie eine Verlängerung des Lebens. Mit dem entscheidenden Unterschied, dass ich mich an die Regeln hielt.

*

In diesem Jahr wurden die Offenen Berliner Stadtmeisterschaften auf der Anlage des LTTC ausgetragen. Die Tribüne des Centre Court war voll besetzt. Daniel und ich belegten derzeit die Plätze eins und zwei der deutschen Herrenrangliste. Mit Julie und Marita hatten wir zwei ausgesprochen talentierte Spielerinnen an unserer Seite.

Hochklassiges Tennis war zu erwarten, und dementsprechend gespannt verfolgten einige Hundert Zuschauer unser Endspiel im gemischten Doppel.

Die Sonne stand hoch an einem makellos blauen Berliner Himmel. Eine leichte Brise linderte die sommerliche Hitze; es herrschten ideale Bedingungen – wenigstens, was die äußeren Gegebenheiten betraf.

Konzentriert nahm Marita an der Grundlinie Aufstellung; offenbar hatte sie ihre Gefühle wieder unter Kontrolle. Sie tippte den Ball mehrmals auf den Boden, um dann in einer fließenden Bewegung einen Aufschlag in Julies Rückhandecke zu platzieren. Diese streckte sich vergeblich. Ein glattes Ass. Anerkennender Beifall brandete auf, und mit einem herzerwärmenden Lächeln erkundigte sich Marita:

»Verzeihung, meine Liebe, warst du schon bereit?«

Zweifelsohne ist Tennis der schönste Sport der Welt. Ich spielte gern gemischtes Doppel. Trotzdem kam mir in dem Moment der Gedanke, ob es nicht eher »Dameneinzel mit Herrenbeteiligung« heißen müsste.

In den nächsten anderthalb Stunden wogte das Match hin und her. Mit sehr viel Glück gewannen Julie und ich denkbar knapp mit 6:4 im dritten Satz. Am Netz wurden Küsschen ausgetauscht, die Herren gaben sich die Hand.

Etwa eine Stunde später standen wir allesamt frisch geduscht und umgezogen auf der Terrasse des Clubhauses. Der Vereinspräsident hielt eine Rede und bedankte sich bei den Teilnehmern und Teilnehmerinnen für die spannenden und fairen Spiele.

»Guck nicht so!«, flüsterte Julie und knuffte mich in die Seite.

Man bat uns nach vorn, wo wir unter freundlichem Ap-

270

plaus den Pokal und Julie einen großen Strauß Blumen entgegennahm. Danach gab es Schampus für alle, nicht zu knapp.

»Das war das erste Mal, dass ich ein Tennismatch gesehen habe«, sagte Moses, »ich bin beeindruckt. Vielen Dank für die Einladung!«

Natürlich hatten Julie und ich Lena und ihm Bescheid gegeben, und beide waren gekommen.

»Das geht mir genauso«, sagte Lena, »bislang war ich der Auffassung, nur beim Tanzen gäbe es diese einzigartige Verbindung aus Athletik und Leichtigkeit, aber was ihr vorhin auf dem Platz geboten habt, steht dem in nichts nach. Kompliment!«

»Du wirkst gar nicht übermäßig muskulös, Julius«, sagte Moses, »dennoch sind deine Schläge enorm schnell. Betreibst du irgendeine besondere Form von Training?«

»Quarkbrote und gelegentlich ein Glas Wein«, antwortete ich und lächelte.

»Unfug«, schaltete sich Julie ein, »er spricht nicht darüber. Aber was seine Fitness betrifft, ist Julius nicht weniger ehrgeizig als beim Schlagtraining. Stellt euch vor«, sagte sie zu den beiden, »jeden Tag rennt er um sechs Uhr morgens eine Stunde lang durch den Tiergarten, um anschließend eine ausgeklügelte Gymnastik zu absolvieren. Doch damit nicht genug, springt er dann noch zehn Minuten Seil. Zum Aufwärmen, wie er sagt, denn erst danach, ich betone danach, stellt er sich auf den Tennisplatz.«

»Nun übertreib mal nicht, Julie«, wehrte ich ab, »alle machen das. Es gehört zum Leben eines Sportlers dazu.«

»Komm schon, Adonis, sei nicht so bescheiden«, sagte Lena, »ich würde sagen, die Hälfte aller Damen hier verschlingt dich mit ihren Blicken.« Sie grinste. »Was ist mit dir, Moses? Verbirgt sich unter deinem frisch gestärkten Hemd ebenfalls ein Astralleib?«

Moses lachte. »Ich korrigiere dich nur ungern, meine Liebe, aber ein Astralleib hat nichts mit Muskeln zu tun. Es heißt, er sei Träger der seelischen Kräfte, des Bewusstseins. Aber vielleicht verfügt Julius auch über einen gut modellierten Seelenleib, wer weiß?«, sagte er.

Die Situation war mir peinlich. Ich mochte es nicht, im Mittelpunkt zu stehen. Außerdem mochte ich es nicht, wenn so unverblümt Körperliches zur Sprache kam. Meiner Meinung nach war das etwas sehr Privates, was nur den Betreffenden selbst oder seinen Partner anging.

Es war einer jener Sommernachmittage, die endlos schienen. Sämtliche Anwesenden lachten und tranken und plauderten, mischten sich und gingen wieder auseinander, nur um einen Augenblick später in neuen Kombinationen zusammenzukommen. Unmerklich brach die Dämmerung an. Kanapees wurden gereicht, belegt mit geräuchertem Lachs und anderen Köstlichkeiten; der Champagner floss in Strömen. Jeder schien sich zu amüsieren, allen ging es gut.

Irgendwann wurden, wie bei den *Rot-Weißen* üblich, Tische und Stühle beiseitegeschoben, und die für diesen Anlass engagierten Musiker gingen in Position. Die Klänge von Dixie, Charleston und Tango hallten weit über die inzwischen im Dunkeln liegenden Plätze bis zum Hundekehlesee. Ich tanzte beinah ununterbrochen; mit Julie, Lena und Marita.

Als ich Alicia im Arm hielt, musterte sie mich herausfordernd und meinte: »Ich nehme an, heute Abend spielst du mit Julie und Lena *Amerikanisches Doppel*, nicht mit Marita und mir. Oder überlässt du Moses diesen Part?«

Ich folgte ihrem Blick und sah die drei dicht beieinanderstehen. Plötzlich befiel mich ein neues, mir bislang unbekanntes Gefühl. Ich war angetrunken, aber ebenso war ich … eifersüchtig? In meinem Kopf ging es wild durcheinander. Ich sah Julies nackte Arme, Lenas vollendet schlanke Tänzerinnenbeine und Moses in seinem eleganten Anzug.

»Red keinen Unfug«, sagte ich zu Alicia, ungewohnt grob.

»Ah, da scheine ich einen wunden Punkt getroffen zu haben«, entgegnete sie mit einem süffisanten Lächeln.

An den weiteren Verlauf des Abends erinnere ich mich nur bruchstückhaft. Kerzenschein, Laternenlicht und Kleider in gedeckten Farben. Weiße Smokinghemden, schwarze Hosen mit Bund, Jacketts, die achtlos über eine Stuhllehne geworfen wurden. Winzige Schweißperlen über roten Lippen, erhitzte Körper, die sich in der milden Abendluft drehten. Mittlerweile war es weit nach Mitternacht und die Gruppe der Feierwütigen auf ein halbes Dutzend Paare zusammengeschrumpft. Irgendwann zog Julie Lena, Moses und mich beiseite und flüsterte verschwörerisch:

»Lasst uns schwimmen gehen.«

Inzwischen befand ich mich in dem Zustand, in dem man jede Idee für eine gute hält.

»Klar«, murmelte ich und folgte ihr und den beiden anderen, die ebenfalls keinen Widerspruch eingelegt hatten, von der Terrasse in Richtung Centre Court. Wir ließen den Platz hinter uns und betraten das kleine Wäldchen, durch dessen Bäume die im Mondschein glitzernde Fläche des Hundekehlesees zu erkennen war. Der einsame Ruf eines Käuzchens ertönte, ansonsten war es still.

Als wir das Ufer erreichten, begann ich zu kichern.
»Wir haben ja gar keine Badesachen dabei.«

»Tatsächlich?«, sagte Lena, bückte sich und begann einen ihrer Strümpfe hinunterzurollen.

Kurze Zeit später waren wir nackt, und unsere Leiber durchbrachen die Glätte des Sees. Eine seltsame Stimmung hatte sich unserer bemächtigt. Niemand sprach, keiner alberte mehr herum. Da waren nur das kühle Nass, das Mondlicht und wir. Griechische Götter und Göttinnen, deren Körper im Wasser hell, wie Marmorskulpturen, schimmerten. Es hätten genauso gut der Wald, der See oder die Sterne sein können, als Lena wisperte:

»Gerade eben habe ich einen Film abgedreht. Mit Jannings, in den Ufa-Ateliers. Es ist noch nicht endgültig, aber vielleicht gehe ich schon bald nach Amerika.«

Niemand antwortete, aber alle wussten, in diesem Moment ging etwas zu Ende. Unwiderruflich.

Wir wateten ans Ufer, trockneten uns mit unserer Leibwäsche ab. Die Nacht war warm, die Luft lag wie Samt auf unserer Haut. Ich saß neben Moses, ein Stück entfernt waren Lena und Julie. Ich sah, wie Lena Julies Gesicht in beide Hände nahm und sie sich küssten. Es kam mir vor, als müsste es so sein.

Neben mir griff Moses nach meiner Hand.

»Was ist passiert?«, fragte er und deutete auf meinen verkürzten Zeigefinger.

»Ein Unfall. Ich muss dreizehn oder vierzehn gewesen sein.«

»Wie genau ist es geschehen?«

»Ich fütterte gerade Abraxas, Vaters Lieblingshengst, als plötzlich Georg, unser Stallbursche, hinter mir stand. Ich ... ich hatte ihn nicht kommen hören. Irgendwie muss ich eine ungeschickte Bewegung mit der Hand gemacht haben, und Abraxas biss zu.«

Ich weiß nicht, ob es meinem Zustand geschuldet war, aber als es anfing, war ich nicht überrascht. Das bekannte Prickeln wie von tausend Ameisenbissen, die ungeheure Schwere in Armen und Beinen, als wäre ich gelähmt. Hitze, Kälte, ein zunehmendes Engegefühl in der Brust. Meine Kehle schnürte sich zu, ich bekam keine Luft mehr, stattdessen Todesangst.

»Moses«, stieß ich hervor und versuchte aufzustehen.

»Was ist?«

»Es geht wieder los, ich muss weg hier.«

»Warte.« Er griff meine Hand fester. »Bleib.«

Ich wusste nicht, wie lange wir so dasaßen. Um uns die Nacht, Lena und Julie ein ferner Traum, meine Hand in Moses' Hand. Irgendwann flaute die Panik in meinem Inneren wieder ab, mein Herzschlag beruhigte sich, und ich konnte einen halbwegs klaren Gedanken fassen.

»Warum?«, fragte ich erschöpft. »Wieso passiert mir das?«

Moses wandte sich zu mir, die Augen Brunnen, abgrundtief. »Ich schätze, du kannst nicht ewig vor dir davonlaufen, Julius.«

NACH DEM SPIEL

Wir sind nur der Sterne Tennisbälle,
aufgespielt, gewechselt, wie es ihnen passt.

(John Webster, *Die Herzogin von Malfi*,
Akt V, Szene 3)

1984, Deutschland, Mittelrhein

Der alte Mann, hochgewachsen und immer noch schlank, starrte auf den Feldstein vor ihm auf dem Boden. Granit – schlicht, grau, scheinbar aus der Zeit gefallen. Die Inschrift nicht weniger genügsam, vier Worte, keines davon zu viel:

Julius Graf von Berg

Keine Jahreszahl, kein tröstender Vers, kein Kreuz oder sonstiges Symbol. Wäre er überhaupt mit einem Gedenkstein einverstanden gewesen, hätte ihm diese in die Natur eingebettete Erinnerung vermutlich am ehesten zugesagt, dachte er.

Das Grab selbst befand sich unten, auf dem kleinen Dorffriedhof, wo alle von Bergs begraben waren; gleich nach seiner Ankunft hatte er es besucht.

Doch das hier war etwas anderes, Persönlicheres. Ein kantiger Bruchstein, versprengter Rest eines Findlings, am Waldrand oberhalb der Rebhänge, auf halber Höhe zwischen Dorf und Burg. Ein Stein unter Steinen, ein Fels unter Felsen, der sich im Sommer erwärmte und im Winter überfror. Der Hitze speicherte und Kälte und sich in die Schöpfung einfügte.

Er kannte sich mit hiesigen Begräbnisriten nicht aus,

aber in seiner Heimat zitierten die Geistlichen am offenen Grab üblicherweise die Formel »Denn Staub bist du, zum Staub musst du zurück«; bescheidene Worte, die Julius gefallen hätten. Dieser hatte nie viel Aufheben um sich und seine Person gemacht, der alte Mann runzelte die Stirn, bestimmt hätte er nach seinem Ableben nicht damit begonnen.

Er trat zwei Schritte zurück und setzte sich auf die Bank, die an dieser Stelle aufgestellt worden war; spürte die Wärme der Lehne in seinem Rücken, der herbe Duft von frisch gesägtem Holz stieg ihm in die Nase. Über ihm filterte das Blätterdach der Bäume das Tageslicht, Sonnenflecken tanzten auf dem Boden.

Er hob den Kopf und blickte hinab ins Tal. Rot und schwarz gedeckte Spielzeughäuser, der wuchtige Turm einer Spielzeugkirche. Hinter den Resten der Stadtmauer, von hier aus nicht zu sehen, der Rhein. Ab Königswinter war die Straße seinem Lauf gefolgt, seinem ruhigen, mäandernden Dahinfließen. Er hatte sich nicht sattsehen können an diesem amerikanischsten aller Träume deutscher Romantik, der, wie konnte es anders sein, an Burgen, Schlössern und Ruinen vorbeiführte – ein auf Fels erbautes Sagenland. Zu seinen Füßen, dazu passend, eine dichte grüne Fläche: Weinstöcke, schwer von Trauben.

Hier war Julius aufgewachsen, das war seine Heimat. Niemand hatte geahnt, dass sein Weg ihn einmal nach Berlin, Frankreich, England und später an so ferne Orte wie die USA und Australien führen sollte. Als Eroberer, nicht Soldat. Held und nicht Feldherr. Die einzigen Waffen – ein Tennisschläger und sein Auftreten.

Unwillkürlich trat ein Lächeln auf die Züge des alten Mannes.

Wenige Monate nach ihrem Davis-Cup-Match in Wimbledon hatte Julius einen seiner letzten großen Schaukämpfe bestritten, in Kalifornien, genauer gesagt in L. A. Die komplette Hollywoodprominenz war anwesend, darunter Groucho Marx. Alles *good Americans,* die geplant hatten, demonstrativ ihre Plätze zu verlassen, sobald der deutsche Tennisstar das Stadion betrat; aus Protest gegen die Rassenpolitik der Nationalsozialisten und um auf die eigene ehrenwerte Gesinnung hinzuweisen. Selbstverständlich gab es in Hollywood keinen Antisemitismus!

»Es ging nicht«, erzählte der berühmte Komiker mit dem nicht minder berühmten Schnauzbart später, »es ging einfach nicht, weil ... er verhielt sich so vornehm und stilvoll, trat so gelassen und zurückhaltend auf, dass sich seine Haltung auf uns übertrug. Es wäre ein Affront gewesen, ihm den Rücken zuzukehren. Aber niemand wollte sich in der Gegenwart dieses Mannes durch schlechtes Benehmen disqualifizieren. Ohne Worte, allein durch seine Ausstrahlung, gelang es ihm, eine Atmosphäre gegenseitigen Respekts und Wohlwollens zu erzeugen.« Und mit todernster Miene hatte Marx hinzugefügt: »Wohlgemerkt bei uns, die wir alle für unseren Feinsinn und unsere Barmherzigkeit gefürchtet sind.«

1938, Berlin, Gefängnis Tegel

Während der Verhandlung zitierte der Richter Gestapochef Heinrich Himmler mit den Worten: »Auch in der Beurteilung der rassevernichtenden Entartungserscheinungen der Homosexualität müssen wir zurückkehren zu dem nordischen Leitgedanken der Ausmerzung der Entarteten.«

Ich denke an Moses. An seine leicht behaarten Handgelenke, die unter den gestärkten Hemdmanschetten hervorlugten, wenn diese hochrutschten. An das Grübchen unter seinem Adamsapfel, in dem ich mich so oft verlor. Den amüsierten Ausdruck in seinen klugen braunen Augen, wenn ich etwas vermeintlich Naives, ihn Belustigendes, sagte.

Mal haben wir uns bei ihm getroffen, mal bei mir. Außerdem sind wir spazieren gegangen, im Tiergarten, am Landwehrkanal, an vielen anderen Orten, und haben geredet. Es gab viel zu bereden.

Wo sind und waren meine Gewissensbisse? Die widersprüchlichen Kräfte in meinem Inneren, von denen er gesprochen hat?

Es gibt sie nicht – oder – es gibt sie nicht mehr. Ebenso wenig wie meine Panikzustände. Nicht ein einziges Mal in der viel zu kurzen Zeit, die uns vergönnt war, ist es dazu gekommen.

Moses schenkte mir Sicherheit.

Sicherheit, wer ich bin.

*

Ein lauer Sommerabend an einem der ersten Tage nach unserem nächtlichen Bad im See. Es geht auf Mitternacht zu. Wir stehen in der Tür zum Balkon seiner Wohnung in der Oranienburger Straße. Hoch oben, die Nachtschwärmer zu unseren Füßen, halten wir – beide in Morgenmänteln – Weißweingläser in der Hand. Moses raucht eine seiner zahllosen Zigaretten; einer der wenigen Makel, die ich an ihm entdeckt habe. Den Blick nach Westen, über die Lichter der Stadt gerichtet, fragt er:

»Siehst du den Horizont?«

»Nein«, antworte ich, »es ist zu dunkel.«

»Und doch ist er da, nicht wahr?«

»Natürlich.«

»Dort hinten, ganz weit links ...« Ich folge mit den Augen seinem ausgestreckten Arm. »Dort leben die Männer. Und da«, er deutet in die andere Richtung, »sind die Frauen. Männer und Frauen. Exakt gegenüber. Sie suchen einander, finden einander und kommen zusammen. So einfach ist das. Alles wohlgeordnet.«

»Und was ist mit uns?«, frage ich.

Er greift nach meiner Hand, nimmt sie und zeigt mit ihr nach vorn. »Wir leben in dem großen Bereich dazwischen, wie vermutlich etliche andere auch. Ein paar von uns zieht es nach links, andere nach rechts.«

»Das heißt, nur ganz links und ganz rechts sind diejenigen, die gewiss sind, die keine Zweifel kennen und ein Leben in großer Eindeutigkeit führen? Alle anderen sind ihrer nicht ganz so gewiss und auf der Suche?«

Er nickt. »Einige suchen, andere nicht. Es ist eine Frage der Entscheidung.« Ein Funkeln tritt in seine Augen. »Aber vergiss nicht – die Erde ist rund. Je nachdem, wo man steht, sind links und rechts plötzlich die Mitte und umgekehrt, und mit einem Mal ist gar nichts mehr gewiss und wohlgeordnet.«

Und sein Lachen perlt in die Dunkelheit, fliegt über die Dächer der Spandauer Vorstadt an den Ort, wo zwischen Männern und Frauen sehr viel Platz und ihre Verschiedenheit wie der Horizont ist: von einem nächtlichen Berliner Balkon aus nicht immer zu erkennen, aber zweifellos da.

1984, Deutschland, Mittelrhein

Es ist einfach, dachte der alte Mann. Ein Mann liebt eine Frau. Oder ein Mann liebt einen Mann. Es sei denn, es handelt sich um ein und denselben Mann. Und es geschieht gleichzeitig.

Julius. Julie. Moses.

Er hatte sich mit Moses getroffen. Viele Jahre später. Anfang der Fünfziger, in einem schäbigen Diner in Brooklyn. Moses war Jude. Und Kommunist. Mit Julius' Hilfe hatte er vor den Nazis flüchten können, in die Freiheit. In das demokratischste Land der Welt. Julius hatte ihm Geld gegeben, eine großzügige Summe. Später war das einer der Anklagepunkte gewesen: *Devisenvergehen.*

Doch Julius und Moses, sie hatten die Rechnung ohne das Komitee für unamerikanische Umtriebe, ohne Edgar J. Hoover und Senator Joseph McCarthy gemacht. Zwei Jahrzehnte nach seiner Einreise hatte Moses nicht nur seinen guten Ruf, sondern auch seinen wohldotierten Job als Psychiater am *Lebanon Hospital* verloren.

Jude.

Und Kommunist.

Das einzig Tröstliche: Im Unterschied zu Nazideutschland wurde man in Amerika dafür nicht gleich umgebracht.

Wenigstens nicht physisch.

Der alte Mann schüttelte den Kopf. Was war los mit den Menschen? Würden sie niemals lernen? Die Grauen der Nationalsozialisten waren unvergleichlich, aber ihre Ressentiments immer noch dieselben. Ob in den Dreißigern, Fünfzigern oder Achtzigern. Ob in Deutschland, Europa oder den USA. Juden, Kommunisten und, er dachte an die Pressekonferenz in Wimbledon zwei Tage zuvor, Homosexuelle. Die Reihe ließ sich bedauerlicherweise fortsetzen, doch noch immer bildeten bestimmte Gruppen ein bevorzugtes und, er schnaubte, anscheinend allgemein akzeptiertes Ziel.

»Wie geht es Ihnen?«, hatte er Moses gefragt. Aus der Küche waren Essensdünste nach vorn gedrungen; man hörte das gedämpfte Klappern von Pfannen, Schüsseln und Geschirr.

»Wie soll es mir gehen? Ich habe meine Stelle verloren und suche notgedrungen nach kostengünstigen Räumen, um mich als Therapeut selbstständig zu machen. Bislang ohne Erfolg.«

»Ich habe Verbindungen, Kontakte; ich könnte mich für Sie umhören.«

»Warum sollten Sie das tun?«

»Aus Mitmenschlichkeit?«

Moses musterte ihn. »Verzeihen Sie bitte, aber in meiner gegenwärtigen Situation nehme ich Ihnen das nicht ab.«

Er hatte sich damals auf seinem Stuhl zurückgelehnt und erwidert: »Ich verstehe. Natürlich, Sie haben recht. Wir kennen uns nicht, wieso sollten Sie mir trauen?« Er machte eine Pause. Dann sagte er: »Ich würde es wegen Ihrer Freundschaft zu Julius tun.«

Erneut beäugte Moses ihn misstrauisch. »Was soll das

heißen? Ich habe keine Ahnung, was Sie damit andeuten wollen.«

»Nichts, ich will gar nichts damit andeuten.«

»Und warum interessiert Sie dann unsere Freundschaft, wie Sie es nennen? Ich weiß, Sie sind Tennisspieler und früher ein paarmal gegen Julius angetreten. Aber das liegt ewig zurück, und das eine hat mit dem anderen nichts zu tun.«

»Wir haben häufig gegeneinander gespielt, Julius und ich, und manchmal haben wir uns unterhalten. Vor dem Spiel, in der Umkleidekabine. Oder nachher bei der Siegerehrung. Gelegentlich sind wir in eine Bar gegangen und haben etwas getrunken.« Er zögerte. »Es ist so etwas wie eine ... Beziehung entstanden.«

»*Sorry*, aber ich weiß immer noch nicht, was Sie von mir wollen.«

Die Kellnerin, eine junge Frau mit strähnigem Haar und dunklen Ringen unter den Augen, trat an ihren Tisch, um die Bestellung aufzunehmen. Sie nahmen jeder einen Bagel und dazu Kaffee.

»Von all den Matches, die wir gespielt haben«, sagte er, »ist nur eines wirklich von Bedeutung gewesen. 1937, das Interzonenfinale in Wimbledon. Hat Julius je mit Ihnen darüber gesprochen?«

Moses verschränkte die Arme vor der Brust. »1937, da lebte ich schon beinah fünf Jahre in den Staaten. Ich bin bei ihrem Spiel nicht dabei gewesen, was sollte ich also darüber wissen?«

Nervös hatte er an seiner Serviette gezupft. »Aber Julius hat sie kurze Zeit später besucht, hier in New York. Er hat unser Match mit keinem Wort erwähnt?«

»Nein«, sagte Moses brüsk.

Er blickte ihn forschend an. »Ich glaube Ihnen nicht. Er muss Ihnen etwas erzählt haben, denn nach dem Finale war alles anders. Sein Leben war ein anderes.« Er zerknüllte die Serviette in seiner Hand. »Es gab einen Anruf, kurz bevor wir den Centre Court betraten. Das Gespräch wurde in die Spielerkabine durchgestellt. Ich konnte nicht vermeiden, es in Teilen mitzuhören. Bitte«, er beugte sich vor, »was hat Julius Ihnen erzählt? Über das Telefonat und den Mann, mit dem er gesprochen hat?«

Erstaunt musterte ihn sein Gegenüber, dessen schwarzes Haar von einer weißen Strähne durchzogen wurde. »Was für ein Anruf? Ich habe wirklich nicht die geringste Ahnung, wovon sie sprechen.«

Seinerzeit hatte er den Kopf gesenkt und für ein paar Sekunden in dieser Position verharrt. Dann schob er seinen Stuhl zurück und stand auf, die Enttäuschung ins Gesicht geschrieben.

»Es tut mir leid, ich habe Ihre Zeit unnötig strapaziert.« Er warf ein paar Dollarnoten auf den Tisch. »Das müsste für die Rechnung reichen. Im Übrigen haben Sie meine Nummer. Melden Sie sich, wenn ich Ihnen bei der Suche nach geeigneten Praxisräumen behilflich sein kann.«

Und ohne sich umzublicken, war er hinausgegangen.

1938, Berlin, Gefängnis Tegel

Ist es wirklich erst ein Jahr her, dass Julie und ich bei Moses in New York gewesen sind? Er uns die Stadt, ihre Sehenswürdigkeiten und das jüdische Hospital gezeigt hat, in dem er arbeitet? Es kommt mir vor, als läge ein ganzes Leben dazwischen. Mein Leben.

»Du kannst nicht ewig vor dir davonlaufen«, hat Moses gesagt, und es ist wahr. Erst in ihm habe ich mich gefunden, so wie ich mich zuvor in Julie gefunden hatte. Und davor ein kleines bisschen in Mr G und in Big Bill Tilden. Und in Jean Ravanana und in Georg. Im Rückblick scheint alles so einfach.

Weshalb liebe ich Männer? Eine Frage, die ich genauso wenig beantworten kann wie die, warum ich Frauen liebe. Und letztlich ist es nicht so. Ich liebe keine Männer. Und ich liebe keine Frauen. Ich liebe Moses. Und ich liebe Julie.

In der Nacht habe ich einen Traum. Einen Traum, der mich seit meiner Jugend begleitet und immer wiederkehrt: Vor dem Sonnenuntergang sehe ich die schmale Gestalt am Horizont. Liebkose ihre Silhouette mit meiner Sehnsucht. Ich gehe hin, sie dreht den Kopf – ihr Gesicht liegt im Schatten.

*

Es ist eine Zeit des Anfangs gewesen, damals, nach meiner Taufe im See. Eines Anfangs, der mit einem Ende begann.

Sich mit einem Ende fortsetzte und mit einem Ende schloss. Doch nicht jedes Ende kommt mit einem Trauerflor daher. Und ist unfreiwillig.

Lena, die sich, vor Energie berstend, nicht die Zeit nimmt abzulegen, sondern noch in Hut und Mantel auf den freien Stuhl an unserem Tisch im Roxy *fallen lässt. »Stellt euch vor, es hat geklappt!«, verkündet sie freudestrahlend. »Sie wollen mich nehmen. Ich habe einen Vertrag für Hollywood unterzeichnet!«*

»Du gehst«, sagt Julie, das Gesicht mit einem Mal klein und schmal.

Tröstend nehme ich sie in den Arm. »Sei nicht traurig, sie kommt ja wieder.«

Es stimmt, und es stimmt nicht. Lena kommt wieder, und wir feiern gemeinsam Weihnachten. Moses und ich schenken uns Krawatten. Die Überraschung ist groß. Die Freude ebenso. Wir kennen uns noch nicht so gut.

Julie überreicht mir ein mit einer roten Schleife geschmücktes Päckchen. Darin befindet sich die erste Ausgabe von Big Bill Tildens Tennislehrbuch: Match Play and the Spin of the Ball. *Sie hat ihm geschrieben, und auf ihre Bitte hin hat er ihr ein handsigniertes Exemplar gesandt:* To Julius – member of a secret brotherhood, *steht auf dem Vorsatzblatt.*

Ich wiederum habe für sie Lenas erste Grammofonaufnahme besorgt; ein Lied mit dem Titel Die Kleptomanen, *das sie drei Jahre zuvor, 1928, in einer Revue gesungen hat.*

Aber Julie schenkt noch mehr. Mir und Moses. Und sich selbst. Sie schenkt Vertrauen. Wir brauchen uns nicht vor ihr verstecken. Und sie sich nicht vor uns.

Drei Monate später der erneute Abschied, diesmal von Lena und Töchterchen Maria, am Lehrter Bahnhof.

»Ich bleibe hier«, erklärt Rudi entschuldigend, »einer muss schließlich auf die Wohnung aufpassen. Außerdem werde ich

Lenas geistige Versorgung in der kulturfreien Zone Hollywood übernehmen«, sagt er und küsst sie auf die Wange.

Tatsächlich löst er sein Versprechen ein und schickt ihr jeden
Monat die Elegante Welt und weitere deutschsprachige Ma-
gazine über den großen Teich, darunter Sport im Bild, auch
wenn Erich dort nicht mehr arbeitet.

Sein Roman ist inzwischen verfilmt worden, und ich weiß
noch, wie entsetzt wir sind, als nationalsozialistische Schlä-
gertruppen die Uraufführung in Berlin verhindern.

Bald nach Lenas Abreise verlegt Erich seinen Hauptwohn-
sitz in die Schweiz.

Wieder einer weniger.

Die Nazis haben nicht nur den Film, sondern auch sein
Buch verboten. Am 10. Mai 1933 wird es, versehen mit dem
sogenannten »Feuerspruch«: »Gegen literarischen Verrat
am Soldaten des Weltkriegs, für Erziehung des Volkes im
Geist der Wehrhaftigkeit«, auf dem Berliner Opernplatz ein
Raub der Flammen.

Geistige Brandrodung.

Verbrannte Erde kultureller Natur.

Der dritte und letzte Abschied ist der schmerzhafteste. Mit
Abstand.

Ich spüre Moses' Wange an meiner. Seine Arme, die mich
umklammern. »Drücken hilft«, sagt er.

»Ja«, bestätige ich, einen Kloß im Hals.

Wir drücken uns. Und küssen uns. Ein letztes Mal.

Drücken hat immer geholfen, sich umarmen, einander fest-
halten. Wie oft sind wir manchmal einfach nur so dagestan-
den. Umarmt.

»Ich will dich lernen«, habe ich gesagt.

Bis zu dem Tag, an dem Moses in die Mietkraftdroschke
steigt und davonfährt. Mit all unseren Umarmungen.

So muss er nicht mit ansehen, wie die Nazis Hirschfelds Institut plündern und anstecken. Das Institut, an dem sie ihm zuvor verboten haben weiterzuarbeiten. Zufall oder auch nicht – bei der Bücherverbrennung, bei der Erichs Romane vernichtet werden, findet sich in der johlenden Menge, auf einem Stock aufgespießt, der Kopf einer zerschlagenen Büste von Magnus Hirschfeld.

Geistige Brandrodung.

Verbrannte Erde kultureller Natur.

Man kann es nicht oft genug sagen.

Spätestens da weiß ich, unsere Entscheidung ist richtig gewesen, so schwer sie uns auch gefallen ist.

Julie und ich bleiben allein zurück. Alle anderen sind gegangen oder mussten gehen.

Das Schlimme, das Widersprüchliche, das kaum Erklärliche ist: In dem Land, in dem Moses und so viele andere ihres Lebens nicht mehr sicher sind, in dem Erichs Bücher verbrannt und er selbst geächtet wird und in dem man Lena immer häufiger als »Volksverräterin« beschimpft, in diesem Land werden wir hofiert, gefeiert und verehrt.

Wir hätten ebenfalls gehen können, vielleicht sogar müssen. Eine Frage der moralischen Emigration. Aber das sagt sich so leicht.

Ich habe Tennis gespielt. Wie immer.

Und bin glücklich gewesen. Mit Julie. Und sie mit mir.

Bis die Nazis mich verhaftet haben und es plötzlich zu spät gewesen ist. Für jede Form der Emigration.

1984, Deutschland, Mittelrhein

Vielleicht war er für einen Moment eingenickt, dachte der
alte Mann, vielleicht auch bloß tief in Gedanken gewesen.
Ihm war warm. Die nachmittägliche Sonne hatte ihren
höchsten Punkt überschritten, dennoch flirrte die Luft
über dem Rebhang vor Hitze. Je länger er dort hinstarrte,
umso unschärfer wurde die Landschaft an den Rändern.
Er stand auf und zog sein Sakko aus, faltete es und hängte
es neben sich über die Banklehne. Dann rollte er die Ärmel seines Hemdes hoch und setzte sich wieder hin.

Julius und Moses.

Freunde und Weggefährten.

Und mehr?

Er hatte nie mit Julius darüber gesprochen. Bis zum Tag
der Verhaftung und dem sich daran anschließenden ver-
hängnisvollen Prozess wäre er nicht auf den Gedanken
gekommen. Selbst die Nazis hatten in ihren Konzentrati-
onslagern rosa Winkel gebraucht, um die Männer, die sie
der Homosexualität bezichtigten, zu kennzeichnen.

Sie trugen kein Kainsmal auf der Stirn.

So war er nicht weniger überrascht als viele andere,
als kurz nach dem Krieg ein amerikanischer Richter Big
Bill – Big Bill Tilden! – ob seiner »schändlichen Aktivitäten« zu neun Monaten offenem Vollzug und fünf Jahren
Bewährungsstrafe verurteilt hatte. Bills Packard war von

zwei Polizisten dabei beobachtet worden, wie er an einem Samstagabend in Schlangenlinien den Sunset Boulevard hinunterfuhr. Der Hosenschlitz des Jungen, der am Steuer saß, war weit aufgeknöpft. Sie nahmen Tilden mit aufs Revier und erstatteten Anzeige.

Wenige Jahre später wurde er erneut wegen eines Sittendelikts zu einer Haftstrafe verurteilt. Nicht nur die Tennisszene zeigte sich schockiert, die gesamte Sportwelt reagierte »angemessen empört«. Lediglich eine einzige Sache ließ man zu Bills Ehrenrettung gelten: Er hatte nie einen seiner Schützlinge angerührt.

Etwas, das der alte Mann bestätigen konnte.

Zahllose Male hatte er gegen Bill gespielt; gemeinsam waren sie auf Tournee durch die USA gegangen und hatten bei diversen Schaukämpfen die Massen begeistert. Doch während all der endlosen Stunden im Zug, der Warterei in den Katakomben der Stadien oder hinterher, an irgendwelchen einsamen Hotelbars, hatte Bill nie auch nur ein Wort über sich oder seine Gefühle verloren; nicht die geringste Andeutung war über seine Lippen gekommen.

Bis eines Tages sein Herz nicht mehr wollte und konnte und einfach stehen geblieben war. Von der Welt geächtet starb der beste Tennisspieler aller Zeiten völlig verarmt in einer billigen Absteige in L. A. Er wurde achtundfünfzig Jahre alt.

So wie ihm erging es vielen: Totgeschwiegen – auch wenn nicht jeder so früh starb.

Mr G wurde zweiundneunzig Jahre alt. Erst nach seinem Tod erfuhr die Öffentlichkeit, dass der schwedische Hof über viele Jahre hinweg größere Geldbeträge an den Restaurantbesitzer Kurt Hajby bezahlt hatte. Gustav V., der in einem gleichgeschlechtlichen Verhältnis zu ihm stand, war von diesem erpresst worden.

Der alte Mann legte den Kopf in den Nacken und schloss die Augen. Orange Lichtpunkte tanzten auf seiner Netzhaut.

Big Bill hatte nie geheiratet; Julius und Mr G hingegen waren jeweils den Bund der Ehe eingegangen. Der schwedische König hatte drei Kinder.

Alles Lüge?

Alles Täuschung?

Alles Trug?

Oder war da mehr, viel mehr, was die Welt nicht sehen wollte, vielleicht auch nicht sehen konnte? Möglicherweise hatten Julius, Bill und Mr G bei sich und dem anderen etwas erkannt, dass nicht für alle sichtbar war.

Eine Art umgekehrtes Kainsmal.

Bruderliebe.

Nicht Brudermord.

1938, Berlin, Gefängnis Tegel

Die Welt ist nicht mehr die Welt, sämtliche Bezugspunkte sind verschwunden. Der einzige Weg nach außen ist der nach innen.

Dank Großvater ist mir die Erinnerung geblieben. Die Erinnerung an all die Matches, die ich gespielt habe. Nicht eines davon habe ich vergessen.

Ebenso wenig wie ich vergessen habe, dass ich in Haft bin.

Von Tag zu Tag drohe ich mir mehr, selbst verloren zu gehen.

Ich hebe den Kopf. Ein paar einsame Sonnenstrahlen haben den Weg in meine Zelle gefunden. Geblendet von so viel Hoffnung wende ich den Blick ab.

*

Ich beginne, meine Matches wiederzuspielen, greife auf die Bilder zurück, die ich einst für Großvater verinnerlicht habe und für den ich niemals aufgehört habe zu sehen – auch dann nicht, als ich längst von zu Hause fort war.

Vor vielen Jahren gaben Erich und seine Redaktion mir den Spitznamen Der Graf. *Ich fand ihn platt und unpassend, doch jetzt hocke ich wie der unglückselige Edmond auf dem gemauerten Absatz, der mir nachts als Lager dient, und starre an die Zellenwand. Starre so lange darauf, bis erste Schatten erschei-*

nen. Schatten, die sich bewegen, allmählich Farbe annehmen, zusammenfließen und Stück für Stück eine vollständige Szene ergeben. Ein Tennisplatz erscheint, ein leeres Stadionrund. Tribünen nehmen Gestalt an, Zuschauer strömen herein, die Balljungen gehen in Stellung, und der Schiedsrichter klettert auf seinen Stuhl. Da ist Ziegelasche unter meinen Füßen, an manchen Tagen fühle ich das kurz geschorene Gras eines Rasenplatzes. Mal weht eine salzige Brise vom Meer herüber, mal sind es der Lärm und die stickige Luft einer Großstadt, die meine Sinne betäuben.

Das Match beginnt, der Applaus Tausender Zuschauer erklingt. Sonnenlicht auf meiner Haut; Regentropfen, Wind und feuchter Nebel. Stunde um Stunde verbringe ich damit, meine Matches zu memorieren. Zeit und Raum verschwinden, wie früher, wenn ich an der Ballwand trainiert habe. Es gibt keine Mauern und keine Einsamkeit mehr. Ich bin draußen, in der Welt, in meiner Welt; begegne Freunden, Kontrahenten und Partnern, deren Schläge mich ebenso in süße Qualen stürzen wie mich entzücken.

»Du!«

Daniel und ich beim Doppel. Mit stechender Lunge renne ich zurück, um den Lob zu erreichen, der in einer perfekten Parabel über uns hinwegfliegt.

»Ich!«

Die unvergleichliche Hilde aus Essen, die zu einem ihrer nicht weniger unvergleichlichen Sprints ansetzt, die uns als erstem deutschem Paar den Mixedtitel beim Wimbledonturnier bescheren.

Und an gleicher Stelle, wenige Jahre später: »Aah!«

Vor dem Herreneinzelfinale gegen Fred Perry ziehe ich mir noch während des Einschlagens eine Zerrung zu.

Glück, Pech, Können, Schicksal.

Spiele, die ich spiele, die ich wiederspiele, die dennoch nicht darüber hinwegtäuschen: Sie sind bloß der Weg, die Qualifikation, die Vorbereitung für das eine große Spiel.

1984, Deutschland, Mittelrhein

Der alte Mann warf einen Blick auf die Uhr an seinem Handgelenk; das Glas zerkratzt, das Lederarmband dunkel vom Schweiß der vielen Jahre. Ein treuer Begleiter, den er sich von seinem ersten Preisgeld geleistet hatte; damals, noch unter der Hand gezahlt, weit vor Beginn der *open era*. Ein Symbol der Vergänglichkeit, das in die Zukunft weist.

Zwischen dem Grün der Rebstöcke blitzte etwas Helles auf und war im nächsten Moment wieder verschwunden. Er kniff die Augen zusammen, schaute genauer hin. Erneut zeigte sich eine Bewegung. Der Fleck wurde größer, kam näher und nahm Gestalt an. Die Zeiger auf dem Ziffernblatt seiner Uhr standen auf fünf vor drei. Er hob den Kopf. Von diesem Augenblick an war ihr Erscheinen in der Zeit fixiert, der Abstand zwischen damals und jetzt festgelegt.

Während sie sich näherte, bewunderte er ihre flüssigen Bewegungen auf dem unebenen Boden und die schlichte Eleganz ihrer Erscheinung. Vielleicht war die Hose mit dem hohen Bund und dem weiten Schlag bloß ein Hinweis auf ihr sicheres Stilempfinden, möglicherweise stellte sie aber auch eine Verbeugung dar. Eine Verbeugung vor einer alten Freundin; der weltberühmten Schauspielerin, die inzwischen völlig zurückgezogen in Paris lebte und den Paparazzi in preußischer Unbeugsamkeit eine lange Nase drehte.

»Sie haben die Stelle also gefunden«, sagte sie, nachdem sie die letzten Meter des steilen Pfades erklommen hatte und nun vor ihm stand; der Atem leicht beschleunigt, das Haar immer noch jungenhaft kurz. Vor beinah einem halben Jahrhundert waren sie sich zuletzt begegnet, im Gerichtssaal, damals, als der Urteilsspruch verkündet wurde. Noch immer fröstelte ihn bei dem Gedanken daran. Staunend stellte er fest, dass sich ihr Erscheinungsbild seitdem kaum verändert hatte; lediglich ihr Gesicht war älter, reifer geworden und das einstige Schwarz auf ihrem Kopf einem silbern schimmernden Ton gewichen. Ihr lebhafter, wacher Blick hingegen war der gleiche geblieben.

»Ihre Beschreibung war sehr präzise«, sagte er, »gleich gegenüber dem alten Winzerhof den steilen Schieferhang hinauf, wo auf halber Höhe zwischen Dorf und Burg eine Bank steht. Es war nicht zu verfehlen.«

Julie von Berg hatte ihren Mann auf der Welttournee, nach dem Finale, begleitet. Auf mehreren Kontinenten waren er und Julius gegeneinander angetreten, hatten sich in Amerika, Japan und Australien miteinander gemessen. Aber es war nicht mehr dasselbe. Das große Spiel lag hinter, nicht vor ihnen.

Insbesondere Julius hatte sich verändert – auf und neben dem Platz. Ungewohnt offen kritisierte er in einem Interview mit einem amerikanischen Journalisten die von den Nazis eingeführte lange Arbeits- und Militärdienstzeit.

»Drei wichtige Jahre seines Lebens wird der junge Mann vom Dienst an der Nation in Beschlag genommen,

sodass er einen deutlich späteren Start in seine Berufs-
karriere und weniger Zeit für Tennis oder einen anderen
Sport hat. Das geht entschieden auf Kosten des Tennis-
nachwuchses.«

In seinem Inneren hörte er förmlich den Widerwillen
in Julius' Stimme, trotz dessen ruhigen Tonfalls und der
gewählten Ausdrucksweise.

Ein andermal sprach Julius in Osaka vor den Mitgliedern des *Koshien Kokusai Tennis Clubs*. Sport könne in
wunderbarer Art und Weise dazu beitragen, die deutsche
und die japanische Jugend einander näherzubringen,
hatte er ausgeführt. Adolf Hitler und die nationalsozialistische Bewegung erwähnte er dabei mit keinem Wort.

Seinerzeit hatte der alte Mann diese Dinge zwar regis-
triert, ihnen aber erst später die Bedeutung beigemessen,
die sie gehabt hatten.

Bei einem Turnier in Queensland schließlich hatte
Julius im fünften und entscheidenden Satz in Führung
gelegen. Er brauchte den Sack nur noch zumachen, und
genau das tat er. Da war kein Zögern, keine Nervosität,
kein Flackern in seinem Blick.

Und plötzlich hatte ihm, der damals auf dem Höhepunkt seiner Tenniskunst war, wieder alles vor Augen
gestanden; die gleiche Situation, wenige Monate zuvor, in
Wimbledon, während *ihres* Finales: Julius, der ans Netz
vorrückt und den Volley zum möglichen Matchball zum
Entsetzen Hunderttausender auf der ganzen Welt eine
halbe Ballbreite neben die Linie setzt. Ein gequältes Rau-
nen war durch die Menge vor Ort gegangen. Ein vermeid-
barer Fehler, sicher, aber ausgerechnet jetzt! Ein verzeih-
licher Fehler; der langen Spieldauer, der zunehmenden
Erschöpfung und dem enormen Druck geschuldet, unter

dem die beiden Athleten unten auf dem Rasen standen. Trotzdem – es wäre Matchball gewesen!

Nach Queensland beobachtete er das Spiel seines Freundes und Kontrahenten genauer denn je. Klopfte es auf Unsicherheiten, Schwankungen und Nervosität ab. Suchte Hinweise für das Phänomen, das man beim Tennis einen »weichen Arm« nennt: das Unvermögen, im entscheidenden Moment den Punkt zu machen.

Doch da war nichts. Absolut nichts. Julius gewann und verlor, schien aber in jeder Sekunde Herr der Lage.

Und so begann er zu zweifeln. Schleichend, wie eine toxische Substanz, ergriff die Frage von ihm Besitz, die ihn nicht mehr loslassen sollte, die von Spiel zu Spiel immer stärker seine Gedanken und Gefühle vergiftete – die unmögliche Frage, die letztlich alles zum Einstürzen gebracht hätte, was Julius ausmachte: sein Ehrgefühl, seine sportliche Integrität und seinen unerhörten Sinn für Fairness.

Er hatte sie nie gestellt.

»Darf ich?«, sagte Julie jetzt und setzte sich neben ihn. Sie deutete hügelabwärts. »Ich hatte noch ein paar Kleinigkeiten im Dorf zu erledigen und nutze die Abkürzung häufig. Aber ich komme auch sonst oft hier vorbei, um für einen Moment ...«, ihre Stimme stockte, »... innezuhalten, meinen Gedanken nachzuhängen. In unserem Alter ist einem die Vergangenheit zuweilen näher als die Gegenwart, *n'est-ce pas*?«

»Ja, ich weiß, was Sie meinen«, entgegnete er. »Die an Julius und an unser Davis-Cup-Match beispielsweise, damals in Wimbledon.«

Sie nickte. »Das vielleicht beste Tennisspiel aller Zeiten.« Ihre Stimme bekam einen bitteren Beiklang. »Es ist den Nazis gelungen, vieles zu zerstören, aber die Erinnerung daran nicht. Auch wenn sie danach mit allen Mitteln versucht haben, Julius' Namen in den Schmutz zu ziehen.«

»Doch wir beide wissen es besser«, sagte der alte Mann leise.

Sie drehte den Kopf und funkelte ihn mit einem Mal wütend an. »Wenn dem so ist, warum haben Sie sich dann in all den Jahren nicht gemeldet? Man hatte den Eindruck, Sie haben sich abgewandt.«

»Das habe ich nicht«, sagte der alte Mann, »auch wenn es vielleicht so ausgesehen hat. Bitte glauben Sie mir. Es soll keine Entschuldigung, bloß eine Erklärung sein, aber gleich nach Kriegsende bin ich nach Berlin gefahren. Habe als Mitglied der Besatzungstruppen und mithilfe von ein paar Beziehungen bei der Generalstaatsanwaltschaft Einsicht in die Prozessakten genommen. Julius' Prozess. Ich wollte verstehen.«

Ihr Zorn schien ebenso schnell verraucht, wie er gekommen war. »Das ist mir neu. Entschuldigen Sie bitte.«

»Was ich erfahren habe, hat mich betroffen und traurig gemacht«, fuhr er fort. »Dinge fanden sich bestätigt, die ich bis dahin bloß vermutet hatte.«

Sie griff nach seiner Hand. »Was für Dinge?«

Als hätte er ihre Worte nicht gehört, sagte er mit flacher, tonloser Stimme: »Ich bin geflohen damals, war ein Feigling. Bin in die USA zurückgekehrt und habe mein altes Leben wieder aufgenommen; Tennis gespielt und Erfolge gefeiert. Irgendwann habe ich geheiratet und versucht, nicht mehr zurück, sondern nach vorn zu schauen.« Er drehte den Kopf. »Ich bin es, der um Verzeihung bitten muss. Nicht Sie.«

»Es ist ein Albtraum gewesen«, sagte Julie und senkte den Blick, »die Verhaftung und … das danach. Die Gestapo hat uns vollkommen im Ungewissen gelassen. Auch später, beim Versuch der Aufarbeitung der Geschehnisse, haben sich die Behörden in der neuen Bundesrepublik nicht sonderlich kooperativ gezeigt.« Sie rümpfte die Nase. »Alte Seilschaften. Die gleichen Männer in den gleichen Positionen. Bis heute weiß ich nicht, was sich wirklich abgespielt hat. Hinter den Kulissen. Wer die Strippenzieher gewesen sind.« Sie sah ihn an. »Würden Sie mir erzählen, was Sie herausgefunden haben? Auch wenn es schmerzhaft ist?«

Der alte Mann nickte. »Das ist einer der Gründe, weshalb ich hier bin. Sie haben ein Anrecht darauf. Aber es gibt auch etwas, das ich Sie fragen möchte, das ich Sie erst jetzt fragen kann – ohne ein Anrecht auf eine Antwort zu haben.« Er holte tief Luft. »Es hat mit einem Anruf zu tun, mit einem Telefonat, bei dem Hitler persönlich mit Julius gesprochen hat.«

1938, Berlin, Gefängnis Tegel

Ich habe einen neuen Doppelpartner, Kai.

Der Wettbewerb an sich eine Vorwegnahme: Schon damals Wimbledon, schon damals die Ausscheidungsrunde gegen die USA und – schon damals – ohne Daniel, meinen Freund und langjährigen Partner. Er war gezwungen, »das Reich« zu verlassen, ein Reich ohne Zukunft, obwohl doch tausend Jahre lang. Er ist nach England gegangen, mit Unterstützung wohlhabender Freunde.

Im April 1933, gleich nach der »Machtergreifung«, hatte der Deutsche Tennis Bund bekannt gegeben, Nichtarier seien von internationalen Begegnungen auszuschließen. Sicherheitshalber fügte man hinzu: »Der Spieler Daniel Prenn, ein Jude, wird nicht mehr für die Davispokal-Mannschaft aufgestellt.«

Wir protestierten. Ohne Erfolg. Und spielten weiter – mit.

Bei Einstand im letzten Satz greife ich an, renne nach vorn ans Netz, aber der Return des Amerikaners Van Ryn segelt hoch über mir hinweg ins Aus. Erst im letzten Moment gelingt es mir, den Schläger zurückzuziehen.

Niemand hört es, niemand merkt es, nur ich weiß es: Ich habe versehentlich den Ball berührt. Der Schiedsrichter zählt den Punkt für uns, es steht »Vorteil Deutsches Reich«. Ich gehe zu ihm, berichte ihm von meinem Malheur. Die Entscheidung wird korrigiert. Jetzt heißt es »Vorteil Vereinigte

Staaten von Amerika«. Kai und ich geben das Match noch aus der Hand.

Nach Spielende kommt Heinrich, inzwischen Kapitän des Teams, in die Kabine gestürmt. »Bist du verrückt geworden?«, brüllt er mich an. »Was fällt dir ein, die Entscheidung des Schiedsrichters zu korrigieren! Du hast uns alle im Stich gelassen, du hast das deutsche Volk im Stich gelassen! Das ist Verrat!«

Ungläubig starre ich ihn an. Heinrich, mein Freund, Roberts Bruder, mein Mannschaftskamerad. Er beschimpft mich in Nazi-Manier?

»Nein«, sage ich, »Tennis ist ein Sport für Ehrenmänner, und so spiele ich es, seit ich zum ersten Mal einen Schläger in die Hand genommen habe. Ich glaube ganz und gar nicht, dass ich das deutsche Volk im Stich gelassen habe, im Gegenteil: Ich glaube, ich mache ihm alle Ehre.«

Wann habe ich aufgehört, dem deutschen Volk Ehre zu machen? Ab wann sah es, wenigstens für die Nazi-Oberen, so aus?

*

Julie hat mich auf der langen Reise nach dem Finale begleitet. Wir haben Moses in New York besucht.

Unser Wiedersehen?

Herzzerreißend.

Ich mag nicht daran denken.

Danach sind wir in Japan gewesen, haben an einer Audienz beim Tenno teilgenommen. In Australien gehen wir ins Kino. Auch Erichs zweites Buch ist verfilmt und von den Nazis verboten worden. Der Titel fast schon programmatisch: Der Weg zurück.

Nach unserer Heimkehr kommt die ganze Familie zusammen; zu unserer Begrüßung, auf der Alten Burg, wo sonst? Zu meiner großen Freude sind auch Almuth und Viktoria angereist. Aus Niedersachsen. Mit ihren Ehemännern. Wir sitzen beim Abendessen, als es klingelt. Melke, der Diener, meldet, es seien Herren der Regierung da, um mir zur erfolgreich abgeschlossenen Welttournee zu gratulieren. Ich stehe auf und gehe nach vorn. In der Eingangshalle warten zwei in schwarze Ledermäntel gekleidete Männer auf mich. Wie sich herausstellt, sind sie von der Gestapo. Ich sei verhaftet, lautet ihre knappe Begrüßung. Als ich mich nach den Gründen erkundige, antworten sie, das würde ich noch früh genug erfahren. In Berlin. Ich hätte sofort mitzukommen.

Ich bitte Melke, mir die notwendigsten Dinge für ein, zwei Übernachtungen einzupacken, und kehre ins Speisezimmer zurück, um meine Familie zu informieren.

Fassungslosigkeit. Was zu tun sei? Wen es anzurufen gelte?

Beschwichtigend antworte ich, ich wisse es auch nicht so genau, immerhin sei es meine erste Verhaftung, aber sicher werde der Spuk nicht allzu lange dauern, schließlich hätte ich mir nichts zuschulden kommen lassen.

Ich küsse Julie zum Abschied und bitte sie, bis zu meiner Rückkehr auf der Alten Burg zu bleiben. Sicherheitshalber. Diese habe schon ganz andere Stürme überstanden. Dann umarme ich Mutter und meine Schwestern. Zum Schluss verabschiede ich mich per Handschlag von Vater, Großvater und meinen Schwagern.

In der Einfahrt warten die beiden Gestapoleute bereits in ihrer schwarzen Dienstlimousine. Am Steuer ein bekanntes Gesicht. Kurt. Offenbar hat er es geschafft. Bis nach Berlin, wie angekündigt. Er grinst mich unverschämt an, hält aber den Mund. Chauffeur bei der Gestapo. Auch eine Karriere. Ich wende den Blick ab, und wir fahren los, ins Dunkel der Nacht.

Nie werde ich diese Fahrt vergessen. Zehn Stunden in absolutem Schweigen. Wir fahren die ganze Nacht durch, lediglich unterbrochen von zwei Tankstopps. Anfangs gehen meine Gedanken noch wild durcheinander. Aber egal, wie sehr ich mir den Kopf zermartere, ich finde nichts, bin mir keiner Schuld bewusst.

In den frühen Morgenstunden erreichen wir Berlin. Sie bringen mich in die Prinz-Albrecht-Straße, ins Gestapo-Hauptquartier. Selbst ich weiß, was das zu bedeuten hat.

Der Vernehmungsbeamte reibt sich über die glatt rasierten Wangen. Er erinnert mich an Lehrer Hartwig, nur ohne Brille.

»Kennen Sie einen gewissen Moses Sommer?«, fragt er, nachdem er das zuoberst liegende Schriftstück auf seinem Schreibtisch studiert hat.

Es ist seltsam. Plötzlich wird mir ganz leicht ums Herz. Seit Jahren lebt Moses in Amerika. Außer Julie weiß niemand von uns. Sie können mir nichts anhaben.

»Ja«, sage ich beinah erlöst.

»Und kennen Sie auch einen Mann namens Otto Schmidt?«

»Nein«, antworte ich nach kurzem Nachdenken wahrheitsgemäß.

»Er sagt, er kennt Sie.«

»Verzeihen Sie, aber er muss sich irren. Ich bin nie einem Mann mit diesem Namen begegnet.«

»Er sagt, Sie hätten einen Freund von ihm für seine Dienste bezahlt.«

»Was für ein Freund und was für Dienste?«

Ein Lächeln, das kein Lächeln ist, erscheint auf seinen Zügen. »Der Bayern-Seppl *ist ein Strichjunge. Schmidt hat ihn zu Ihnen gebracht. Regelmäßig.*«

Ich blicke ihn an. »*Ich bin ein Ehrenmann. Ich verkehre nicht in solchen Kreisen.*«

Unvermittelt schlägt er mit der flachen Hand auf die Tischplatte. »*Mit wem verkehren Sie dann?*«

Ich schweige.

Er macht sich eine Notiz. »*Auf schwere Unzucht steht bis zu zehn Jahren Zuchthaus, wissen Sie das?*«

»*Nein*«, antworte ich, ruhiger, als mir zumute ist, »*und ich denke, ich muss es auch nicht wissen.*«

»*Na schön*«, sagt er, »*lassen wir das. Schmidts Aussage steht gegen Ihre. Wir werden sehen, wem das Gericht Glauben schenkt.*« Er blättert eine Seite um. »*Zurück zu dem Juden Sommer. Anfang der Dreißiger hat er das Deutsche Reich verlassen. Sie haben ihn dabei unterstützt.*«

»*Er ist ein Freund. Ich habe ihm Geld gegeben. Für einen Neuanfang in den Vereinigten Staaten von Amerika.*«

»*Er ist ein kommunistischer Spion, und Sie haben ihm zur Flucht verholfen.*«

»*Er ist offiziell ausgereist. Würden Sie Moses kennen, wüssten Sie, dass es sich bei seinem Kommunismus lediglich um eine romantische Schwärmerei handelt. Er ist nie aktiv politisch in Erscheinung getreten.*«

»*Weil er ein Spion und im Untergrund tätig gewesen ist!*« Der Gestapobeamte hat die Stimme erhoben und sieht an mir vorbei, zur Tür, zu den beiden Männern in SS-Uniformen, die sich bislang im Hintergrund gehalten haben. »*Ich glaube Ihnen nicht! Sie sind ein Lügner, Herr von Berg!*«

Ich merke, wie mir am ganzen Körper der Schweiß ausbricht. Ich bin kein Held. Sicher besitze ich nur eine unzureichende Vorstellung von dem, was man mir antun könnte ...

Ich habe Angst. Schreckliche Angst.

»Falls dem wirklich so gewesen ist, habe ich nichts davon gewusst«, antworte ich mit rauer Stimme.

Unvermittelt wechselt er das Thema. »Sie sind erst vor wenigen Tagen aus dem Ausland zurückgekehrt.«

Erschöpft antworte ich: »Ich war auf Welttournee, habe auf insgesamt vier Kontinenten Tennisturniere gespielt.«

»Sie haben politisch subversive Veranstaltungen besucht.«

»Wie bitte?«

»In Melbourne haben Sie sich einen Film des Volksverräters Remark angesehen. Der Besuch des Films, auch im Ausland, ist wegen seiner wehrkraftzersetzenden Wirkung verboten und unterliegt der innerdeutschen Strafgesetzgebung.«

Ich weiß nichts zu sagen und schweige.

»Zuvor haben Sie in New York den Juden Sommer aufgesucht.«

»Ja, wie gesagt, er ist ein alter Freund.«

»Sie haben ihm im Auftrag der jüdischen Internationale Informationen übermittelt. Das ist Feindbegünstigung und bedeutet Landesverrat. Darauf steht die Todesstrafe.« Er wendet sich an die beiden Uniformierten. »Nehmt ihn in Untersuchungshaft!«

An mich gerichtet sagt er: »Die Vernehmung ist beendet. Sie werden so schnell wie möglich dem Richter vorgeführt, damit Ihnen der Prozess gemacht werden kann. Heil Hitler!«

1984, Deutschland, Mittelrhein

Sie saßen über Eck, an einem Ende der langen Tafel im Speisezimmer; Julie vor Kopf, der alte Mann rechts neben ihr. Das Geschirr war abgeräumt, beide hatten sie ein Glas goldschimmernden Dessertweins vor sich stehen.

»Ich hoffe, Sie haben sich von der langen Anreise ein wenig erholt?«, erkundigte sich Julie.

»Absolut«, antwortete er und dachte an die Ruhe, die absolute Stille in dem schlicht, aber geschmackvoll eingerichteten Raum, in dem er sich vorhin kurz hingelegt hatte. Kein Laut war durch die dicken Burgmauern gedrungen. Ob sie manchmal einsam war? »Ich danke Ihnen, dass ich hier übernachten darf, in seinem und Ihrem Zuhause.«

»Sie sollten einmal im Winter hier sein, dann wüssten Sie, dass der Komfort durchaus Grenzen kennt.« Julie hob ihr Glas. »Auf Ihren Besuch und die … Antworten, die Sie mitbringen?«

Die tief stehende Sonne warf einen roten Schein durch die bleigefassten Scheiben. »Fragen und Antworten«, sagte er, »beide fast ein halbes Jahrhundert zu spät.«

Julie musterte ihn mit festem Blick. »Für die Wahrheit ist es nie zu spät.«

»Vielleicht.« Er nickte und hob ebenfalls sein Glas. Nachdem er es wieder abgesetzt hatte, fragte er: »Haben

Sie damals, als Sie noch in Berlin lebten, einen Mann namens Otto Schmidt gekannt?«

Julie schluckte. »Nein, aber ich weiß, er ist einer der Hauptbelastungszeugen im Prozess gegen Julius gewesen. Der Anwalt hat uns seinen Namen genannt.«

»Das heißt also, Sie sind Schmidt nie persönlich begegnet?«

»Nicht, dass ich wüsste.«

Er lehnte sich zurück. »Nun, kein Wunder. Sie stammen aus vollkommen unterschiedlichen Gesellschaftsschichten. Schmidt war, laut den Akten, die ich eingesehen habe, ein typischer Kleinkrimineller, der schon als Jugendlicher mehrfach von der Berliner Polizei festgenommen und schließlich wegen Diebstahl zu drei Monaten Haft verurteilt wurde. Jenem ersten folgten weitere Gefängnisaufenthalte im Zusammenhang mit Delikten wie Unterschlagung, Betrug und räuberischer Erpressung. Nachdem Schmidt 1933 wieder auf freien Fuß gekommen war, beobachtete er, wie sich ein ehemaliger Zellengenosse gemeinsam mit einem älteren Herrn am U-Bahnhof Potsdamer Platz auf die Bahnhofstoilette zurückzog. Schmidt witterte eine Gelegenheit und folgte dem augenscheinlich wohlbetuchten Freier bis zu dessen Villa am Stadtrand. Bevor der Mann das Haus betrat, fing er ihn ab und konfrontierte ihn mit seinem Wissen. Noch vor Ort wechselten einige Geldscheine den Besitzer; der Beginn einer Erpressung, die über Jahre ging.«

»All das höre ich zum ersten Mal«, sagte Julie. »Der Anwalt kannte zwar Schmidts Namen, wusste aber nichts über dessen Vorgeschichte.«

»Nun«, entgegnete er, »die genannten Informationen stammen aus einem Hintergrundbericht, den die Berli-

ner Polizei lange vor Julius' Verhaftung der Gestapo zur
Verfügung gestellt hat. Er befand sich als Anlage bei den
Prozessakten, war aber nicht Teil davon.« Er runzelte die
Stirn im Bemühen, nichts von dem auszulassen, was er
vor so vielen Jahren in Erfahrung gebracht hatte. »Zwei
Jahre später wurde Schmidt, inzwischen Gewohnheits-
verbrecher, erneut verhaftet. Diesmal führte man ihn direkt der Gestapo vor, die zu der Zeit schwarze Listen über
alle ›sich irgendwie homosexuell Betätigenden‹ anlegte;
eine groß angelegte Aktion, die ein staatlich sanktionier-
tes Erpressungsprogramm zur Folge hatte. Schmidt,
dessen Homosexualität ein offenes Geheimnis war, wurde zu seinen gleichgeschlechtlichen Kontakten befragt.
Er zögerte nicht lange und gab, erneut instinktiv einen
Vorteil witternd, die beiden folgenden Namen zu Pro-
tokoll: Martin Weingärtner, Spitzname *Bayern-Seppl,* sein
ehemaliger Zellenkumpan, sowie von Frisch, der Name
des Mannes, der ihn unfreiwillig seit Jahren mit Geld ver-
sorgte; ein Aspekt, den er geflissentlich unter den Tisch
fallen ließ. Der die Vernehmung durchführende Beamte
wurde hellhörig: von Frisch, Chef der Heeresleitung der
Wehrmacht? Unter Missachtung des Dienstweges leitete
er die delikate Information direkt an die Spitze von SS
und SD, an Heinrich Himmler und Reinhard Heydrich,
weiter; sie sollten wissen, wem sie sie zu verdanken hatten.
Angesichts der Brisanz der Angelegenheit informierten
diese Hitler persönlich und legten auf dessen Befehl eine
Akte an – zwecks möglicher zukünftiger Verwendung.
Tatsächlich stand von Frisch ein paar Jahre später den
hitlerschen Kriegsplänen im Weg. Ein Verfahren wegen
Verstoß gegen den Paragraf 175, den die Nazis in der
Zwischenzeit drastisch verschärft hatten, wurde einge-

leitet und von Frisch vor Gericht gestellt.« Der alte Mann schnaubte spöttisch. »Wie sich herausstellte, handelte es sich um eine Verwechslung. Der Chef der Heeresleitung hieß von Fritsch, mit *t*, und nicht von Frisch, ohne *t*. Trotzdem führte man eine Gegenüberstellung durch, bei der Schmidt, ohne mit der Wimper zu zucken, bestätigte, der General sei der Mann, den er mit dem *Bayern-Seppl* gesehen hatte. Eine Falschaussage, von der Gestapo erkauft.«

»Um Gottes willen, wann hat sich all das abgespielt?«, fragte Julie, die blass geworden war.

»Zu Beginn des Jahres 1938«, er nahm einen großen Schluck von seinem Wein, »und eben das ist der springende Punkt. Zu jener Zeit wurde Schmidt nämlich als eine Art Universalzeuge in Homosexuellenprozessen eingesetzt, bei denen die Beweislage nicht eindeutig war − nach seiner Aussage war sie es. So auch im Prozess gegen Julius.«

Nervös drehte Julie den Griff ihres Weinglases. »Ich weiß, da war Moses. Und seine ... Beziehung zu Julius. Dennoch habe ich nie richtig verstanden, warum sie Julius damals verhaftet haben. Er ist nie Parteimitglied gewesen, trotzdem war er, wenn auch ungewollt, ein Aushängeschild für das Deutsche Reich, weltweit geachtet ob seiner sportlichen Erfolge. Wie konnte er bei den Nazis dermaßen in Ungnade fallen, dass sie ihn nicht nur der ›schweren Unzucht‹«, sie spie das Wort förmlich aus, »sondern darüber hinaus des Hochverrats bezichtigten? Wie war das möglich?«

Der alte Mann blickte auf seine Hände. »In den Akten habe ich eine handschriftliche Notiz gefunden. Es steht außer Frage, dass Julius' Verhaftung und die daraufhin erfolgte Anklage auf ausdrücklichen Befehl des Führers erfolgt ist. Hitler persönlich wollte Julius bestrafen, weil er sich hintergangen fühlte.«

1938, Berlin, Gefängnis Tegel

Nach der Verhaftung sitze ich zwei Monate in Untersuchungs-haft. In Moabit. Der Prozess findet nicht so schnell statt, wie von dem Gestapobeamten angekündigt.
  Zwei Monate, in denen ich keinen Besuch bekomme.
  In denen man mich kein weiteres Mal vernimmt.
  Zwei Monate, in denen niemand mit mir spricht.

*

Wenige Tage vor Prozessbeginn lässt man meinen Anwalt zu mir, Doktor Karl Langbein; ein alter Studienfreund von Vater und einer der angesehensten Strafverteidiger Berlins. Als er mich sieht, versucht er, sich nichts anmerken zu lassen, aber in seinen Augen spiegelt sich mein Gesicht. Wenigstens denke ich, dass es meines ist. Erkennen tue ich es nicht.
  »Ich will Klartext mit Ihnen reden, Julius«, sagt er.
  Ein Satz wie ein erster Aufschlag. Hart und schnell. Auch wenn kein Jurist aus mir geworden ist, habe ich genug Zeit in Hörsälen und Seminaren verbracht, um zu wissen, was er bedeutet: Die Sache ist eindeutig.
  In knappen Sätzen erklärt mir Langbein, zunächst stehe da die Aussage des Kriminellen Otto Schmidt gegen meine. In diesem Zusammenhang sei zu berücksichtigen, dass der Para-graf 175 drei Jahre zuvor verschärft worden sei. Inzwischen

316

ständen nicht nur »beischlafähnliche«, sondern sämtliche »unzüchtigen Handlungen« unter Strafe, was dem Vorsitzenden Richter sehr viel Spielraum lasse. Außerdem habe die Polizei herausgefunden, ich sei regelmäßiger Besucher in einschlägigen Lokalen gewesen – meist in männlicher Begleitung, fügt er nach kurzem Zögern hinzu.

Wesentlich schwerer allerdings wiege der Vorwurf des Landesverrats. In der Vergangenheit habe in manchen Fällen allein die Unterstützung von Juden zu Todesurteilen geführt. Bedauerlicherweise hätte ich sofort zugegeben, Moses nicht nur zu kennen, sondern ihm sogar Geld gegeben und ihn in New York besucht zu haben.

»Wieso zugegeben?«, entgegne ich hilflos. »Ich habe einen Freund unterstützt und ihn in seiner neuen Heimat besucht. Das ist kein Verbrechen.«

Betrübt schüttelt Langbein den Kopf. »Sehen Sie, Julius, da liegt das Problem. Zwischen Ihrem und dem Rechtsverständnis der Nazis liegen Welten. Selbst wenn der Richter gewillt wäre, mir zuzuhören, ist es angesichts der Beweislage und in der Kürze der Zeit unmöglich, eine tragfähige Verteidigung vorzubereiten. Wir werden nach dem Urteil auf jeden Fall in Revision gehen. Verstehen Sie, was ich meine?« Er mustert mich mit einem Blick, als wüsste er bereits, wie der Richterspruch ausfallen wird.

Mit trockenem Mund antworte ich: »Ich fürchte, ja.«

Als erfahrener Anwalt liegt er mit seiner Einschätzung richtig. Vier Tage später wird vor dem Landgericht Berlin III das Urteil verkündet: Todesstrafe. Wie angekündigt beantragt Langbein noch am selben Tag Revision.

Ich werde in das Strafgefängnis Berlin-Tegel verlegt.

Und das Schweigen geht weiter.

1984, Deutschland, Mittelrhein

»Hitler persönlich?«, wiederholte Julie seine Worte. »Aber wieso? Das ergibt keinen Sinn. Wo ist da die Verbindung? Wie sollte Julius Hitler hintergehen? Er ist ihm in seiner gesamten Karriere nur ein einziges Mal begegnet; das war, als er ihm nach einem Turniersieg die Hand geben musste. Er mochte es nicht. Er mochte weder Hitler noch dessen feuchte Hand, wie er hinterher sagte. Aber das war's. Danach hat er nie wieder mit diesem … diesem Monstrum zu tun gehabt.«

Der alte Mann räusperte sich. »Das ist nicht ganz richtig. Hat Julius jemals mit Ihnen über Hitlers Anruf in der Umkleidekabine gesprochen, wenige Minuten bevor wir den Platz betreten haben; damals, vor dem Davis-Cup-Finale?«

»Nein«, antwortete Julie verwirrt, »das hat er nicht. Ich weiß nichts von einem Anruf.«

»Und doch hat es ihn gegeben. Ich war dabei, habe Teile des Gesprächs mit angehört. Es ließ sich nicht vermeiden.«

Julie runzelte die Stirn. »Aber selbst wenn das stimmt – und ich habe keinen Grund an Ihren Worten zu zweifeln –, weshalb hat Julius mir dann nichts davon erzählt? Ein Anruf dieses Größenwahnsinnigen. Er hätte doch auf jeden Fall mit mir darüber gesprochen.«

»Richtig«, erwiderte er, »und dennoch hat er es nicht getan. Warum? Ich habe deutlich gehört, wie Julius mehrfach ›Ja, Herr Reichskanzler‹, ›Gewiss, Herr Reichskanzler‹ und zum Schluss ›Danke, Herr Reichskanzler‹ sagte. Offenbar hat Hitler ihm Glück für das bevorstehende Match gewünscht. Ich habe Julius vor unserem Spiel nicht darauf angesprochen und hinterher auch nicht. Es ging mich nichts an, zumal ich seine Haltung gegenüber den Nazis kannte.«

»Glückwünsche des Führers.« Ungläubig schüttelte Julie den Kopf. »Julius muss vor Wut geschäumt haben. Abgesehen davon wird er vor Scham im Boden versunken sein.«

Der alte Mann nickte. Langsam. Bedächtig. »Wie reagiert jemand in einer solchen Situation, jemand, dessen Ehrgefühl über jeden Zweifel erhaben ist? Was geht in ihm vor? Was macht er mit seiner Wut und seiner Scham nur wenige Minuten später, wenn er auf dem Platz steht und sich anschickt, das vielleicht wichtigste Match seines Lebens zu spielen? Was glauben Sie?«

1938, Berlin, Gefängnis Tegel

Ein Wort erscheint in meinem Kopf und hallt dort nach, wie ein Echo aus fernen Zeiten: Initiative. *Ob was beim Schach und beim Tennis gilt, auch im Gefängnis gültig ist?*

Ich höre auf zu essen. Verstecke die graue Masse, die sie hier »Nahrung« nennen, in dem Eimer in der Ecke.

Sie merken es.

Ich esse wieder.

Hinterher richten sie das Wort an mich. Zum ersten Mal.

»Morgen«, sagen sie. Mehr nicht. Einfach: »Morgen.«

Ich weiß, was es bedeutet. Mein Herz, ein Muskel, der über Sieg und Niederlage entscheidet. »Morgen« – von einem Dutzend Schüsse zerfetzt.

Aber zuvor werde ich ein letztes Spiel absolvieren, das Spiel, das ich mir für diesen Moment aufbewahrt habe. Ich bin es mir schuldig. Mir und ihm. Ihm, der unverzichtbarer Teil des Ganzen ist. Der auf der anderen Seite gestanden hat und dem ich eine so gewaltige Last aufgebürdet habe.

Tennis ist mein Leben.

Und Tennis wird mein Tod sein.

1984, Deutschland, Mittelrhein

»Im Gegensatz zu mir haben Sie viele Jahre lang Zeit gehabt, über diese Frage nachzudenken«, sagte Julie. »Was wollen Sie hören, was Sie nicht längst schon wissen?« Sie hatte die Stimme erhoben.

»Was ist es denn, was ich weiß?«, entgegnete er, plötzlich ebenfalls zornig. »Hirngespinste, Fantasien, Phantome, die mir in unzähligen Nächten den Schlaf rauben. Nichts weiß ich. Außer – es liegt alles im Spiel.«

DER LETZTE SATZ

1938, Berlin, Gefängnis Tegel

Der Himmel – unwiderstehlich blau.

So blau, wie er bloß in dem Land sein kann, in dem die Wiege des Tennissports steht, dem Land meiner Sehnsucht. Wie er nur an einem strahlenden Nachmittag über einem Londoner Vorort zu sein vermag. Und so blau, wie er sich über dem Centre Court zeigt, die Sonne ein Fanal am Firmament.

Wir hatten uns kurz zugenickt, bevor wir den Spielereingang mit dem berühmten Kipling-Zitat passierten und aus dem Dunkel ins Licht traten. Überwältigt von der einzigartigen Kulisse streift mein Blick die Spielerloge; gleitet langsam, wie im Traum, über Julie, Mutter, Vater, Almuth, Viktoria und ihre Ehemänner hinweg und – über Großvater. Großvater, weißes Haar und wettergegerbte Züge, der die Augen geschlossen hält und trotzdem alles sieht.

Die Tausenden und Abertausenden Zuschauer, die an diesem Vormittag mit Bus und Bahn angereist und von der Haltestelle Southfields *zu Fuß bis zur Anlage an der Church Road gepilgert sind. Die von ihnen, die bereits in der Nacht davor neben dem Eingang zum Clubgelände campiert haben und jetzt auf einem der begehrten Plätze, ganz dicht am Court, stehen. Und Queen Mary und ihr Gefolge; gleich neben ihnen in der* Royal Box *der deutsche Botschafter von Ribbentrop und Reichssportführer von Tschammer und Osten.*

Vor uns erstreckt sich das weiße Rechteck aus Schlämm-

kreide, das Platzchef Robert Twynham persönlich heute, in den frühen Morgenstunden, gezogen hat: schnurgerade Linien, exakte Winkel, auf den Millimeter genau. Das ist meine Welt, ihr fühle ich mich verpflichtet.

Wir gehen zu den Stühlen am Rand des Spielfeldes, legen das Jackett ab und hängen es über die Lehne. Dann entfernen wir die Hülle von unserem Racket, stellen uns an die Grundlinie und schlagen uns ein.

»Quiet, please, ladies and gentlemen. Linesmen ready? Players ready?« *Die Stimme des Stuhlschiedsrichters hallt durch das Stadionrund, wie die des Ansagers in einem elisabethanischen Theater.*

Ich blicke hinüber, auf die andere Seite unserer gemeinsamen Bühne.

Er nickt.

Auch ich bin bereit.

»Play!«

Es gibt nichts Stilleres als den Moment vor dem ersten Aufschlag. Der Augenblick, bevor ich den Ball in den endlosen Himmel über dem Centre Court werfe, ihn an seinem höchsten Punkt treffe und mit aller Kraft übers Netz schlage.

1984, Deutschland, Mittelrhein

»Ich habe ihn immer geliebt«, sagte der alte Mann, »den Moment vor dem ersten Aufschlag. Wenn ich hinter der Grundlinie gewartet und versucht habe, anhand des Ballwurfs, der Stellung des Handgelenks und dem Winkel des Schlägerkopfes zu erkennen, wohin mein Gegner aufschlagen würde. Julius war Rechtshänder. Er liebte es, den Ball mit sehr viel Schnitt nach außen zu servieren. Ich beobachtete, wie er sich auf der anderen Seite wie eine Feder spannte, aus den Knien abdrückte, hochsprang und für einen Moment mit dem ganzen Körper in der Luft schwebte. Wie eine Peitsche schwang sein gestreckter Arm nach vorn, und das charakteristische Ploppen des Schlaggeräusches erklang. Den Bruchteil einer Sekunde später flog der Ball unerreichbar an mir vorbei. Er hatte ihn durch die Mitte geschlagen, in meine Rückhand, nicht nach außen, wie von mir erwartet.

Eine Botschaft, eine Ansage, eine Demonstration.

Keinesfalls stand da der Spieler, gegen den ich drei Wochen zuvor im Herreneinzelfinale der *championships* gewonnen hatte. Nein, diesmal stand dort jemand, der gewarnt, der auf der Hut war. Der auf eine lange Ahnenreihe kampferprobter Ritter, Generäle und Krieger zurückblickte, deren Blut auch in seinen Adern floss.

Da drüben stand jemand, der es wissen wollte.

Ich verlor das erste Spiel glatt. Danach brachte ich meinen Aufschlag durch. Mit Mühe.

1:1.

2:2.

3:3.

Ein Muster zeichnete sich ab. Langsam gewöhnte ich mich an das Tempo, immer mehr Spiele gingen über Einstand. Man konnte den Eindruck gewinnen, das Match sei ausgeglichen.«

1938, Berlin, Gefängnis Tegel

Seit unserer ersten Begegnung nenne ich ihn im Stillen den amerikanischen Jungen. *Niemand sieht so sehr nach einem US-Boy aus wie er. Ein sommersprossiger Schlaks aus den Kornkammern der Vereinigten Staaten; aus Kansas, Oklahoma oder Nebraska, wo goldgelbe Weizenfelder wogend den Horizont begrenzen. Er könnte vorn auf einem* Kellogg's Cornflakes-*Karton abgebildet sein, Werbung für* peanut butter *oder* Dr Pepper *machen. Man würde ihm alles glauben, alles abkaufen, wegen seiner offenen, ehrlichen Züge, des feuerroten Haarschopfs und der grandiosen Ohren, die freundlich beidseits des Kopfes winken.*

Doch all das gerät in Vergessenheit, sobald er seinen weiß lackierten Wilson Ghost *in die Hand nimmt und unversehens zu einem Gott wird. Einem strahlenden, betörenden Gott, der sich in Gefilden bewegt, in die ihm kaum jemand zu folgen vermag. So geschehen vor drei Wochen, als er mich hier, auf dem heiligen Rasen von Wimbledon, im Herreneinzelfinale besiegt hat. Besiegt? Eine freundliche Umschreibung der Tatsache, dass ich Zeuge eines Wunders sein durfte; es mir erlaubt war, an etwas teilzuhaben, was Bill Tilden zu besten Zeiten, heutzutage vielleicht Fred Perry und in seltenen, sehr seltenen Momenten ich selbst zu leisten vermochte – eines Wunders an höchster Spielkunst.*

1984, Deutschland, Mittelrhein

»Zeit meines Lebens bin ich ein Fan der großen Swing-
orchester gewesen«, sagte der alte Mann, »Duke Elling-
ton, Count Basie, Glenn Miller und Benny Goodman.
Mögen Sie Swing?«

Julie nickte, was er befriedigt zur Kenntnis nahm.

Er fuhr fort. »Doch dann kam Miles Davis, und alles
wurde anders. Reiner. Schlanker. Eleganter. Er verzichte-
te auf üppige Besetzungen, häufige Akkordwechsel und
die immer wieder gleichen Interpretationen der alten
Standards. Stattdessen erfand er sie neu.« Er musterte Julie mit ruhigem Blick. »So wie Julius sich und sein Spiel
gegen Ende des ersten Satzes plötzlich neu erfand. Ausgerechnet er, der immer die schwierigen, die ästhetisch
anspruchsvollen Schläge bevorzugt hatte, die ihn und den
Gegner maximal gut aussehen ließen, verlieh seinem Spiel
auf einmal eine neue Direktheit, eine ungeheure Ziel-
strebigkeit, bar jeden Schnörkels. Er ging unmittelbar auf
die Bälle drauf, traf sie möglichst noch im Aufsteigen, um
sofort anzugreifen. Keine langen Wechsel, keine Kon-
zessionen ans Publikum. Er nahm schlicht den kürzesten
Weg zum Punktgewinn.«

1938, Berlin, Gefängnis Tegel

Es steht 6:6 im ersten Satz, ich habe Aufschlag. Im selben Moment geschieht es. Vollkommen unerwartet, aus heiterem Himmel, einfach so. Ohne die geringste Vorankündigung und ohne dass ich daran gedacht hätte, geschieht etwas, das ich mein ganzes Tennisleben lang herbeigesehnt habe.

Eine Heimkehr. Eine Wiederkunft.

Kristallklar und einzigartig schön.

Der Moment des Übergangs.

Wie damals, in der abendlichen Dämmerung im Garten der Alten Burg, als ich zwölf oder dreizehn war und an der Ballwand trainiert habe, verändert sich meine Wahrnehmung; vergrößert sich der Ball in meinem Blickfeld im gleichen Maß, wie er langsamer wird. Es gibt nur noch ihn und mich. Sämtliche Zuschauer verschwinden, der Schiedsrichter, die Balljungen – niemand ist mehr da. Selbst mein Gegenüber nehme ich bloß noch als fernen Schatten wahr und schließlich nicht einmal mehr das.

Ich bin allein auf der Welt, in meiner Welt. In einer Welt des Gleichmaßes und der Symmetrie; der Parallelen, rechten Winkel und perfekten Parabeln.

Nicht ich bin es, der den Ball bewegt, der seine Bahn beeinflusst. Es sind die Gesetze der Natur, der Schwerkraft, der Beschleunigung, die seinen Flug bestimmen. Ich brauche nichts weiter zu tun, als mich als Teil des Ganzen zu verstehen. Be-

greifen, dass es eine Ordnung gibt, deren Harmonie ich durch mein Dazutun bloß zerstören kann. Folglich lasse ich mich fallen, in die unendliche Schönheit des Spiels.

1984, Deutschland, Mittelrhein

»Tennis ist ein merkwürdiger Sport«, sagte der alte Mann, »Sie wissen das, haben selbst hervorragend gespielt.«

Seine Gastgeberin verzog die Mundwinkel, als wäre es zu lange her, als dass sie sich daran erinnern könnte oder wollte.

»Man rennt, kämpft, keucht, hetzt«, sein Blick ging ins Leere, »schlägt unzählige Bälle *cross* oder die Linie entlang, und doch hängt ein Match oft nur von einigen wenigen Punkten ab, den *big points*. Aber so etwas wie damals hatte ich noch nie erlebt, und ich würde es auch nicht mehr erleben. Julius' Spiel bedurfte keiner *big points*; er machte einfach den Großteil der *normalen* Punkte, hatte auf jeden meiner Schläge eine Antwort parat, um dann, scheinbar folgerichtig, den Wechsel für sich zu entscheiden. Letztlich wohnte seinem Spiel eine beinah selbstverständliche Logik inne, die einfach nicht vorsah, dass ich an dem Tag gewann. Können Sie sich das vorstellen?«

1938, Berlin, Gefängnis Tegel

Es ist bitter, es ist brutal. Ebenso unerwartet, wie ich eintreten durfte, weist man mir die Tür. Plötzlich umgibt mich wieder grelles Sonnenlicht. Da ist rissiger brauner Grasboden unter meinen Füßen, der in nichts an den grünen Altar vor Beginn der championships *erinnert. Der lärmende Applaus Tausender Zuschauer malträtiert meine Ohren.*

Ich blicke zur Ergebnistafel und traue meinen Augen nicht; schaue noch einmal hin und stelle ungläubig fest, ich habe die beiden ersten Sätze gewonnen – tatsächlich fehlt mir jede Erinnerung.

Nach Bestätigung suchend wandert mein Blick hinauf zu Julie, aber sie sieht nicht zu mir, sondern in die Royal Box, *zu von Ribbentrop und dem unsäglichen Reichssportführer. Ihr Gesicht zeigt einen triumphierenden Ausdruck, als hätte ich den beiden ein Schnippchen geschlagen, und unversehens stürzt alles wieder auf mich ein.*

Hitlers dreister Anruf unmittelbar vor dem Spiel, seine unverkennbare Stimme und sein Wunsch, nein, sein Befehl, es gelte der Welt ein weiteres Mal die Überlegenheit der arischen Rasse zu demonstrieren, indem ich einen historischen Sieg für das deutsche Volk erringe. Er hat noch mehr gesagt, aber innerlich hatte ich bereits abgeschaltet. Ein Gefühl der Übelkeit war in mir hochgestiegen. Nachdem er seinen Monolog beendet hatte, legte er auf, abrupt, ohne jede Verabschiedung.

Unglücklicherweise war das Telefonat in die Umkleidekabine durchgestellt worden und der amerikanische Junge und der uns betreuende Steward Zeuge davon gewesen. Ich traute mich nicht, ihnen in die Augen zu schauen.

Was mögen sie von mir denken, schießt es mir jetzt durch den Kopf? Dass ich zu diesem Pack gehöre, einer von denen bin?

Erneut geht mein Blick zur Anzeigetafel und von da aus über die Reihen der Zuschauer hinweg bis zum oberen Stadionrand, wo neben dem Union Jack *und dem amerikanischen Sternenbanner eine Hakenkreuzfahne weht, und in erschreckender Klarheit wird mir bewusst: Ich bin auf dem besten Weg, Hitlers Befehl auszuführen.*

1984, Deutschland, Mittelrhein

»Es war schier unglaublich«, sagte der alte Mann, »wie konnte Julius zwei Sätze lang das beste Tennis seines Lebens spielen und ihm dann unversehens der Faden reißen?« Er musterte sie, um Zustimmung heischend. »Sie sind dabei gewesen, haben es mit angesehen; von einem Moment auf den anderen wirkte er wie eine Marionette, deren Glieder gelähmt waren, als hätte ihr jemand die Fäden durchgeschnitten. Seine Bewegungen wurden unrund, er traf den Ball zu spät und machte immer mehr unnötige Fehler. Das Publikum reagierte genauso ungläubig wie ich, wurde von Minute zu Minute stiller. Nur noch vereinzelte Anfeuerungsrufe ertönten. Wir wollten diesen strahlenden Helden nicht stürzen sehen, er hatte uns restlos davon überzeugt, dass er an diesem Tag der Bessere war. Doch mit einem Mal, warum auch immer, war es das genaue Gegenteil, entwickelte sich die Partie zu einem fast schon erbarmungswürdigen Schauspiel. War er verletzt, setzte ihm die sengende Hitze zu? Quälten ihn Konditionsprobleme oder ein Sonnenstich?« Nachdenklich ruhte der Blick des alten Mannes auf Julie. »Oder war es die Angst vor dem Sieg?«

1938, Berlin, Gefängnis Tegel

*Der Gedanke, für Hitler, für ihn und sein menschenver-
achtendes Regime zu siegen, lässt mich nicht mehr los, setzt
sich in meinem Kopf fest und läuft dort heiß. Eine ungeheure
Spannung baut sich in meinem Körper auf. Der Widerspruch,
den Punkt machen und gleichzeitig nicht machen zu wollen,
lähmt mich; meine Bewegungen, meinen Schlagarm. Zunehmend landen meine Bälle im Netz oder im Seitenaus, immer
öfter vergebe ich scheinbar sichere Punkte. Hilflos muss ich
mit ansehen, wie ich den dritten und dann den vierten Satz
verliere.*

*Verzweifelt blicke ich hoch zu Julie, zu meiner Familie, zu
den Menschen, die mich lieben, die ich liebe und die ich um
keinen Preis enttäuschen möchte. Ich kann sie nicht verraten,
ohne mich selbst zu verraten.*

1984, Deutschland, Mittelrhein

»Ich spielte nicht anders oder besser als vorher«, anscheinend immer noch staunend hob er die Hände, »aber ich brauchte den Ball nur im Spiel halten, früher oder später machte Julius den Fehler – mit der gleichen Selbstverständlichkeit, wie er im ersten und zweiten Satz die Punkte gemacht hatte.

Hoffnung keimte in mir auf, vielleicht käme ich doch noch einmal davon, gelänge es mir, der sicher geglaubten Niederlage zu entrinnen.

Weniger als eine Stunde später stand es zwei zu zwei. Satzausgleich. Der fünfte und letzte Durchgang musste die Entscheidung bringen.«

1938, Berlin, Gefängnis Tegel

Eine Befreiung. Ich habe es geschafft. Habe mich selbst erlöst.
Man verliert ein Spiel nicht absichtlich!

Es wäre Betrug – an sich selbst, dem Publikum und dem Gegner. Ich bin kein Betrüger. Ich bin ein Ehrenmann. Ein
sportsman.

Ab jetzt gibt es nur noch den amerikanischen Jungen und mich. Keine unnützen Gedanken mehr, keine Zweifel, kein Sich-infrage-Stellen.

Der Bessere möge gewinnen.

1984, Deutschland, Mittelrhein

»Es war eine einzige Katastrophe!«, sagte der alte Mann und hieb mit der Faust auf den Tisch, »innerhalb weniger Minuten stand ich erneut auf verlorenem Posten. Da war er wieder, Julius, der Ästhet, der Kämpfer, der Vollstrecker, aber diesmal alles gleichzeitig. Die Bälle flogen mir nur so um die Ohren, egal, wohin ich schlug, er stand schon da. Ich nahm das Tempo aus den Wechseln, versuchte, sein Spiel kaputtzumachen, probierte Stopps, unterschnittene oder hohe Bälle in der Hoffnung, ihn aus dem Rhythmus zu bringen. Es nutzte alles nichts. Im Nu lag ich mit 1:4 zurück.

Aber ich wollte nicht, wollte den Kampf nicht verlieren, um keinen Preis! Schließlich war ich die Nummer eins der Welt, der legitime Nachfolger Big Bill Tildens. Noch drei Wochen zuvor hatte ich Julius an gleicher Stelle in Grund und Boden gespielt. Ich würde fighten, mich wehren, mit allen Mitteln versuchen, das Match umzubiegen!«

1938, Berlin, Gefängnis Tegel

*Da ist eine Verbindung zwischen uns, eine fast schon intim zu
nennende Nähe; anders ist ein solches Match nicht möglich.
So spüre ich überdeutlich, wie ein Ruck durch ihn geht, sich
sein Herzschlag beschleunigt und sein Blut schneller durch
die Adern fließt.*

*Ein Künstler mit kühlem Herz. Ein Techniker mit un-
glaublichem Ballgefühl. Er retourniert meine Services, als
wären es Einwürfe, freundliche Zuspiele auf einem Trai-
ningscourt. Mit unnachahmlicher Leichtigkeit nimmt er mir
den Aufschlag ab und bringt seinen eigenen durch. Ein weiteres* break, *und da ist er, der Ausgleich. 4:4. Sein* comeback
ist unwiderstehlich.

*Aber Vorsicht – ich bin keinesfalls am Ende; liebe das Spiel,
liebe die Herausforderung, so wie ich es, nicht anders als er,
liebe zu gewinnen.*

In dieser Minute bin ich fest davon überzeugt.

1984, Deutschland, Mittelrhein

»Endlich war es das Match, das ich mir und Tausende vor Ort und weitere Hunderttausende an ihren Radiogeräten sich erhofft hatten.« Der alte Mann ballte die Faust. »Ein offener Schlagabtausch. Schnelle, präzise Bälle; hart geschlagene Services und gefühlvolle Stopps. Julius und ich verschmolzen zu einer Einheit, als wäre da ein unsichtbares Band. Verstehen Sie, was ich meine? Niemand, auch wir selbst nicht, vermochten noch zu unterscheiden, was Aktion und Reaktion war. Ich stand da, und er stand dort. Er schlug, und ich schlug zurück. Ein ums andere Mal. Wir waren bis ins Innerste des Spiels vorgedrungen, zu dessen Kern.

All die abwegigen Überhöhungen im Vorfeld, *Demokratie gegen Diktatur, Die freie Welt gegen die totalitäre*, all das geriet in Vergessenheit. Es ging ausschließlich um Julius und mich. Um nichts anderes. Ich glich aus.«

1938, Berlin, Gefängnis Tegel

Beim Stand von 5:5 gelingt es mir, seine Aufholjagd zu stop-
pen. Glück, Können, ein unnötiger Fehler seinerseits; diesmal
bin ich es, der das break *schafft, der den Aufschlag des ame-*
rikanischen Jungen durchbricht. Mit 6:5 gehe ich im letzten
und entscheidenden Durchgang in Führung.

Während des Seitenwechsels das übliche Ritual: Ein Schluck
Wasser, die Schnürsenkel nachziehen, ein weiterer Schluck
Wasser und zuletzt das Griffband des Schlägers abwischen.

Es ist wichtig.

Die Reihenfolge ist wichtig.

Ich darf die Götter nicht im letzten Moment verärgern.

Nur wenige Schläge trennen mich vom größten Triumph
meiner Karriere. Ein einziges Spiel. Vier Punkte.

»Time«, erklingt die Stimme des Stuhlschiedsrichters. Ich
stehe auf und gehe auf meine Seite. Stelle mich an die Grund-
linie. Fasse den Schläger fester und atme tief ein.

15:0. Der erste Punkt ein Servicewinner.

30:0. Sein Return landet im Aus.

30:15. Ich bin ans Netz vorgerückt. Ein Zauberball, wie nur
er ihn spielen kann. Ich werde kurz Rückhandcross passiert.

Ein klassischer Algorithmus. Mache ich den nächsten Punkt,
habe ich Matchball. Gewinnt er ihn, steht es 30:30.

Erneut gehe ich in Position. Achte darauf, dass meine
Schuhspitze nicht die Linie berührt, und tippe den Ball ein

paarmal vor mir auf dem Boden auf. Mein Blick fixiert die Stelle auf der anderen Seite, wo ich hinschlagen werde. Und während ich den Ball zum Aufschlag hochwerfe und er hoch in die Luft steigt, denke ich, erstmals während des Matches, an Moses.

An meinen geliebten Moses, an unser Miteinander, unser Zusammensein. An meine Angst um ihn und an seine Angst um mich.

Gespräche, Scherze, Zärtlichkeiten.

Stimmen aus der Ferne. Daniel, Erich, Lena. Ein Chor der Vermissten, der Gegangenen, ein ganzes Leben läuft vor meinem inneren Auge ab. Ich sehe mich als Kind auf der Alten Burg, mit Großvater auf der Bank vor seinem Haus; da sind Almuth und Viktoria auf den Rücken ihrer Pferde. Julie in ihrem Herrenanzug, die aus dem Wagen ihres Vaters steigt; Mutter und Vater, Schach spielend. Außerdem erkenne ich Georg und Mr G, Jean Ravanana, das Fräulein Beckmesser und den jungen Vikar.

Es ist ein Spiel. Ein Spiel mit wechselnden Regeln und Teilnehmern. Männer, Frauen. Paare. Familie. Mütter, Väter, Töchter, Söhne. Gedankenspiele, erlaubte und nicht erlaubte. Liebe, Loyalität. Ambivalenz und Abhängigkeit. Das Gefühlsspiel, mit all seiner grandiosen Gewalt. Und nicht zuletzt das um Geld, Macht und Glaube.

Wir alle spielen.

Und gewinnen und verlieren.

Ganz zuletzt denke ich an die Männer, die mir den Weg gewiesen, die mich bis hierhin, auf den Centre Court von Wimbledon, geführt haben; ich denke an meine Trainer: an Pierre Velard, Big Bill Tilden und an Robert, den großen Schweiger, der wie Großvater nur wenig spricht, aber wenn, lohnt es sich hinzuhören:

344

»Weißt du, Julius«, *sagt er*, »es ist recht einfach: Ich habe schlicht keine Lust zu gewinnen, wenn man es von mir verlangt.«

1984, Deutschland, Mittelrhein

Der alte Mann schüttelte den Kopf, verscheuchte die Spinnweben der Vergangenheit, so gut es ging, und kehrte in die gemeinsame Gegenwart zurück.

»Julius hatte mich gebreakt, lag ein Spiel vor und schlug zum Matchball auf«, sagte er, »spielte *serve and volley* und setzte mich enorm unter Druck. Sein Angriffsschlag war perfekt, mein Passierball leider nicht. Ein leichter Volley, ein Witz von einem Flugball, den er nur verwandeln brauchte, doch er setzte ihn knapp neben die Linie.«

»Ich erinnere mich«, sagte Julie, »ich erinnere mich nur zu genau. Hinterher waren sich sämtliche Experten einig, dass er an der Stelle das Spiel aus der Hand gegeben hat. Ein *big point*, allerdings gegen ihn. Man spürte die Erschütterung bis auf die Tribüne, sah, wie Sie die Gelegenheit witterten, Ihre Chance erkannten, ihm sein Aufschlagspiel abnahmen und letztlich, nach einem weiteren *break*, mit 8:6 gewannen. Ein grandioser Sieg. Nicht nur Queen Mary und ihre Familie, die ganze Welt applaudierte Ihnen.«

»Als Julius ans Netz kam, um mir zu gratulieren«, die Stimme des alten Mannes klang belegt, »sagte er: ›Das war das beste Match, das ich je gespielt habe. Es gibt niemanden, gegen den ich heute lieber verloren hätte‹.«

Tränen traten in Julies Augen. Sie griff nach ihrer Serviette und tupfte sich die Lidränder ab.

»Wissen Sie«, sagte sie, »es ist eine schöne Beerdigung gewesen, eine Menge Menschen waren da, um Abschied zu nehmen. Sie haben gefehlt.«

»Ich war in Wimbledon«, erwiderte der alte Mann, »und habe mir das Herrenfinale angesehen, wie in jedem Jahr. Gleichzeitig habe ich Julius gesehen, dort unten auf dem Centre Court, habe ihn und mich und diesen verfluchten Volley gesehen. Und wie immer musste ich an den Anruf in der Umkleidekabine denken und an den so seltsamen, so wechselhaften Spielverlauf danach.«

Plötzlich war es sehr still im Raum; deutlich hörte man das Geräusch, das Julies Weinglas machte, als sie es, nachdem sie einen Schluck getrunken hatte, wieder auf der hölzernen Tischplatte absetzte.

»Sie denken, er hat die ganze Zeit mit sich gerungen«, sagte sie schließlich, »habe sich in einem schrecklichen Zwiespalt befunden. Deswegen hat er mir nicht von Hitlers Anruf erzählt. Ich sollte nicht den geringsten Verdacht schöpfen ...«

Der alte Mann schwieg.

»... nicht im Entferntesten auf den Gedanken kommen, er könnte den Ball absichtlich verschlagen und dadurch das Match verloren haben. Deshalb sind Sie hier, um mir das zu sagen, nicht wahr?«

1938, Berlin, Gefängnis Tegel

Der Schlüssel dreht sich im Schloss der Tür. Sie sind zu zweit.
»Mitkommen!«
Erstmals nach Wochen und Monaten der Isolation verlasse
ich meine Zelle. Ich blicke mich nicht um.
Ein enger Gang, weitere Zellentüren. Der Geruch von
Angst, Schweiß und Fäkalien hängt in der Luft. Andere Gän-
ge, nackte Glühbirnen, ein Labyrinth des Schreckens. Wir
passieren ein Wachzimmer, Uniformierte starren mich an;
ein Hitlerbild hängt an der Wand, bekränzt. Ich werde nicht
meine letzten Gedanken an ihn verschwenden.
Sie sind zu früh gekommen, wahrscheinlich kommt der Tod
meist zu früh, aber ich will das Spiel zu Ende bringen, habe
meine Matches immer zu Ende gebracht, nie aufgegeben. Erst
wenn der letzte Punkt gemacht ist, ist es vorbei.
Ich sehe den Ball des amerikanischen Jungen, der langsam auf
mich zusegelt; ein Notschlag, ich habe genug Zeit, mich vor-
zubereiten, kann den Volley nicht verschlagen und tue es auch
nicht: Mit grenzenloser Präzision setze ich ihn neben die Linie.
Später wird er sich an diesen Moment erinnern. Aber jetzt
merkt er nichts, ich erkenne es an seinen Augen, den ver-
größerten Pupillen. Sein Adrenalinspiegel ist zu hoch, die Er-
regung des Augenblicks zu intensiv, sein Siegeswille zu unbe-
dingt. Unwillkürlich ballt er die Faust, als ihm klar wird, dass
mein Ball im Seitenaus gelandet ist.

Es tut mir leid.

Es tut mir unendlich leid.

Für ihn und für mich. Denn später wird er sich an diesen Moment erinnern.

Wenn ihn die ersten Zweifel heimsuchen, wenn er beginnt, das Spiel vor seinem inneren Auge Revue passieren zu lassen, es wieder- und wiederspielt, bis er an diesen Punkt gelangt.

Dann wird er wissen, dass ich etwas Unverzeihliches getan habe. Etwas, das allem, wofür ich stehe, was mich ausmacht, wofür ich geschätzt und respektiert werde, widerspricht. Und er wird mich infrage stellen, mich verdächtigen, und zuletzt wird er mich hassen – zu Recht.

Niemand beleidigt ungestraft einen Tennisgott.

Die beiden SS-Männer bleiben stehen. Eine letzte Tür wird aufgeschlossen, dann sind wir draußen. Kalter, schneidender Wind. Geblendet von der ungewohnten Helligkeit kneife ich die Augen zusammen, warte auf die Aufforderung, mich an die Wand zu stellen.

Werden sie mir eine Augenbinde umlegen? Ich brauche sie nicht, bin gewillt, dem Tod ins Gesicht zu sehen.

Hinter mir fällt die Tür ins Schloss.

1984, Deutschland, Mittelrhein

Er schaute sie an. »Ja, um Ihnen das zu sagen, bin ich gekommen – weil erst jetzt, nach Julius' Tod, kann ich darüber sprechen. Aber gleichzeitig bin ich hier, um Sie um Verzeihung zu bitten. Um Verzeihung dafür, dass ich nicht bemerkt habe, in welch grauenhaftem Dilemma Julius sich damals befunden hat. Er musste verlieren, um sich nicht zu verlieren. Es war seine einzige Möglichkeit. Und indem ich es zugelassen und – vermeintlich – gewonnen habe, lieferte ich ihn ungewollt den Nazis aus. Meine jugendliche Ungeduld, mein Eifer, mein brennender Ehrgeiz sind dafür verantwortlich, dass er verhaftet wurde. Denn in jenem Match hatte er nicht nur den Sieg, sondern seine Unantastbarkeit verspielt. Er war angreifbar geworden.«

Leise sagte Julie: »Und Sie glauben wirklich, das sei Ihre Schuld gewesen?«

Er senkte den Kopf. »Eine Schuld, mit der ich leben muss.«

»Nein«, erwiderte Julie, »wenn es tatsächlich so ist, wie Sie sagen, trägt allein Julius die Verantwortung dafür. Und ich denke, er wusste, was er Ihnen antut.« Sie strich sich eine Strähne aus dem Gesicht. »Wir haben uns fast nie gestritten, Julius und ich, jedenfalls nicht ernsthaft. Aber ich fand es immer unbegreiflich, dass er sich nach

350

seiner überraschenden Freilassung nicht bei Ihnen gemeldet hat. Schließlich waren Sie es, der den offenen Brief an die Regierung des Deutschen Reichs geschrieben hat, unterzeichnet von diesen ganzen prominenten Sportlern, von Ihnen, Fred Perry, Joe DiMaggio, Babe Ruth und all den anderen. Sie sind es gewesen, der nach Stockholm geflogen ist und Gustav von Schweden um eine persönliche Stellungnahme bat, in der er sich für Julius' eingesetzt hat. Und Sie waren als Einziger entschlossen genug, um bei Göring, neben vielem anderen Ehrenvorsitzender der *Rot-Weißen*, vorzusprechen und um Julius' Begnadigung zu bitten. Nach allem, was Sie mir erzählt haben, war er der Einzige, der Hitler zu diesem Schritt bewegen konnte.« Sie atmete tief ein. »Die Tragik daran ist: Falls Julius wirklich so gehandelt hat, wie Sie vermuten, wird er sich nicht weniger schuldig gefühlt haben als Sie; er wird sich geschämt haben – vor Ihnen und vor sich selbst.«

Der alte Mann musterte sie, und erstmals, seit sie zusammensaßen, erhellte ein Lächeln seine Züge.

»Sie sind eine bemerkenswerte Frau, Julie. Ich weiß, es ist nicht so, wie Sie sagen, Julius hatte allen Grund, maximal stolz auf sich zu sein. Trotzdem danke ich Ihnen.« Er griff nach ihrer Hand. »Ich danke Ihnen für die Vorstellung, dass die beiden Männer, die angeblich das beste Tennismatch aller Zeiten bestritten haben, beinah ein Leben lang der Gedanke beherrscht haben soll, sich dafür entschuldigen zu müssen.«

Anmerkung des Autors

Vorliegendes Buch ist ein Roman. Auch wenn bestimmte Personen, Situationen und Ereignisse einer historischen Wirklichkeit folgen, habe ich die Handlung sowie die Beziehungen zwischen den Handlungsträgern fiktionalisiert.

In Bezug auf die historische Wirklichkeit des »Tennisbarons« darf ich auf das hervorragend recherchierte Werk von Egon Steinkamp, *Gottfried von Cramm. Eine Tennisbiographie*, verweisen.

Interessieren Sie sich darüber hinaus für die Person des »alten Mannes«, finden Sie viele Fakten über ihn im Buch des Amerikaners Marshall Jon Fisher, das den Titel *Ich spiele um mein Leben: Gottfried von Cramm und das beste Tennismatch aller Zeiten* trägt.

Beiden Autoren sei aufrichtig gedankt. Ohne ihre Arbeit hätte mein Roman in der vorliegenden Form nicht geschrieben werden können.

Allerdings gibt es, trotz aller Sorgfalt, die die genannten Biografien auszeichnet, einen großartigen ungelösten Widerspruch in der Geschichtsschreibung um »den Gentleman von Wimbledon«, ein ungelöstes Rätsel; dies ist der Anruf des unsäglichen A. H. vor dem legendären Davis-Cup-Match 1937. Sein Leben lang hat Gottfried von Cramm die Existenz jenes Telefonats von sich gewiesen, während sein Finalgegner in seiner Autobiografie das genaue Gegenteil behauptet.

Auch hierfür danke ich diesen beiden wunderbaren Athleten, weil das der Stoff ist, aus dem Romane entstehen.

Dank

Wie immer, an erster Stelle, meiner Ehefrau. Die Tatsache, dass ich die Bücher schreibe und nicht sie, kennt bloß einen einzigen Grund: *»Mehr Muskeln.«*

Meinen beiden Schriftstellerprofifreunden Volker Kutscher und Christian Schnalke für mannigfaltiges, extrem hilfreiches *feedback*.

Meinem wunderbaren und langjährigen Freund Stefan Benning, dessen fabelhaftes literarisches Gedächtnis die passenden Passagen zu den Separatistenaufständen aus Heinrich Bölls *Gruppenbild mit Dame* in mein Blickfeld gerückt hat.

Meiner charmanten sowie überaus klugen und belesenen Freundin Luise Heitmann-von Franqué, nicht zuletzt für ihr überbordendes Wissen um Angelegenheiten der Zwanziger- und Dreißigerjahre des vergangenen Jahrhunderts.

Frau Karola Wittschier, die mit sicherem Blick die englischen und französischen Textpassagen überprüft hat. Trotzdem vorhandene etwaige Fehler gehen allein zu meinen Lasten.

Katrin Fieber und Margit Schulze, meinen beiden wundervollen wortgewandten und versierten Lektorinnen beim Ullstein Verlag, ohne die der Text sicher ein weniger guter geworden wäre.

Last but not least Thomas Schmidt, meinem Agenten bei Landwehr und Cie, der sich mit hoher Sensibilität und großem Sachverstand den Dingen des Literaturbetriebes annimmt, denen ich schlicht nicht gewachsen bin.

Quellen

Der Aphorismus *Mit jeder Lüge belügen wir uns selbst* stammt von Siegfried Brunn.

Das Zitat Friedrich Eberts im Zusammenhang mit dem Einsatz französischer Kolonialsoldaten im Rheinland nach dem Ersten Weltkrieg bezieht sich auf: https://de.wikipedia.org/wiki/Schwarze_Schmach

Die Erklärung der Angehörigen der Zentrumspartei im Kreis Daun und der Vertreter der separatistischen Gruppen in Hillesheim und Gerolstein findet sich unter: www.heimatjahrbuch-vulkaneifel.de. Bei der Volltextsuche das Stichwort *Rheinische Republik* eingeben und dann den Artikel von Dr. Klaus Reimer, MA, mit dem Titel *Die Separatistenherrschaft* öffnen. Man beachte die Namensänderung im Roman von *Tirard* zu *Velard*.

Die Überschrift *Deutscher Rhein – fremder Rosse Tränke?* besagten angeblichen Zeitungsartikels habe ich mir bei dem gleichnamigen Buch Dieter Breuers und Gertrude Cepl-Kaufmanns (Hrsg.) über die Kämpfe im Rheinland nach dem Ersten Weltkrieg ausgeliehen.

Das Zitat »ein Engel habe ihr/sein Spiel geküsst« bezieht sich ursprünglich auf den französischen Tennisspieler Henri Cochet.

Das Zitat Robert Kleinschroths, welches im Roman für Julius von großer Bedeutung ist, lautet im Original: »Ich habe keine Lust zu *spielen*, wenn man es von mir verlangt.«

Die Schlagzeile im *Eclaireur de Nice* ist dem charmanten kleinen Büchlein von Paula Stuck von Reznicek entnommen: *Gottfried von Cramm. Der Gentleman von Wimbledon. Aus seinem Leben erzählt.*

Die Beschreibung Betty Sterns stammt aus Erich Maria Remarques Roman *Schatten im Paradies.*

Die Einschätzung der Film-Oberprüfstelle Berlin Nr. 150 vom 13. Februar 1928 des Films *Café Elektric* findet sich unter: https://de.wikipedia.org/wiki/Caf%C3%A9_Elektric

Die Selbsteinschätzung Lenas zu ihrem Aussehen in frühen Werken ist folgendem Artikel entnommen: https://www.tagesspiegel.de/berlin/todestag-von-marlene-dietrich-sie-war-gott-sei-dank-berlinerin/6594634.html

Bobs Bemerkung über Lenas Geschlechtlichkeit ist angelehnt an Kenneth Tynans Satz: »Sie hat ein Geschlecht, aber keine klare Geschlechtsidentität.«

Die Beschreibung des äußeren Erscheinungsbildes des SA-Mörders Edmund Heines bezieht sich auf die Angaben des britischen Journalisten Sefton Delmer sowie auf die des amerikanischen Historikers William L. Shirer.

Das Zitat »Er übernahm die geistige Versorgung seiner Frau in der kulturfreien Zone Hollywood [...]« stammt aus dem höchst informativen Buch von Birgit Wetzig-Zalkind: *Marlene Dietrich in Berlin – Wege und Orte.*

Julius' Bemerkung über die Dauer der Arbeits- und Militärdienstzeit im Nazideutschland sowie deren Auswirkung auf den deutschen Tennisnachwuchs wurde (sinngemäß) dem bereits erwähnten Buch von Egon Steinkamp entnommen. Hieraus stammt auch die Zusammenfassung der Rede vor den Mitgliedern des *Koshien Kokusai Tennis Clubs.*

Julius' Replik auf den Vorwurf des angeblichen »Landesverrats«, wie er ihm 1935 nach dem verlorenen Davis-Cup-Doppel mit Kai Lund gemacht wurde, findet sich im ebenfalls bereits erwähnten Werk von Marshall Jon Fisher.

Das Himmler-Zitat über Homosexualität habe ich einem Artikel der *NZZ am Sonntag* vom 20.06.2020 von Samuel Tanner entnommen *(Ein Tennisspieler spielte um den Sieg – und gleichzeitig um sein Leben.)*

Ein Gespräch mit Tom Saller

Sie sind als Autor bekannt dafür, dass Ihre Romane Zeitgeschichte erzählen. Wann und wo spielt Ihr neuer Roman?
Zur Hälfte im Rheinland, wo er u. a. von einem vielen Menschen unbekannten Aspekt deutscher Geschichte erzählt: der Gründung der *Rheinischen Republik*. Zum anderen im Berlin der Goldenen Zwanziger; dabei führt die Unterschiedlichkeit zwischen Julius, meinem Helden aus gutem Hause, und den Herausforderungen des Berliner Nachtlebens zu einigen, wenigstens hoffe ich das, interessanten Konstellationen.

Die Hauptfigur aus Julius oder die Schönheit des Spiels *ist an den Tennisstar Gottfried von Cramm angelehnt. Wie sind Sie auf ihn aufmerksam geworden? Und warum wollten Sie unbedingt seine Geschichte erzählen?*
Als sportaffiner Mensch, der nicht nur in der Gegenwart lebt, sondern sich darüber hinaus oft und gern mit der Vergangenheit beschäftigt, ist mir der Name Gottfried von Cramm seit Jahrzehnten als der einer der Lichtgestalten des deutschen Tennissports vertraut. Allerdings habe ich erst während der Recherchen zu *Julius oder die Schönheit des Spiels* begonnen, mich mit dem Menschen zu beschäftigen, und war sofort fasziniert von seiner Rahmung, seinem Werdegang und nicht zuletzt von seiner

eindrucksvollen Persönlichkeit. Der bislang einzige von Cramm-Biograf Egon Steinkamp schreibt sinngemäß in seinem sehr empfehlenswerten Werk, egal mit wem er gesprochen hat, niemand, nicht ein Mensch, habe auch nur ein einziges negatives Wort über den *Tennisbaron* verloren. Im Gegenteil, sämtliche Zeitgenossen seien voll des Lobes gewesen im Hinblick auf dessen enorme Menschenfreundlichkeit, Großzügigkeit im Geiste sowie Hilfsbereitschaft.

Was macht für Sie den besonderen Reiz Ihrer Figur aus?
Heutzutage ist es beinah schon eine Beschimpfung, wenn man jemanden als »guten Menschen« bezeichnet. Das ärgert mich und ist dumm. Julius ist ein »guter Mensch«, und das zu einer Zeit, die ohne Zweifel als die »unguteste« in der deutschen Geschichte gilt, der Zeit des Nationalsozialismus. Er ist kein Parteimitglied und unterstützt mit großer Selbstverständlichkeit jüdische Freunde und Tenniskameraden – ganz im Sinne Gottfried von Cramms, der nach dem Krieg das Schloss seiner Eltern in eine »Fluchtburg« für die zahllosen Vertriebenen verwandelt hat.

Warum Julius und nicht Gottfried? Gibt es Unterschiede, oder sind Sie nah am historischen Vorbild geblieben?
Das Leben Gottfrieds *ist* beinah schon ein Roman. Aber natürlich gestalte ich diesen Stoff, arbeite mit ihm als Autor – um eine noch spannendere, noch komplexere Geschichte zu erzählen, nämlich die von Julius. Dementsprechend sind die komplette Kindheit und Jugend des Helden meines Romans erfunden. Die zweite Buchhälfte dagegen nähert sich deutlich mehr dem historischen Vor-

bild, wobei ich bemüht bin, die *Idee* »Gottfried« zu hundert Prozent so zu transportieren, wie ich sie verstehe und wertschätze.

Und dann wollte ich auch nicht verletzen: Weder Gottfrieds – vermutete – eigene Gefühle noch die seiner Nachkommen, wenn ich beispielsweise über das Thema Sexualität schreibe, was oft und gerade heute wieder ein sensibler Vorgang ist.

Inwieweit hat dieser Roman Sie verändert und beeinflusst?
Gottfried hat Haltung gezeigt in völlig haltlosen Zeiten. Das beeindruckt mich und dient mir gleichzeitig als Vorbild in Zeiten der vorauseilenden *political correctness,* die sich m. E. immer häufiger im öffentlichen Diskurs, besser gesagt im nicht geführten oder polemisch geführten öffentlichen Diskurs abbildet. Für mich bedeutet das den Verlust einer lebendigen Debattenkultur, sodass immer mehr verlernt wird, die Meinung des anderen zu respektieren, auch wenn man selbst über eine unterschiedliche Sichtweise verfügt.

Zum anderen ist es diese großartige Mischung aus Haltung und Stil, die Gottfried nicht einfach als Attitüde vor sich hergetragen, sondern sein Leben lang mit Inhalt gefüllt hat; nicht zuletzt auf dem Tennisplatz, wo er gleichermaßen würdevoll gewinnen und verlieren konnte, sodass er heute noch als Synonym für Fairness und Sportsgeist gilt.

Wie kam er zu dem Beinamen »gracious loser«?
Das ist die grandiose sportliche Tragik im Leben von Cramms, der dreimal hintereinander im Herreneinzelfinale von Wimbledon stand und dreimal verlor; dies allerdings mit so viel Würde, dass er in der englisch-

sprachigen Welt auch heute noch als der »*gracious loser*«
oder auch als »Der Gentleman von Wimbledon« gefeiert
wird.
Darüber hinaus gilt sein Davis-Cup-Einzel gegen Donald
Budge im Interzonenfinale 1937 gegen die USA unter
Tennisexperten als möglicherweise bestes Tennismatch
aller Zeiten; ein Spiel, das er ebenfalls verlor, aber – und
das ist der Höhepunkt und zentrales Thema des Romans –
nach meiner Lesart gleichzeitig gewann.

Spielen Sie Tennis? Und warum mögen Sie diesen Sport?
Ich spiele selbst seit mehr als vierzig Jahren leidenschaftlich
gern Tennis und, um es mit einer meiner Romanfiguren zu
sagen: »Ab und zu gelingt es mir sogar, den Ball zurückzuschlagen.«
Außerdem mag ich es, im Vergleich zu Fußball oder
Handball beispielsweise, dass sich ein Netz zwischen mir
und dem Gegner befindet. In anderen Worten: Ich bin
kein großer Freund von Kontaktsportarten; ein Wort, dass
wir im Zusammenhang mit Corona alle lernen mussten.
Allerdings ist dieser Roman keinesfalls nur für Tennis-
Interessierte geeignet, ganz bestimmt nicht. Nehmen Sie
die Bücher von John Irving oder Dick Francis, die mit
großer Begeisterung auch von Nicht-Ringern und Nicht-
Pferdesportfans gelesen werden.

*Was bedeutet Widerstand, was bedeutet Mitläufertum im
Buch?*
Ich versuche im Roman herauszuarbeiten, dass Julius in
den Augen der Nazis allein schon durch seine Individua-
lität und durch sein Anderssein ein Widerständler ist. Erst
ganz zum Schluss wird er tatsächlich aktiv »widerstän-

dig« und zahlt dafür einen hohen Preis. Im Gegensatz dazu wäre das »Mitlaufen« sehr viel einfacher gewesen.

Wo finden Sie Ihre Inspirationen?
Ich vermute, das geschieht grundsätzlich frei assoziativ und über eine Art permanenter Osmose. Es ist mir unmöglich, komplett »abzuschalten«, grundsätzlich nehme ich sehr genau wahr, was sich in meiner Umgebung abspielt, unabhängig davon, ob ich einen Film sehe, Musik höre, ein Buch lese oder im »richtigen« Leben unterwegs bin; alles arbeitet und arbeitet weiter in mir. Neuerdings bieten mir aber auch Leser Themen an, über die ich schreiben könnte.

Sport im Nationalsozialismus ist ein vielschichtiges Thema. Wie gehen Sie damit um?
Als allgemeine Fragestellung kommt das Thema im Roman nicht vor; es geht ausschließlich um Tennis. Ich denke, es sind vor allem die Bilder Leni Riefenstahls von Olympia 1936, die im kollektiven Gedächtnis der Menschheit haften geblieben sind und die die meisten von uns dafür sensibilisiert haben, dass Sport zu allen Zeiten instrumentalisiert wurde und wird: siehe 2014 die Olympischen Winterspiele in Sotschi oder die anstehende Fußball-WM in Katar.

Welche Figur ist Ihnen im Laufe des Schreibens besonders ans Herz gewachsen und warum? Begegnen Ihre Figuren auch in diesem Roman historischen Persönlichkeiten?
Es sind zwei Figuren, neben der Hauptfigur, die ich besonders mag, nämlich Julie, die junge Französin, sowie Julius' Großvater. Beide sind unkonventionell, dabei

grundehrlich und geradeheraus und verfügen jeweils über eine gesunde Portion Humor. Was will man mehr? Und ja, auch diesmal gibt es einige sehr wichtige Szenen mit »echten« Menschen; beispielsweise freundet Julius sich im Roman mit Marlene Dietrich an und mit Erich Maria Remarque.

Inwieweit hat sich die Arbeit an diesem Buch von Wenn Martha tanzt *oder* Ein neues Blau *unterschieden?*
Da sind vor allem zwei stilistische Unterschiede: die Erzählzeit und die Erzählperspektive. Ich habe erstmals im Präteritum geschrieben, im erzählerischen Imperfekt. Zum anderen wird der Roman größtenteils aus der Ich-Perspektive erzählt. Beides war neu für mich und eine interessante schriftstellerische Herausforderung.

Wenn Sie auf die Entstehung des Buches zurückblicken: Was war ein entscheidender Moment? Und wann sind Sie zum ersten Mal auf die Idee gekommen, diesen Roman zu schreiben?
Die Idee für den Roman ist, wie bislang immer, plötzlich »einfach da« gewesen. Ich weiß noch genau, dass ich am Tag nach der Premierenlesung von *Ein neues Blau* mit meiner Familie in den Hackeschen Höfen einkaufen war. Da ich kein großer Shopping-Fan bin, habe ich mich draußen auf eine Bank gesetzt und gewartet. Wenige Minuten später hatte ich mein MacBook (ohne das ich nicht aus dem Haus gehe) auf den Knien und habe die ersten Sätze von *Julius oder die Schönheit des Spiels* niedergeschrieben. Ein weiterer sehr hilfreicher Moment ist ein Telefonat mit meinem Agenten Thomas Schmidt von *Landwehr & Cie* gewesen, in dem er mich darauf hingewiesen hat, dass ich,

indem ich von der historischen Figur abrücke, eine Menge kreativen Freiraum gewinne. Er hat recht gehabt.

Dürfen wir uns auf einen vierten Roman von Ihnen freuen? Und haben Sie schon eine vage Ahnung, in welche Zeit und zu welcher Figur Sie uns mitnehmen wollen?
Es wird definitiv einen weiteren Roman geben mit der schlichten Begründung, dass ich ohne Schreiben nicht mehr sein kann und will. Das Thema ist allerdings noch maximal offen. Aber vielleicht werden sich die Dinge auch wiederholen, und ich klappe mein Laptop auf, und plötzlich steht da der erste Satz des neuen Romans, und ich habe nicht die geringste Ahnung, wo er hergekommen ist.